SIGRID NEUREITER

Burgfrieden

HANDGESCHRIEBEN Auf Schloss Runkelstein, einer mittelalterlichen Burg bei Bozen, wird bei Bauarbeiten ein Manuskript gefunden. Burgdirektor Blasius Botsch erkennt rasch, was er vor sich hat: Eine bisher unbekannte Handschrift des in Südtirol besonders verehrten Dichtersängers Walther von der Vogelweide. Um die Echtheit des Fundes bestätigen zu lassen, wendet sich Botsch an seinen ehemaligen Studienkollegen Arthur Kammelbach, einem Germanistik-Professor aus Salzburg. Gemeinsam mit seinem Assistenten Lenz Hofer, der Dozentin Xenia Schmied-Schmiedhausen und den drei Studenten Mordred, Tina und Lukas reist Arthur an. Ebenfalls mit dabei: die PR-Beraterin Jenny Sommer. Beim Empfangsabend auf der Burg kommt es zum Streit zwischen den Studenten. Am folgenden Tag ist das Manuskript verschwunden. Jenny wird zur Detektivin wider Willen. Ihre Suche nach der wertvollen Schrift und dem geheimnisvollen Grund für das Verschwinden gerät zu einer abenteuerlichen Jagd quer durch Bozen bis in das Weindorf St. Magdalena und auf den Hausberg Ritten …

Sigrid Neureiter, geboren in Salzburg, promovierte an der dortigen Universität mit einer Doktorarbeit über die moderne Rezeption mittelalterlicher Liederdichter. Nach mehreren Jahren als Journalistin arbeitet sie heute als PR-Beraterin in Wien. Als Tochter einer Innsbruckerin verbrachte sie in ihrer Jugend viel Zeit in Tirol und Südtirol, wohin sie auch heute immer wieder gerne zurückkehrt. »Burgfrieden« ist ihr erster Kriminalroman.

SIGRID NEUREITER

Burgfrieden

Kriminalroman

GMEINER *Original*

Besuchen Sie uns im Internet:
www.gmeiner-verlag.de

Im Ehnried 5, 88605 Meßkirch
Telefon 07575/2095-0
info@gmeiner-verlag.de

1. Auflage 2012

Lektorat: Claudia Senghaas, Kirchardt
Herstellung: Christoph Neubert
Umschlaggestaltung: U.O.R.G. Lutz Eberle, Stuttgart
unter Verwendung eines Fotos von: © LianeM – Fotolia.com
Druck: Bercker Graphischer Betrieb GmbH & Co. KG, Kevelaer
Printed in Germany
ISBN 978-3-8392-1231-8

Personen und Handlung sind frei erfunden.
Ähnlichkeiten mit lebenden oder toten Personen
sind rein zufällig und nicht beabsichtigt.

NULL

Blasius Botsch, Direktor auf Schloss Runkelstein bei Bozen, faltete die Bügel seiner Brille ineinander und verstaute die Sehhilfe in dem dafür vorgesehenen Etui. Mit leicht gerunzelter Stirn betrachtete er die holzvertäfelte Tür, die von seinem Büro zum Zimmer seiner Mitarbeiterin führte. Was ging da draußen vor? Eben vernahm er Francesca Rossis kräftiges Organ, heute eine Oktave höher als gewöhnlich. »Il direttore non c'è per nessuno per il momento.«

Nachdenklich zupfte Blasius Botsch an den Barthaaren seines Kinns. Er war also für niemanden zu sprechen. Schon wieder nicht. Langsam übertrieb Francesca es ein wenig. Ihre Sorge um seine Gesundheit in allen Ehren, aber wen er empfing und wen nicht, entschied er immer noch selbst. Entschlossen stapfte er zur Tür und öffnete diese mit einem kräftigen Ruck.

Der Mann, dessen Wortschwall im südländischen Dialekt eben noch an des Direktors Ohr gedrungen war, schwieg abrupt. Blasius bot sich ein Bild, als hätte jemand mitten in der Vorführung den Film angehalten: Francesca stand hinter ihrem Schreibtisch, einem beeindruckenden Möbel aus dem 16. Jahrhundert, ein wenig vorgeneigt, so dass der Brustansatz am Ausschnitt ihrer Seidenbluse sichtbar wurde. Die rechte Hand hielt sie ausgestreckt und zugriffbereit in Richtung des Mannes, der seinerseits wie erstarrt von einer unsichtbaren Kraft mitten in der Bewegung gestoppt schien.

Blasius betrachtete die untersetze, bullige Gestalt mit den derben Gesichtszügen. Das war doch Speranza, der Bauarbeiter aus Süditalien – aus Kalabrien, wenn er sich recht entsann –, der seit ein paar Tagen im Lager zu Gange war. Was hielt er da in seiner drohend zur Decke gereckten Faust? Wenn das ein Bescheid des Denkmalamtes war – bei Umbauarbeiten in der Burg konnte man nie vorsichtig genug vorgehen –, dann würde dieser bald zur Unleserlichkeit verknittert sein, so fest hielt der Mann das Papier umklammert. Apropos Papier. Genau betrachtet hatte es keinerlei Ähnlichkeiten mit den amtlichen Schreiben, die Blasius Botsch zuhauf auf seinen Schreibtisch bekam. Weitsichtig wie er war, hatte er keine Mühe, den Gegenstand, den Speranza immer noch sichtlich aufgeregt in der Hand hielt, auch aus der Entfernung in Augenschein zu nehmen. Die Blätter wirkten seltsam vergilbt, das Material ungewohnt rau. Und was war das für eine Schrift? Um die lesen zu können, musste er doch etwas näher an den Mann herangehen. Zunächst galt es aber, die Situation zu beruhigen beziehungsweise Streithahn und -henne aus ihrer Erstarrung zu erlösen.

»Speranza, mi dica, che cosa è successo, sagen Sie, was ist passiert?« Der Mann hatte sich offenbar wieder gefangen und setzte zu einem neuerlichen Wortschwall an. Begleitet wurde dieser von mehrfachen Versuchen Francescas, den Bauarbeiter zu unterbrechen und auf Deutsch Blasius davon in Kenntnis zu setzen, dass der Mann – der Terrone, so nannte sie ihn in Verwendung jenes abfälligen Ausdrucks, den die Nord- für die Süditaliener übrig haben – nur des Direktors kostbare Zeit stehlen wolle.

Mit der erhobenen Linken und einem leichten Kopfschütteln gebot Botsch Francesca Einhalt, während er die Rechte beruhigend auf Speranzas Schulter legte und ihn in Richtung seines Büros schob. Drinnen nahm er dem Mann sachte, aber bestimmt die Seiten aus der Hand. Dieser hatte sie, wie aus seinem Bericht hervorging, kurz zuvor entdeckt, als bei Stemmarbeiten für den Einbau eines neuen Gefriergeräts eine Mauer nachgegeben hatte. Die Blätter hatten in dem Hohlraum dahinter gelegen. Zunächst wollte Speranza sie zusammen mit dem Bauschutt entsorgen, doch irgendetwas machte ihn stutzig. Schließlich hatte er sich dazu entschieden, den Fund dem Direktor persönlich zu übergeben, und da war er nun.

Blasius Botsch hatte aufmerksam zugehört, mehrmals genickt und sich am Kinnbart gezupft. Jetzt breitete er die Blätter auf seinem Schreibtisch aus, legte eines neben das andere und strich ein jedes sorgsam mit dem Ärmel seines Jacketts aus grob gewirktem Leinen glatt. Durch die dünn umrandeten Gläser seiner Brille, die nun wieder an ihrem Platz auf seinem breiten Nasenrücken saß, studierte er aufmerksam das vor ihm Liegende. Speranza schien die Feierlichkeit des Augenblicks erkannt zu haben und übte sich in Schweigen, nur hin und wieder unterbrochen von einem scharfen Ausatmen, mit dem er seiner Anspannung Luft machte.

Jetzt blickte Blasius von seiner Lektüre auf und wandte sich dem Mann zu. »Ha agito benissimo, signor Speranza. Mi ha fatto un grande favore, La ringrazio di cuore. Sie haben genau richtig gehandelt und mir einen großen Gefallen erwiesen, für den ich mich herzlich bedanke.«

Ehe sich Speranza versah, hatte der Direktor ihn wieder hinauskomplimentiert und ihn mit der nachdrücklichen Bitte, dem Mann einen Grappa als Stärkung zu servieren, Francescas Obhut überlassen.

Allein in seinem Büro nahm Blasius die Seiten noch einmal unter die Lupe. Dass es sich bei dem seltsamen Material nicht um Papier, sondern um Pergament handelte, darüber bestand kein Zweifel. Was aber sagte ihm der Inhalt? In Blasius begann sich ein Verdacht zu regen. Noch einmal beugte er sich über die Blätter: Etwas größer als das gängige A4-Format waren sie auf beiden Seiten engzeilig in einer Art Kursivschrift beschrieben. Immer wieder gab es Durchstreichungen, Ausbesserungen und Einfügungen. Das Eigentümlichste daran aber war die Sprache: ein kaum verständliches, sehr altertümlich klingendes Deutsch.

Blasius Botsch erhob sich wieder von seinem Sessel und stellte sich auf die Zehenspitzen, so dass er jetzt aus der Vogelperspektive einen Blick auf den Schreibtisch und das darauf ausgebreitete Pergament werfen konnte. Plötzlich sprang es ihm förmlich in die Augen: Der Name, den er mit einem Mal erkennen konnte, ließ seinen Atem rascher gehen. Jetzt wusste er, was zu tun war. Entschlossen griff er zum Telefon und tippte eine Nummer in die Tastatur.

EINS

Hört alle her, endlich habe ich meinen Landsitz!
Nun brauche ich weder im Februar zu frieren
Noch weiterhin knausrige Herren anzubetteln.
Denn nun hat der großzügige König dafür gesorgt,
dass mir im Sommer kühl und im Winter warm ist.

Nach Walther von der Vogelweide *»Ich hân mîn lêhen«*

Jenny Sommer joggte die Talfer entlang, jenes Flüsschen, das aus dem Südtiroler Sarntal kommend mitten in Bozen in den Eisack mündet. »Gut, dass ich meine Laufschuhe dabei habe«, gratulierte sie sich selbst. Diese und einen Fahrradhelm hatte sie nämlich immer im Gepäck, egal wohin sie fuhr und egal, ob sie deshalb belächelt wurde oder nicht. »Bewegung hält jung«, lautete das Motto der Absolventin des Salzburger Instituts für Germanistik und nunmehr selbstständigen Beraterin für Public Relations. In Wien, wo sie erfolgreich eine PR-Agentur betrieb, war sie Mitglied in einem exklusiven Fitnessclub. Auf Reisen dagegen vertraute sie zur Erhaltung ihrer sportlichen Figur auf Schusters Rappen und den Drahtesel. Eine Strecke zum Laufen fand man schließlich überall und wenn nicht, dann konnte man sich immer noch ein Fahrrad ausleihen.

Bozen, die Hauptstadt der ›Autonomen Provinz Bozen – Südtirol‹ – so die offizielle Bezeichnung der zu Italien gehörenden Region – kannte Jenny schon von früheren Reisen. Seit sie die Talfer Promenade entdeckt hatte, gehörte die idyllische Laufstrecke die Weingärten entlang und mit herrlichem Blick auf die umliegenden Berge bei ihren Besuchen in der Provinzhauptstadt mit dem südlichen Flair zu ihrem Pflichtprogramm.

Heute, an einem Sommernachmittag Anfang Juli, schien ganz Bozen hier auf den Beinen zu sein. Jogger, Radfahrer, Mütter oder Väter, die Kinderwägen vor sich herschoben – sie alle nutzten die Gelegenheit zu ein wenig Bewegung an der frischen Luft.

Jenny passierte Schloss Maretsch, eine Burg, die seit dem 13. Jahrhundert wuchtig ihren Platz in der Flussebene behauptete und heute als Tagungszentrum diente. Die Kirchturmuhr der nahe gelegenen Deutschordenskommende schlug zweimal. »16.30 Uhr«, konstatierte Jenny, »da kann ich noch einen kleinen Abstecher in die Altstadt machen.«

Auf Höhe der Talferbrücke, die das historische Zentrum mit dem Stadtteil Gries verbindet, bog Jenny nach links ab und lief auf die Fußgängerampel zu. Plötzlich hörte sie Bremsen quietschen. Augenblicklich stoppte sie mitten im Laufschritt und sprang zur Seite. Jetzt erkannte sie die Ursache des durchdringenden Kreischens: Ein Radler hatte sein Gefährt dicht vor ihr zum Stehen gebracht. Konnte der nicht aufpassen, wo er hinfuhr. Jenny sah ihn herausfordernd an.

»Hoppla, musst du Obacht geben.« Der hatte Nerven. Bog da mit einer Affengeschwindigkeit in die Promenade ein, ohne nach links und rechts zu schauen. Jetzt gab er

auch noch ihr die Schuld. Wie kam er dazu, sie einfach zu duzen? Dem würde sie's geben.
Sie hatte eine scharfe Erwiderung auf der Zunge, da trat ihr Kontrahent schon wieder in die Pedale und sauste davon. Jenny schickte eine Salve wütender Blicke in den Rücken des Davonradelnden. Pikiert schüttelte sie den Kopf: Keine Manieren mehr die jungen Männer heutzutage. Aber von so einem ließ sie sich nicht die Laune verderben. Entschlossen nahm sie ihren Laufschritt wieder auf.

*

Prof. Arthur Kammelbach, Inhaber des Lehrstuhls für Ältere deutsche Literatur an der Universität Salzburg, frönte inzwischen einer ganz anderen Passion: Er machte ein Nickerchen. Zu seiner vollen Länge von 1,90 Meter ausgestreckt lag er angekleidet auf dem King Size Bett in seinem Bozener Quartier, als es an der Tür klopfte.

Arthur schreckte hoch. War er schon wieder eingeschlummert? Irgendetwas stimmte nicht mit ihm in letzter Zeit. Wenn er wieder in Salzburg war, musste er unbedingt seinen Hausarzt aufsuchen. Eigentlich hatte er das ja schon fest vorgehabt, aber ein Anruf war ihm dazwischengekommen: Sein ehemaliger Studienkollege Blasius Botsch, nunmehr Direktor auf Schloss Runkelstein, hatte sich in einer dringenden Angelegenheit an den Professor gewandt. Bei Bauarbeiten in dem zum Küchenlager umfunktionierten Burgverlies war eine bisher unbekannte Handschrift entdeckt worden. Und wenn sein Freund Blasius sich nicht sehr täuschte, dann stammten die Verse auf den Pergamentbögen von niemand Geringerem als dem großen Liederdichter Walther von der Vogelweide.

Arthur war sofort klar gewesen, dass, wenn der Fund sich als echt erwiese, dies eine Sensation wäre. Denn jene Lieder und Sprüche, die der Nachwelt unter Walthers Namen bisher erhalten geblieben waren, hatten erst etwa 100 Jahre nach des Dichters mutmaßlichem Tod in die großen Prachthandschriften Eingang gefunden. Folglich konnten sie kaum als authentisch gelten. Das Mindeste, wovon man ausgehen musste, war, dass bei der mündlichen Überlieferung einiges verlorengegangen, anderes hinzugefügt worden war.

Nun also ein Manuskript, das, wenn schon nicht vom Schöpfer persönlich, so doch zumindest in seinem Auftrag und auf jeden Fall zu seinen Lebzeiten angefertigt worden war. Arthur Kammelbach blieb zunächst skeptisch. Doch das, was ihm Blasius wortreich am Telefon geschildert hatte, war in jeder Hinsicht dazu angetan, seine Bedenken zu zerstreuen. Denn auf den Pergamentblättern befanden sich laut den Ausführungen des Burgdirektors nicht nur Verse mit vielen Durchstreichungen, Ausbesserungen und Einfügungen – allein das schon ein eindeutiger Hinweis darauf, dass hier der Verfasser selbst am Werk gewesen war. Es gab noch ein weitere Besonderheit: Neben den Versen enthielt die Handschrift kurze Kommentare, in denen der Dichter sich jeweils zu Entstehung und Inhalt der Texte, aber auch zur eigenen Befindlichkeit äußerte.

Überzeugt war Arthur aber noch immer nicht.

»Was macht dich eigentlich so sicher, dass die Zeilen von Walther stammen?«

Blasius Botsch schien auf die Frage gewartet zu haben. Schon nach wenigen Augenblicken, in denen nur noch ein Knistern an Arthurs Ohr drang, vernahm er wieder den wohlklingenden Bariton des Freundes:

»Ich, Walther von der Vogelweide, schreibe diese Zeilen im Winter meines Lebens. Aus dem Landsitz, den mir der Kaiser versprochen hat, ist nichts geworden. Da freute ich mich wohl zu früh. Nun aber habe ich bei den Herren der Burg Runkelstein gnädige Aufnahme gefunden. Ich kehre damit dorthin zurück, wo alles begann: in meine Heimat Tirol.« Der Burgdirektor hatte eine gewichtige Pause eingelegt und war dann fortgefahren: »So beginnt eine der Seiten des Manuskripts, vermutlich die erste und freilich in Mittelhochdeutsch. Ich habe mir erlaubt, schon eine kleine Übersetzung anzufertigen. Du wirst beim Studium des Originals zweifellos noch viel gelehrtere Einsichten gewinnen, als mir dies mit meinem bescheidenem Wissen möglich ist.«

Das war typisch Blasius. Der Professor hatte den Studienkollegen als klugen Kopf und netten Kerl in Erinnerung. Aber er hatte schon immer eine Neigung zum understatement gehabt, daran hatte sich offenbar nichts geändert. Was er da allerdings vorgetragen hatte, klang in höchstem Maße interessant. Eine Reise nach Bozen rechtfertigte dies allemal.

Was Arthur allerdings Kopfzerbrechen bereitete, war die Tatsache, dass er es alleine wohl kaum schaffen würde, die Echtheit der Handschrift zu überprüfen. Umfangreiche Vergleiche mit Texten Walthers, aber auch anderer mittelhochdeutscher Dichter würden erforderlich sein, um auch nur zu einem einigermaßen gesicherten Ergebnis zu kommen. Ohne ein kompetentes Fachkollegium wäre die Sache nicht zu bewerkstelligen. Die bis Oktober dauernden Sommerferien nahten, vor dem Herbst würde sich da nichts machen lassen.

Dann war ihm allerdings eine Idee gekommen. Nichts sprach dagegen, die Sache mit einigen seiner Studenten durchzuziehen. Das Semesterende würde ihm da sogar entgegenkommen, denn es gab noch einige, die ihre Zensuren auf Hochglanz bringen wollten. In Aussicht zu stellen, dass die Arbeit an der Handschrift in die Benotung mit einfließen würde, stellte kein Problem dar. Im Gegenteil, das war learning by doing. Er würde ohnehin nur den Tüchtigsten seines Seminars eine Chance geben.

»Blasius, du hast mich überzeugt. Ich nehme Anfang Juli ein paar Tage frei und komme nach Runkelstein.« Der Freund hatte einen Seufzer der Erleichterung ausgestoßen. Als ihm Arthur allerdings eröffnete, dass ihn ein Team aus »einem halben Dutzend junger Experten« zur Unterstützung begleiten werde, zeigte sich Blasius weniger begeistert. Die Sache sei noch geheim, nicht einmal das Assessorat in Bozen habe er bisher verständigt, äußerte er seine Bedenken.

Arthur gelang es, diese zu zerstreuen. Die Zusicherung höchster Diskretion verbunden mit dem Argument, dass das Prüfungsverfahren im Team wesentlich rascher und fundierter vonstattenginge, als einer allein es schaffen könne, hatten Blasius schließlich zum Umdenken gebracht. »In dem Fall musst du selbst für eure Unterkunft sorgen. Auf meinem Ansitz in Nals, wo ich dich ursprünglich als Gast willkommen heißen wollte, habe ich leider nicht genügend Zimmer.«

Der Professor versicherte ihm, er werde sich um das Quartier für sich und seine Leute kümmern. Sein Assistent Lenz Hofer, gebürtiger Bozner aus St. Magdalena und damit ortskundig, sei genau der richtige Mann für diese Aufgabe. Der hatte sich dann auch sofort erboten, mit seinem Onkel, einem angesehenen Architekten und Besitzer einer hochherrschaftlichen Villa, ja beinahe eines Schlösschens, unweit der Burg Runkelstein und nahe genug am Zentrum, Rücksprache zu halten.

Das nun wieder hatte Arthur mit seiner Bitte nicht bezwecken wollen. Wie kam der Architekt dazu, ihm völlig Unbekannte zu beherbergen?

»Musst dir keine Sorgen machen«, hatte Lenz nur gemeint. Sein Onkel sei viel auf Reisen und stelle die Villa großzügig Freunden und Verwandten zur Verfügung. Er Lenz habe als Lieblingsneffe sowieso einen Stein im Brett.

Schließlich hatte Arthur eingewilligt. Da Blasius in sein ursprüngliches Angebot, sämtliche Spesen zu übernehmen, wohl nur den Professor, nicht aber die gesamte Gruppe eingeschlossen hatte, war die Unterbringung im Haus von Lenz' Onkel eine willkommene Möglichkeit, die Reisekosten gering zu halten. Dass Arthur unter diesen Umständen auch Lenz Hofer einlud, ihn zu begleiten, war selbstverständlich. Wenn es der Assistent auch an einem gewissen wissenschaftlichen Eifer mangeln ließ, so war er ihm mit seinem Organisationstalent schon bei so manchen Forschungsreisen, die Arthur zu unternehmen pflegte, eine echte Stütze gewesen.

Die Studenten waren dann auch schnell gefunden. Drei Freiwillige hatten sich unter jenen, die Arthur für befähigt hielt, gemeldet. Dass zu diesen auch sein Neffe Mordred Leitner gehörte, war zwar nicht ganz im Sinne des Professors gewesen, wollte er doch jedwedem Verdacht der Vetternwirtschaft von Anfang an einen Riegel vorschieben. Da aber gegen die Leistungen des Neffen grundsätzlich nichts einzuwenden war und alle anderen in Frage kommenden bereits fest mit Urlauben oder Ferienjobs verplant waren, hatte Arthur eingewilligt.

Schließlich hatte sich auch noch seine Kollegin, die Dozentin Xenia Schmied-Schmiedhausen, erboten mitzukommen und ihre »kritische Perspektive«, wie sie es ausdrückte, einzubringen. Arthur schätzte Xenia als brillante Wissenschaftlerin, obwohl ihm ihr Ehrgeiz, mit dem sie ihre Karriere vorantrieb, zuweilen etwas übertrieben schien. Doch im Hinblick darauf, dass Blasius Botsch plante, die Handschrift, sobald deren Echtheit zweifelsfrei bestätigt war, der Öffentlichkeit zu präsentieren, konnte es auf keinen Fall schaden, eine zweite Akademikerin von Rang im Boot zu haben.

Was Arthur auf die spontane Idee brachte, auch noch seine ehemalige Dissertantin Jenny Sommer einzuladen. Die hatte zwar der Uni, kaum dass ihr Studium zu Ende war, den Rücken gekehrt. Aber als PR-Profi konnte sie ihnen zweifelsfrei von Nutzen sein. So waren sie also heute Vormittag in Salzburg in den Zug gestiegen und schließlich in Bozen und hier in der »Villa Wasserschloss«, so der Name des inmitten eines romantischen Gartens an der Talfer gelegenen Anwesens, gelandet. Lenz, der schon vorausgefahren war, um alles vorzubereiten, wollte direkt vor Ort zu ihnen stoßen.

»Herr Professor, bittschön.« Nochmaliges Klopfen und die Stimme Maria Koflers, Haushälterin und gute Seele der Villa Wasserschloss, riss ihn aus seinen Gedanken. Er schwang, so rasch ihm dies in seinem immer noch etwas benommenen Zustand möglich war, die Beine auf den Boden, schlüpfte in seine Hausschuhe und öffnete die Tür. »Tschuldigen, der Herr Hofer wär' jetzt da.« Arthur strich sich die schon ziemlich ergrauten Haare in die Stirn und folgte Maria in die Lobby.

*

Jenny war in Bozens Zentrum angelangt. Das Archäologiemuseum, vor dem ein Ötzi-Plakat für eine Sonderausstellung über den »Mann aus dem Eis« warb, und den Obstmarkt, eine weitere touristische Attraktion der Stadt, hatte sie schon hinter sich gelassen. Nun befand sie sich in den berühmten Portici, den Lauben. Die Gasse war im Mittelalter und noch lange Zeit danach das Handelszentrum Bozens gewesen, wo sich die Kaufleute aus dem Norden und dem Süden getroffen hatten, um miteinander Geschäfte zu machen. Unter den Laubengängen, daher der Name, wurde während der viermal im Jahr stattfindenden Messen die Ware ausgelegt und war so vor Wind und Wetter geschützt. Heute gaben sich dort alteingesessene Bozner Betriebe wie Gasser, Thaler und Kogler ein – wohl nicht ganz freiwilliges – Stelldichein mit den Shops internationaler Luxusmarken vom Rang eines Emporio Armani, eines Max Mara oder einer Luisa Spagnoli.

Jenny verlangsamte ihr Tempo. Ein Boutiquebesuch war zwar nicht nur wegen ihrer inadäquaten Kleidung tabu. Auch die Preise überstiegen Jennys Schmerzgrenze. Zumindest einen Blick in die Auslagen wollte sie riskieren. Während sie die ausgestellten Modelle betrachtete, ließ sie sich noch einmal das Telefonat mit Arthur Kammelbach durch den Kopf gehen. Es war noch keine Woche her, dass der Professor sie in ihrer Agentur angerufen und gefragt hatte, ob sie ihn nach Bozen begleiten wolle. Zunächst war sie aus allen Wolken gefallen. Zugegeben, sie war auch nach ihrer Promotion mit ihrem Doktorvater, der nach wie vor eine Art Mentor war, in Kontakt geblieben. Aber dieses Angebot kam doch etwas überraschend. Arthur hatte ihr Zögern offenbar bemerkt und sie rasch aufgeklärt: Er stelle gerade eine Expertengruppe zusammen, deren Aufgabe es sei, die Echtheit einer Handschrift, die man auf Schloss Runkelstein gefunden hatte, zu überprüfen.

»Wenn das Ergebnis positiv ist – und daran hege ich kaum mehr Zweifel – wollen wir den Fund in einer Pressekonferenz der Öffentlichkeit vorstellen. Ich würde mich sehr freuen, wenn du als PR-Profi uns dabei unterstützen könntest.«

Das war typisch Professor Kammelbach: Er schaute auf seine ehemaligen Doktorkinder wie ein Hirte auf seine Schäflein, stand ihnen mit Rat und Tat zur Seite, auch noch lange nachdem sie – wie er es nannte – »aus dem Elfenbeinturm der Wissenschaft ins wahre Leben ausgeflogen« waren. Jenny hatte sein Angebot, ohne lange nachzudenken, angenommen. Ein wenig Abstand vom Agenturalltag würde ihr gut tun. Kurz entschlossen hatte sie ihre Aufgaben an ihren Kollegen delegiert – sie war ja schließlich die Chefin – und die Koffer gepackt. Nun befand sie sich gemeinsam mit Arthur und weiteren Mitgliedern der insgesamt siebenköpfigen Delegation in Bozen. Heute Abend würde es ihnen zu Ehren einen Empfang auf Runkelstein geben. Für die kommenden Tage stand dann die Überprüfung der Handschrift auf dem Programm.

*

Jenny war fast am Ende der Laubengasse angekommen. War das nicht Xenia Schmied-Schmiedhausen, die da gerade die Athesia Buchhandlung betrat? Die Dozentin, die sie noch von Studienzeiten her kannte, schien immer noch der gleiche Bücherwurm wie damals zu sein. Schon im Zug nach Bozen hatte sie ihre Nase fast die ganze Zeit in irgendwelche Unterlagen gesteckt. Eine Unterhaltung mit ihr war kaum möglich gewesen. Wenn überhaupt, dann hatte sich Schmied-Schmiedhausen an den Professor gewandt, um seine Meinung zu irgendeiner wissenschaftlichen These einzuholen. Der wiederum zeigte wenig Lust, sich auf einen akademischen Diskurs einzulassen, und hatte eher einsilbig geantwortet.

Jenny fragte sich gerade, ob die Dozentin wohl mit dem Bus in die Altstadt gekommen war, als sie ihrer plötzlich in der Silbergasse wieder ansichtig wurde. Wie war das möglich? Eben hatte sie sie noch zwei Gassen weiter die Buchhandlung betreten sehen, und jetzt tauchte sie plötzlich hier auf. Jenny sah sich noch einmal um, konnte die groß gewachsene, knochige Frau aber nirgends entdecken. Sie musste sich wohl geirrt haben.

*

»Hallo Frau Doktor, so sportlich unterwegs?« Eine Männerstimme riss Jenny aus ihren Gedanken, als sie gerade auf den Waltherplatz einbog. Vor ihr stand Mordred Leitner, einer der Studenten aus dem Team des Professors, und leckte genüsslich an einer der bunten Eiskugeln seines Tüteneises. Neben ihm hielt auch seine Kommilitonin Tina Ebner eine Eistüte in der Hand. Jenny fragte sich gerade, ob sich wohl die gesamte Delegation hier im Zentrum Bozens versammelt hatte, als ihr auffiel, dass einer der Studenten fehlte: Der Dritte im Bunde, Lukas Gruber. Sie beschloss, gar nicht auf Mordreds Bemerkung und sein anzügliches Grinsen einzugehen.

»Wo ist denn euer Kollege? Wie seid ihr überhaupt hergekommen?« Tina und Mordred warfen sich einen Blick zu, den Jenny nicht zu deuten wusste. Dann platzte das Mädchen heraus:

»Wir sind mit der Vespa hier, die haben wir schon vorher übers Internet gebucht. Der Lukas wollte eigentlich mitkommen. Ich weiß auch nicht, wo er steckt.«

Mordred, der sich bis dahin schweigend seinem Eis gewidmet hatte, schien seine Sprache wiedergefunden zu haben.

»Der kann uns ruhig gestohlen bleiben. Ohne ihn haben wir's doch viel gemütlicher, wir zwei.« Vertraulich legte er einen Arm um Tinas Schultern, den diese aber gleich wieder abschüttelte.

»Geh, der wird scho' no' kommen.«

Tina hatte wieder zum ausgeprägten Dialekt ihrer oberösterreichischen Heimat zurückgefunden. Der war Jenny schon während der Zugfahrt aufgefallen. Auch dass Mordred Leitner sehr von sich eingenommen zu sein schien, war ihr nicht entgangen. Jetzt hatte ihm die Studentin aber einen Dämpfer versetzt. Tina Ebner schien jedenfalls eine zu sein, die sich nichts gefallen ließ.

»Bis heute Abend.« Jenny verabschiedete sich. Als sie die in weißen Laaser Marmor gemeißelte Statue Walthers von der Vogelweide passierte, sah sie den, von dem gerade die Rede gewesen war: Lukas Gruber. Der schmale, zurückhaltende Junge, der Mordred und dem Mädchen heute bei der Herfahrt im Zug gegenübergesessen hatte, schien auf jemanden zu warten. Von seinem Standort konnte er den gesamten Platz überblicken. Er musste gesehen haben, wie Mordred und Tina mit ihr gesprochen hatten. Seltsam, dass er nicht längst zu den anderen gestoßen war. Jenny wurde aus seinem Verhalten nicht schlau.

Wieder schlug eine Kirchenglocke, diesmal war es die der Dominikanerkirche. Jenny zählte fünf Schläge. Jetzt wurde es aber höchste Zeit. Wenn sie noch duschen und sich umkleiden wollte, musste sie sich beeilen. Sie beschleunigte ihr Tempo.

*

Als Arthur die Lobby betrat, kam ihm sein Assistent Lenz Hofer entgegen.

»Gehen wir in die Sala terrena. Ist es angenehm dort im Gartensalon.« Arthur konnte sich ein Lächeln über die Marotte des jungen Mannes, Subjekt und Prädikat zu vertauschen, nicht verkneifen. Auf seine Nachfrage hin hatte ihm dieser einmal erklärt, wie es dazu gekommen war: Lenz hatte schon mehrmals an so genannten »Poetry Slams« oder auch »Dichterschlachten« genannten Wettbewerben teilgenommen. Dabei ging es darum, einen selbst geschriebenen Text innerhalb einer bestimmten Zeit einem Publikum vorzutragen, das dann als Wertungsrichter fungierte. Der seiner Ansicht nach besseren Rhythmik wegen war Lenz schon früh auf die Idee gekommen, den Satzbau zu verändern, wobei ihn dialektale Gepflogenheiten ebenso inspirierten wie die moderne Stilrichtung des Rap, einem der Hip-Hop-Kultur entstammenden Sprechgesang. In Verbindung mit dem kehligen Südtiroler Akzent gab dies seiner Poesie eine durchaus originelle Note. Irgendwann hatte sich das dann auch in seine Alltagssprache eingeschlichen.

Solange sich diese Gepflogenheit auf Lenz' Umgangssprache beschränkte, nicht aber seine Ausdrucksweise in seiner Funktion als Assistent bei Lehrveranstaltungen beeinflusste, konnte der Professor gut damit leben. Er hatte ohnehin die Erfahrung gemacht, dass Studenten mit ausgeprägtem Dialekt viel selbstverständlicher Zugang zum Mittelhochdeutschen fanden als ihre zur Hochsprache erzogenen Kollegen.

In der lichtdurchfluteten Sala terrena, die die Villa mit der Veranda und dem großflächigen, fast parkähnlichen Garten verband, deutete Lenz mit einer einladenden Bewegung auf die bequemen Korbsessel. »Du magst einen Veneziano?« Da war es wieder: Ein Frage klang bei Lenz wie eine Feststellung und umgekehrt. Arthur hielt allerdings nichts von dem neumodischen Drink, einer Mischung aus Aperol und Prosecco.

»Lieber einen Campari mit Eis, wenn es keine Umstände macht.«

Über das Haustelefon bestellte Lenz bei Maria die Getränke, mit denen diese wenig später erschien. Arthur nahm seinen Campari und prostete dem jüngeren Kollegen zu.

»Also dann, auf einen gelungenen Abend und erfolgreiche Tage auf Runkelstein.« Lenz tat es dem Professor gleich und hob sein Glas mit der hell orangenen Flüssigkeit.

»Alles ist zu eurer Zufriedenheit?«

Die Frage war für Arthur das Stichwort, sich herzlich für Lenz' Organisation und das Entgegenkommen seines Onkels zu bedanken. »Du hast uns hier hervorragend untergebracht. Das Haus ist toll und die Lage geradezu einmalig für das, was wir vorhaben. Wir sind hier keine zwei Kilometer von der Burg entfernt, da können wir auch zu Fuß gehen.«

Lenz nahm noch einen Schluck von seinem Veneziano.

»Gibt es einen schönen Fußweg entlang der Talfer. Geht aber das letzte Stück steil durch den Wald hinauf. Kann Georg euch mit dem Van fahren, komm' ich mit dem Rad hinterher.«

Arthur lehnte ab. Er wolle die Gastfreundschaft des Verwalterehepaares Georg und Maria Kofler, die sich schon bei der Ankunft so rührig um sie bemüht hatten, nicht überstrapazieren. »Nein, nein, wir gehen alle zu Fuß, die Bewegung wird uns nach der langen Fahrt gut tun.« Wie um seine Worte zu unterstreichen, stand der Professor auf und streckte sich ein wenig.

»Sollten wir den Damen aber sagen, dass sie festes Schuhwerk anziehen.« Sein Assistent schien tatsächlich Bedenken zu haben, daher beeilte Arthur sich, diese zu zerstreuen.

»Das lass mein Problem sein. Xenia habe ich ohnehin noch nie anders als in praktischen Schuhen gesehen, und Tina Ebner scheint mir auch eher der geländegängige Typ zu sein. Aber mit Frau Sommer werde ich vorsichtshalber reden, bei ihr bin ich mir nicht so sicher.«

Arthur wandte sich zur Verandatür, als er vom Garten her den Kies unter Schritten knirschen hörte. Im nächsten Augenblick stürmte die eben Genannte in den Salon. Sehr flott sah sie aus, in ihrem Laufdress. Vielleicht hatte er ihr mit seinem Verdacht das Schuhwerk betreffend Unrecht getan. Er würde ihr vorsichtshalber trotzdem einen Tipp über die Beschaffenheit des Weges nach Runkelstein geben.

»Da bist du ja. Eben haben wir von dir gesprochen.« Arthur ging auf Jenny zu, die abrupt mitten im Raum stehen geblieben war. »Jetzt lernst du gleich meinen Assistenten Lenz Hofer kennen.« Professor Kammelbach deutete auf den jungen Mann, der sich lässig aus seinem Korbstuhl erhob. »Lenz, das ist Jenny Sommer, Frau Doktor Jenny Sommer, um genau zu sein.«

Sie bewegte sich immer noch nicht. Stand einfach da und fixierte den jungen Mann mit einem Gesichtsausdruck, den Arthur nicht zu deuten wusste. Schließlich streckte sie zögerlich ihre rechte Hand aus, die Lenz, der inzwischen nähergekommen war, mit festem Druck ergriff.

»Glaub ich, kennen wir uns schon.« Lenz schüttelte kräftig Jennys Hand, was diese zunächst willenlos geschehen ließ. Einige Sekunden schien sie von seinem Blick, mit dem er sie durch seine Brillengläser hindurch fixierte, wie gebannt.

Arthur verschränkte zuerst die Arme vor der Brust, stützte dann den Ellenbogen auf und schließlich sein Kinn in die rechte Hand. Nachdenklich betrachtete er die Szene. Kannten die beiden sich etwa schon? Warum hatte ihm keiner etwas gesagt?

In dem Moment entzog Jenny Lenz ihre Hand, warf den Kopf nach hinten und schaute dem sie um zwei Haupteslängen Überragenden herausfordernd ins Gesicht:

»Wie man's nimmt.« Nach dieser in unüberhörbar

schnippischem Tonfall geäußerten Bemerkung verließ sie mit dem Hinweis, sich für den Abend noch frisch machen zu wollen, den Salon in Richtung Treppe, die zu den Gästezimmern im ersten Stock führte.

Arthur sah ihr verwundert nach. So kannte er sie gar nicht. Jenny war zwar keine, die ein Blatt vor den Mund nahm. Aber normalerweise verstand sie es, auch kritische Äußerungen so verbindlich vorzubringen, dass dem anderen meist gar nichts übrig blieb, als ihr zuzustimmen. Vor allem männliche Kontrahenten ließen sich nur allzu gerne von ihrem Charme einwickeln. Das hatte er in so manchen akademischen Streitgesprächen, an denen sie teilgenommen oder diese – wie es meist der Fall war – angezettelt hatte, feststellen können.

Wäre jedenfalls schade, wenn sie sich ausgerechnet mit seinem Assistenten nicht vertrug. Arthur hatte gehofft, die Teilnehmer der Delegation rasch zu einem dream team zusammenschweißen zu können. Lenz hatte er dabei die Rolle als Statthalter vor Ort und Jenny quasi die der Außenministerin zugedacht. Spannungen zwischen den beiden waren da fehl am Platz.

Ob er Lenz ins Gebet nehmen und herausfinden sollte, was los war? Arthur sah zu seinem Assistenten hinüber, der wieder Platz genommen hatte. Auf dem Tischchen vor ihm stand immer noch der Veneziano, aus dem die munteren Kohlensäurebläschen entwichen waren. Die Flüssigkeit war so trüb geworden wie der Blick, mit dem Lenz in sein Glas starrte.

*

In der Schlosskapelle auf Runkelstein betrachtete sich Francesca Rossi in dem großen Standspiegel. Man hatte das ebenerdig gelegene Gotteshaus in eine Garderobe umfunktioniert, damit sich die Schauspieler, die derzeit mit Aufführungen von Umberto Ecos »Der Name der Rose« im Burghof gastierten, umziehen konnten. Heute war spielfrei, und Francesca hatte den niedrigen, von romanischer Rundbogen-Architektur bestimmten Raum ganz für sich.

Mehr als 13 Jahre waren vergangen, seit sie das erste Mal hier gestanden hatte. Damals waren die Renovierungsarbeiten auf Runkelstein, das in der ersten Hälfte des 13. Jahrhunderts auf einem Felsen am Eingang zum Sarntal errichtet worden war, noch in vollem Gange. Nach einer wechselvollen Geschichte, die vor allem in den Anfängen von Nikolaus und Franz Vintler, einem aufstrebenden Brüderpaar aus dem reichen Tiroler Bürgertum, geprägt worden war, hatte der österreichische Kaiser Franz Josef die Burg 1893 der Stadt Bozen geschenkt. Von da an sollte es noch über 100 Jahre dauern, bis Runkelstein mit seinem einzigartigen Freskenzyklus im Jahr 2000 für das Publikum geöffnet wurde.

Francesca riss sich von ihren Gedanken los. Bis zur Ankunft der Delegation aus Salzburg war zwar noch Zeit, aber mit dem, was sie vorhatte, konnte man nicht früh genug beginnen. Langsam begann sie, die Knöpfe ihres langen, prächtigen Gewandes aus rotem Samt einen nach dem anderen zu schließen. Sie hatte sie selbst von Hand angefertigt, als der Direktor vor ein paar Jahren die Idee gehabt hatte, besondere Gäste mit mittelalterlichen

Darbietungen zu beglücken. Ihr war die Rolle der Frau Minne, jener allegorischen Figur, die über die Liebenden wacht, zugefallen. Blasius Botsch selbst hatte die Rolle des Sängers Walther von der Vogelweide übernommen.

Blasius. So viele Jahre waren sie jetzt schon ein Paar und immer noch ein heimliches. Was ihrer Beziehung keineswegs schadete, sondern im Gegenteil dafür sorgte, dass das Feuer ihrer Liebe stets mit einer frischen Brise neu entfacht wurde.

In letzter Zeit machte er ihr allerdings ein wenig Sorgen. Nicht nur, dass er all ihre Bemühungen um seine Gesundheit in den Wind schlug. Er ließ es sich auch nicht nehmen, mit jedem Mitarbeiter, der dies begehrte, persönlich zu sprechen. In ihren Augen war das verlorene Liebesmüh, vor allem, wenn es um die Süditaliener ging. Erst neulich wieder hatte er diesen Speranza, diesen Kalabrese, so mir nichts dir nichts in sein Büro geführt.

Bene, das, was der gefunden hatte, schien ja wirklich eine Sensation zu sein. Aber genauso gut hätte er ihr die Handschrift überlassen können, sie hätte sie Blasius dann schon zu gegebener Zeit vorgelegt. So aber hatte sie vor verschlossenen Türen warten und am Ende dem Kerl noch einen Grappa servieren müssen.

Francesca stemmte die Hände in die wohlgerundeten Hüften und drehte sich noch einmal vor dem Spiegel. Gut sah sie aus, immer noch, mit ihren 57 Jahren. Schade, dass sie ihr volles, von nur wenigen silbrigen Fäden durchzogenes Haar heute unter einem Hut verstecken musste. Aber der gehörte zum Kostüm, ebenso wie die Schnabelschuhe. Die würde sie ganz zum Schluss überstreifen. Etwas anderes hatte jetzt Vorrang. Vorsichtig öffnete sie die hölzerne Schatulle, die sie behelfshalber auf dem steinernen Altar deponiert hatte. Beinahe andächtig entnahm sie ihr zwei lange schwarze Zöpfe, die sie seit ihrem zwölften Lebensjahr aufbewahrte.

ZWEI

Heißt mich willkommen,
Denn ich bringe Euch Neuigkeiten.
Alles, was man Euch bisher erzählt hat,
sind leere Worte. Fragt lieber mich!
Ich will allerdings ein Honorar dafür:
Wenn das angemessen ist,
dann werdet Ihr das zu hören bekommen, was Euch gefällt.
Also, wie steht's mit der Bezahlung?

Nach Walther von der Vogelweide *»Ir sult sprechen willekommen«*

Zügig marschierte die kleine Prozession das linke Talferufer flussaufwärts. Vorneweg schritten der Professor und sein Assistent weit aus, dicht gefolgt von den Studenten. Mordred und Lukas hatten Tina in die Mitte genommen, es schien wieder Eintracht zwischen den dreien zu herrschen. Jenny und Dozentin Schmied-Schmiedhausen bildeten das Schlusslicht.

Letztere gab sich Jenny gegenüber etwas weniger zugeknöpft, als dies heute während der Zugfahrt der Fall gewesen war. Ja, sie ließ sich sogar zu einem Du herab, wie es unter ehemaligen Kommilitonen durchaus üblich war. Jenny war sich nicht sicher gewesen, wie die andere, die rein vom akademischen Standpunkt gesehen inzwischen die Ranghöhere war, eine solche Vertraulichkeit auffassen würde, und hatte daher bisher eine direkte

Anrede tunlichst vermieden. Jetzt war die Sache geklärt, und vielleicht konnte man mit Xenia ja doch noch in ein vernünftiges Gespräch von Frau zu Frau kommen, das nicht von wissenschaftlichen Thesen strotzte.

Um eines beneidete Jenny sie jedenfalls: um ihre zwar höchst unansehnlichen, dafür aber umso bequemeren Halbschuhe. Sie selbst war leider dem Rat des Professors, den dieser ihr noch kurz vor dem Aufbruch gegeben hatte, nämlich möglichst praktisches Schuhwerk zu tragen, nur bedingt gefolgt. Zwar hatte sie nach seiner Warnung, dass sie am Ende ihrer Wanderung ein ziemlich unwegsames Steilstück erwartete, umdisponiert und sich statt der geplanten Hochhackigen für Riemchensandalen mit gemäßigtem Absatz entschieden. Aber davon, dass der gesamte Weg entlang der Talfer mit Kies bestreut war, hatte der Professor nichts gesagt. Immer mehr spitze Steinchen sammelten sich unter ihren Fußsohlen. Hätte sie bloß auf Arthur gehört. Besser noch, sie hätte Lenz Hofer gefragt, der war ja schließlich von hier.

Von hinten betrachtete sie seine schlanke, groß gewachsene Gestalt. Er war der Radfahrer gewesen, mit dem sie heute ihren Beinahe-Zusammenstoß gehabt hatte. Als sie ihn dann mit dem Professor im Salon sitzen sah, hätte sie sich am liebsten unsichtbar gemacht. Nicht, dass sie sich in ihren Shorts nicht hätte blicken lassen können. Aber es war einfach keine angemessene Bekleidung für die erste offizielle Begegnung mit Arthurs Assistenten.

An Jenny nagte das schlechte Gewissen. Sie war sich dessen bewusst, dass sie unfair zu dem jungen Kollegen gewesen war. Gut, sie hatte sich über seine Nonchalance geärgert, mit der er über den Vorfall hinweggegangen war. Aber schließlich war ihr ja nichts passiert. Dass er an der Fast-Kollision ganz alleine schuld war, bezweifelte sie mittlerweile ohnehin. Schließlich war sie ja auch nicht besonders achtsam gewesen.

Als er sie dann aber bei der Begrüßung so durchdringend angesehen hatte, war ihr Unmut wieder hochgekommen. Um sich Luft zu machen und um ihre Verlegenheit angesichts ihres leicht bekleideten und ein wenig verschwitzten Zustandes zu überspielen, hatte sie ihn einfach abblitzen lassen. Wobei abblitzen vielleicht ein wenig zu viel gesagt war. Er hatte ihr ja keine Avancen gemacht. Aber einen kleinen Dämpfer hatte sie ihm halt versetzen wollen. Das schien ihr auch gelungen zu sein, wenn sie bedachte, wie förmlich er sie seither behandelte. Nur ein einziges Mal hatte er bisher überhaupt das Wort an sie gerichtet und sie mit »Guten Abend, Frau Doktor« begrüßt, als sie in die Eingangshalle heruntergekommen war. Sein flüchtiger Blick auf ihre Beine war ihr allerdings nicht entgangen. Oder hatte er sich etwa insgeheim über ihre Sandalen mokiert? Die verfluchte Jenny mittlerweile. Jetzt bemerkte sie auch, dass sie hinter den anderen zurückgefallen war. Xenia hatte sich an die Spitze des Zuges gekämpft und redete auf Arthur ein, dahinter schlossen die Studenten auf. Sie fragte sich gerade, wo Lenz war, denn sie konnte ihn nirgends mehr sehen. Da fiel ihr Blick auf Runkelstein. Majestätisch ragte das mächtige Bauwerk in den Abendhimmel, an dem die Sonne nur zögerlich ihren Weg Richtung Horizont antrat.

Jenny war überwältigt. Sie hatte zwar schon Fotos von der Burg gesehen, doch das war kein Vergleich mit dem Anblick, der sich ihr jetzt bot. Staunend blieb sie stehen und betrachtete das imposante Mauerwerk, das sich hoch auf einem bewaldeten Felsen erhob, der zur Talfer hin steil bergab fiel. Dort auf der Burg würden sie nicht nur den heutigen Abend, sondern auch die nächsten Tage verbringen. Es galt, die gefundene Schrift Wort für Wort zu analysieren und mit überlieferten Texten Walthers von der Vogelweide zu vergleichen. Nur diese aufwendige Methode würde es ihnen ermöglichen, die Echtheit des Manuskriptes einigermaßen gesichert zu bestätigen.

Wobei Jenny bezweifelte, dass sie hierzu einen wesentlichen Beitrag würde leisten können. Über 20 Jahre war es jetzt her, dass sie die Uni verlassen und sich ins Berufsleben fern der hohen Wissenschaft gestürzt hatte. Bei den Untersuchungen selbst würde sie wohl kaum von Nutzen sein. Doch Arthur hatte befunden, dass sie, um die geplante Pressekonferenz möglichst fundiert vorbereiten zu können, auch in die Forschungsarbeit eingebunden sein sollte.

Jenny seufzte. Sie hoffte bloß, dass sie ihn nicht enttäuschen und sich selbst nicht blamieren würde. Zu letzterem war sie ohnehin schon auf dem besten Wege. Denn jetzt bemerkte sie, dass die anderen ihr weit voraus waren. In einiger Entfernung sah sie die Gruppe die Talferbrücke überqueren. Dort, auf der anderen Seite des Flusses, begann der Aufstieg zur Burg. Sie würde rennen müssen, um die anderen noch einzuholen. Dazu musste sie aber erst einmal ihre Schuhe entleeren. So leicht, wie die

Steinchen dort hineinfanden, so schwer war es, sie wieder herauszubekommen.

Als sie sich hinkniete, um die Schließe der ersten Sandale zu öffnen, fiel plötzlich ein Schatten auf sie.

»Ich kann vielleicht helfen?« Lenz Hofer stand direkt vor ihr und blickte zu ihr hinunter. Jenny richtete sich langsam auf.

*

»Ich will Euch willkommen heißen,
Denn wer Gutes bringt, seid Ihr.
Werdet uns die Richtung weisen,
hin zur Ehre und zur Zier.
Ich will Euch daher heute
Geben Speis und Trank.
Das ist, wenn ihr's mir erlaubt, mein bescheid'ner Dank
Für Euch gescheite Leute.«

Die kleine Schar mit Arthur Kammelbach an der Spitze glaubte, ihren Ohren nicht zu trauen. Sie hatten das letzte beschwerliche Wegstück durch den dichten Wald hinter sich gebracht, als eine schallende Männerstimme begann, die Verse zu deklamieren, die sie als sehr freie Adaption von Walther von der Vogelweides »Ir sult sprechen willekommen«, des sogenannten Preisliedes, wiedererkannten. Aus dem Burgtor traten ihnen zwei Gestalten entgegen, die einer der mittelalterlichen Darstellungen der großen Liederhandschriften entsprungen zu sein schienen.

Ein ziemlich kleiner Mann hatte seine füllige Gestalt in eine Art blaue Toga gehüllt, die ihm bis zu den nach oben gebogenen Spitzen seiner Schnabelschuhe reichte. Den Halsausschnitt des Gewandes zierte ein Pelzbesatz von derselben Beschaffenheit wie die Krempe der Kopfbedeckung, unter der ein rötlichblonder Haarkranz hervorschimmerte. Die linke Hand hatte der Mann auf seine Brust oder vielmehr auf die darunter vorragende Wölbung seines Bauches gelegt. Den rechten Arm bot er der neben ihm stehenden Dame, die darauf ihren linken Unterarm samt dem langen, trichterförmig herabhängenden Ärmel platziert hatte. Er war Bestandteil eines Kleides aus dunkelrotem Samt, das von der gegürteten Taille in weichen Falten zu den gebogenen Schuhspitzen herabfiel. Auch hier war der großzügige Ausschnitt mit einer Art Pelz besetzt, der sich als Hutbesatz wiederfand. Über den üppigen Busen legten sich zwei Zöpfe, die bis weit über die Taille reichten.

Das Einzige, was an dem gesamten Ensemble aus dem Rahmen fiel, war der große Schlüsselbund, den die Dame an ihrem Taillengürtel befestigt hatte. Ansonsten stimmte alles perfekt: Der Herr verkörperte ganz offensichtlich den Sänger Walther von der Vogelweide, wie er in der nach ihrem Aufbewahrungsort benannten »Großen Heidelberger Liederhandschrift« dargestellt wird. Die Dame wiederum war zweifellos die lebensgroße Nachbildung der allegorischen Figur Frau Minne. Nun hob der männliche Part wieder zu sprechen an:

»Liebreizende Damen, gelehrte Herren, es ist mir eine große Ehre, Euch hier begrüßen zu dürfen«. Bei dieser Anrede begann sich das erste Mitglied der Delegation aus der Erstarrung zu lösen, die bisher alle erfasst hatte. Es war Xenia Schmied-Schmiedhausen, die ob dieser nach ihrem Dafürhalten groben Verletzung der politischen Korrektheit verächtlich die Mundwinkel nach unten zog. Wie kam sie als Dozentin dazu, sich von diesem Möchtegern-Walther als »liebreizende Dame« bezeichnen zu lassen. Mit hochgezogenen Augenbrauen wandte sie sich dem neben ihr stehenden Arthur Kammelbach zu. In dem Moment wurde auch dieser wieder Herr seines Bewegungsapparates. Mit weit ausholender Geste ging er ostentativ applaudierend auf den Redner zu.

»Lieber Freund, du hast uns einen höchst originellen Empfang bereitet. Kolleginnen und Kollegen«, Arthur wandte sich ermunternd an seine immer noch ein wenig traumatisiert wirkende Schar, »ich bitte um einen Applaus für Burgdirektor Blasius Botsch und seine Dame, Frau Minne, wie ich annehme.«

Wie zur Bekräftigung begann er neuerlich zu klatschen. Jenny war die Erste, die in den Beifall einstimmte. Bald darauf taten es ihr Lenz Hofer und Tina Ebner gleich, Mordred Leitner und Lukas Gruber folgten nach einigem Zögern deren Beispiel. Einzig Xenia Schmied-Schmiedhausen konnte sich nicht dazu überwinden. Stattdessen öffnete sie ihre Umhängetasche aus grobem, recycelbarem Stoff und entnahm ihr einen Notizblock und einen Stift, wie um daran zu erinnern, dass sie nicht um des – in ihren Augen ohnehin zweifelhaften – Vergnügens, sondern um des Arbeitens willen hierhergekommen waren.

Nun ergriff Blasius wieder das Wort.

»Hochwerte Gäste, ich bitte Euch nun, uns in die Burg zu folgen, wo Speis und Trank nach echter Ritterart unserer harren. Zuvor aber erlaubt mir und meiner hochgeschätzten Mitarbeiterin Francesca Rossi« – hier machte er eine Verneigung in die Richtung seiner Dame, die diese mit einem huldvollen Nicken quittierte – »Euch eine Führung durch die Räumlichkeiten unseres weithin gerühmten Kleinodes angedeihen zu lassen.«

Die Gruppe setzte sich in Bewegung, als plötzlich eine hohe, leicht singende Stimme die einsetzenden Geräusche durchschnitt.

»Herr Direktor, ich bin sicher, wir alle wissen Ihre Bemühungen zu schätzen. Doch ich darf Sie darauf aufmerksam machen, dass wir zu Prüf- und Studienzwecken hierhergekommen sind. Ein großes Pensum liegt vor uns. Ich muss Sie daher auffordern, die Zeit nicht zu vertändeln, sondern uns stattdessen unverzüglich die Handschrift, die hier gefunden wurde, zu zeigen.«

Xenia Schmied-Schmiedhausen hatte sich um wohlgesetzte Worte bemüht, doch weder diese noch der melodiöse Tonfall konnten dem Gesagten die Schärfe nehmen. Der Professor war wie vom Donner gerührt stehengeblieben und sah entgeistert zu der Dozentin hin. Die Studenten schauten scheinbar verlegen zu Boden. Ihre Blicke, mit denen sie sich aus den Augenwinkeln heraus verständigten, entbehrten jedoch nicht einer gewissen Schadenfreude, wobei nicht klar hervorging, wem diese galt. Jenny hatte den Mund geöffnet. Es sah ganz so aus, als wolle sie zu einer Entgegnung ansetzen, müsse aber zunächst einmal ihrer Verblüffung Herr werden. Lenz' Gesichtsausdruck war undurchdringlich, der von Francesca wirkte bestürzt. Mit einem Mal richteten sich sämtliche Augenpaare auf Blasius Botsch.

»Wie wahr, meine hochgelehrte Dame, wie wahr.« Immer noch lächelnd und unter mehrmaligem Nicken seines behüteten Kopfes ging er auf die so Angesprochene zu. Vor ihr angekommen verbeugte er sich, winkelte seinen rechten Arm an und bot ihn ihr mit galanter Geste dar. »Dozentin Schmied-Schmiedhausen, wenn sich meine schon etwas ergrauten kleinen Zellen nicht sehr täuschen. Darf ich Sie um die Ehre bitten, mich in die Burg zu begleiten?«

Jetzt war es Xenia, deren Mund offen stehenblieb. Langsam klappte sie ihn wieder zu, zuckte mit den knochigen Schultern und legte ihre Linke auf den Handrücken des Direktors, den sie um Haupteslänge überragte. Solcherart vereint schritt das ungleiche Paar durch das Burgtor.

Professor Kammelbach fasste sich wieder und bot seinerseits Francesca Rossi den Arm an, den diese mit einem freundlichen Lächeln ergriff. Lukas Gruber und Mordred Leitner folgten dem Beispiel auf ihre Art, indem sie Tina Ebner links und rechts unterhakten. Jenny sah zögernd zu Lenz hin, der bis jetzt noch keinerlei Anstalten gemacht hatte, sich den anderen anzuschließen.

»Sind wir jetzt das Schlusslicht.« Hinter seinen Brillengläsern zwinkerte er ihr zu und reichte ihr den Arm. Gemeinsam betraten sie den Innenhof.

*

In der Burgschänke beendeten Blasius und Francesca ein weiteres Duett. Trotz Xenias schroffer Ermahnung hatten sie es sich nicht nehmen lassen, ihre Gäste mit einer neuerlichen, diesmal sogar musikalischen Darbietung zu erfreuen. Dafür hatten sie einige der bekanntesten Liebeslieder Walthers von der Vogelweide ausgewählt, vorzugsweise jene, in denen er seine Zuneigung zu einem Mädchen von geringerem Stand besingt. Francesca hatte mit ihrem wohlklingenden Alt den weiblichen Part übernommen, Blasius begleitete sie dazu recht kundig auf seiner Laute, einem gitarreähnlichen Saiteninstrument. Nun schienen sie mit ihrem Vortrag fertig zu sein. Nachdem sie sich noch einmal verneigt hatten, nahmen sie ihre Plätze am Kopfende der Tafel wieder ein.

Lenz Hofer säbelte sich ein großes Stück von der Hühnerkeule ab, die die als Burgfräulein verkleidete Kellnerin gerade aufgetragen hatte. Auch Jenny Sommer, die neben Francesca saß, ließ es sich schmecken. Lenz mochte Frauen, die tüchtig zulangten, und zu denen gehörte Arthurs ehemalige Studentin offenbar, auch wenn man es ihrer zierlichen Figur nicht ansah.

Ihre erste Begegnung heute hatte ja nicht gerade unter einem guten Stern gestanden. Er war auf seinem Weg zur Villa Wasserschloss spät dran gewesen und hatte daher kräftig Gas gegeben, soweit das mit einem Fahrrad halt möglich war. Die Läuferin, die nicht gerade vorschriftsmäßig, ohne nach links und rechts zu schauen, von der Promenade abgebogen war, hatte er erst im letzten Augenblick gesehen und ihr – da er es eilig hatte – auch keine weitere Beachtung geschenkt. War ja nichts passiert. Er hatte ja nicht ahnen können, dass es sich ausgerechnet um Dr. Jenny Sommer handelte.

Dass sie dann sauer reagiert hatte, war kein Wunder. Auch wenn sie ihm ein bisschen zu schnippisch vorgekommen war, als sie einander im Salon wiederbegegneten. Er schien einfach kein Glück mit den Frauen zu haben. Hatte er schon wieder eine zum Überreagieren gebracht. Als er dann sah, wie sie auf dem Weg zur Burg mit ihren zwar sehr schicken, aber völlig ungeeigneten Schuhen kämpfte, hatte sie ihm doch leid getan, und er war einfach noch mal zurückgegangen, auf der Fahrbahn, nicht den Fußweg. Keiner hatte etwas gemerkt. Bis er dann vor Jenny stand. Die aber richtig froh wirkte. Hatte sich einfach auf ihn gestützt und den Kies aus ihren Sandalen geschüttelt. Dann waren sie losgejoggt. Er hatte sich zwar schon ein wenig ihrem Tempo anpassen müssen, aber flott war sie unterwegs. Musste man ihr lassen. Bergauf hatte sie sich dann bei ihm eingehängt, so kamen sie rasch voran. Waren fast gleichzeitig mit den anderen am Burgtor.

Lenz sah von seinem Teller auf. Ihm gegenüber zankten sich die Studenten. Neben ihm saß Xenia und schaute sauer auf ihren Hühnerhaxen. War wohl nicht ihr Tag heute. Wollte sie dem Burgdirektor vorschreiben, was er zu tun hat. Der war cleverer, als er aussah. Redete ein bisschen geschwollen daher, hatte aber Xenia gleich den Wind aus den Segeln genommen. War sie ganz kleinlaut gewesen die meiste Zeit. Einmal hat sie's dann noch probiert. Als Blasius Botsch im »Saal der Liebespaare« – netter Name für den Raum – die Handschrift aus dem Schrank genommen und wieder hineingelegt hatte. Es gab aber kein Schloss. Ob das denn überhaupt den Sicherheitsbestimmungen entspreche, wollte Xenia wissen. War der Botsch gleich wieder in seinem Element. Werteste Dame usw. hatte er gesülzt. Machte er jedenfalls klar, dass es nur einen Eingang in die Burg, nämlich durch den Westpalas gibt, und dass keiner rein kann, wenn die Tür erst mal verschlossen war. Er schloss dann auch gleich ab, als sie unten ankamen, und übergab den Schlüssel demonstrativ an Francesca, die ihn an ihrem Schlüsselbund befestigte.

Jenny war ganz verwirrt gewesen, was Lenz daraus schloss, dass sie ihn ein paar Mal gefragt hatte, wo sie denn gerade seien. Für ihn war das dagegen überhaupt kein Problem gewesen. Lag wohl an seinem guten Orientierungssinn. Das hatte er auf Runkelstein gleich begriffen: Es gab einen Westpalas und einen Ostpalas, miteinander verbunden durch das Sommerhaus. Das war erst später gebaut worden, hatte aber die schönsten Fresken. König Artus war drauf, ein paar seiner Ritter, Zwerge, Riesinnen. Ein Wehrgang führte vom Westpalas zum Sommerhaus. Von dort sah man in den Burghof, auf die Tribüne und die Bühne, wo im Sommer Theaterstücke und Konzerte aufgeführt wurden.

Nachdem sie den »Saal der Liebespaare« und den Westpalas wieder verlassen hatten, waren sie über den Hof zur Burgschänke gegangen.

Jenny hatte ihn gefragt: »In welchem Stock lag denn der Raum, in dem die Handschrift aufbewahrt wird?« War doch klar, im dritten. Hat er ihr auch gesagt. Und ein bisschen gegrinst dabei. War sie hoffentlich nicht wieder sauer. Nein, wohl nicht. Jetzt sah sie zu ihm herüber und lächelte. Frau Minne hatte ihr gerade einen kleinen Zettel in die Hand gedrückt. Was wohl drauf stand?

Lenz sah sich in der Burgschänke um. Nur indirektes Licht hier. Wandleuchten, die schemenhaft Lichtkegel an die Decke warfen, und in den Nischen Öllampen in der Form kleiner, bauchiger Buddhas. Zwar nicht direkt mittelalterlich, aber doch irgendwie authentisch, wenn auch nicht besonders hell. Ob Jenny überhaupt lesen konnte, was auf dem Papier stand? Schien sie ihm eine Brille zu brauchen, sie trug aber keine.

Wie alt war sie wohl? Lenz fand, dass sie zu den Frauen gehörte, die sich schwer einschätzen ließen. Könnte er sie ja einfach fragen. Kam es ihm aber auf das Alter gar nicht an. Er sollte sich ohnehin lieber keine Hoffnungen machen. Sie war eine Karrierefrau und er nur ein verbummelter Dissertant. Wollte ja Lehrer werden und gleich nach den Prüfungen nach Bozen zurück, dann kam das Angebot von Arthur, als sein Assistent an der Uni zu bleiben. Dachte er sich: Gönn' ich mir noch zwei, drei Jahre und dann zurück in die Heimat und zu Christa. Nein, mit ihr wollte er sich jetzt nicht beschäftigen.

Lenz sammelte die verstreuten Teile seines Gedankenpuzzles wieder ein. Vor ihm stand die Nachspeise, eine Buchweizentorte mit Schlagobers. Mit der Gabel stach er in die cremige Masse auf seinem Teller.

*

»Geh, lass mich endlich in Ruhe.« Tina Ebner hatte es satt. Den ganzen Abend über war Mordred ihr schon auf die Pelle gerückt beziehungsweise, wie sie es ausdrückte, »zubi gestiegen«. Jetzt hatte sie seine Annäherungsversuche endgültig leid. Was bildete der »Batzi«

sich eigentlich ein? Zugegeben, als sich der gut aussehende junge Mann, der als Schwarm vieler Studentinnen galt, im Laufe des Semesters um sie zu bemühen begann, war Tina anfangs durchaus geschmeichelt gewesen. Aber sie hatte sich umgehört und bald in Erfahrung gebracht, was ihr blühte, wenn sie sich mit ihm einließ: Schöntun, Verführen, Fallenlassen. Das war seine Methode. Aber nicht mit ihr!

Tinas anfängliche Begeisterung war rasch abgekühlt. Als ihr dann auch noch zu Ohren kam, dass der »Werkstudent«, wie er sich selbst gerne bezeichnete, für einen Politiker der Rechtspartei arbeitete, war bei ihr überhaupt der Ofen aus gewesen. Als Tochter eines Montagearbeiters, der es in seiner Kreisstadt zunächst zum Chef und schließlich zum Besitzer des größten Möbelhauses der Region gebracht und dabei bis heute seinen sozialdemokratischen Wurzeln treu geblieben war, kam auch für sie keine andere Partei in Frage. Schon gar nicht die Rechten.

Von da an hatte die tüchtige Studentin Mordred mit kollegialer Distanziertheit behandelt, und auch er schien bald das Interesse an ihr verloren zu haben. Als Professor Kammelbach dann die Einladung zu der Studienreise nach Bozen, so hatte er es genannt, ausgesprochen hatte, bewarb sie sich umgehend. Ihr fehlte in ihren ohnehin überdurchschnittlichen Zensuren noch ein Sehr gut, dann hatte sie beste Chancen, ein Auslandsstipendium für Florenz zu bekommen, wo sie sich ihrem Zweitfach Italienisch widmen wollte.

Ihr Vater würde sie zwar großzügig unterstützen, aber ihr war es immer lieber, wenn sie die Dinge aus eigener

Kraft schaffte oder zumindest einen Beitrag dazu leisten konnte. Und der Professor hatte durchklingen lassen, dass die Teilnahme an der Handschriften-Expedition, so nannte Tina die Reise insgeheim, sich positiv auf die Benotung auswirken werde.

Sie hatte natürlich einen Platz im Team erhalten, bei ihren guten Leistungen kein Wunder. Einziger Wermutstropfen war, dass ausgerechnet Mordred Leitner und sein alter Ego Lukas Gruber die beiden anderen Studenten sein würden, die das große Los gezogen hatten. Tina wusste, dass die zwei sich schon aus ihrer gemeinsamen Internatszeit kannten und seither offenbar ein Herz und eine Seele waren. Sofern Mordred überhaupt ein Herz oder eine Seele besaß. Denn abgesehen von der in ihren Augen nicht gerade rühmlichen Faktenlage hatte sie noch etwas anderes vor Mordred zurückschrecken lassen: Seine kaltschnäuzige, großspurige Art, die er oft genug hervorkehrte.

Umso mehr hatte es sie dann überrascht, als er ihr im Zuge der Vorbereitungen für die Studienreise höflich und korrekt begegnet war. Er hatte sogar angeboten, ihnen allen Mopeds zu besorgen, damit sie in Bozen auf eigene Faust, wie er meinte, etwas unternehmen könnten. Tina hatte zugestimmt, bei der Ankunft aber doch feststellen müssen, dass nur zwei anstelle der drei versprochenen Vespas zur Verfügung standen. »Ein Lieferengpass«, hatte Mordred gemeint. Wenn das nicht wieder einer seiner Tricks war. Alles in allem hatten sie sich bisher jedoch recht gut vertragen. Auch der sonst so zurückhaltende Lukas war ihr gegenüber etwas aufgetaut. Der war offenbar auch der Grund, warum Mordred sich jetzt wieder aufspielte. Sie hatte sich heute Abend offenbar zu intensiv mit Lukas unterhalten.

Was er ihr erzählte, hatte ihr Interesse geweckt: Dass seine Eltern, ein erfolgreicher Arzt und eine leidenschaftliche Kunsthistorikerin, sich wenig um den Jungen gekümmert und ihn bald in ein Internat gesteckt hatten. Dort war er jahrelang von den meist kräftigeren Mitschülern verprügelt worden, bis Mordred ihn unter seine Fittiche genommen hatte. Von da an wagte keiner mehr, dem schmächtigen Lukas auch nur ein Haar zu krümmen. Aber Mordreds Freundschaft hatte offenbar ihren Preis gehabt: Zwar hätte Lukas nach der Matura gerne in Wien Kunst studiert. Doch der andere hatte ihm das mit allen Mitteln ausgeredet. Welche Mittel das waren, darauf ging Lukas nicht näher ein. Aber Tina konnte sich schon vorstellen, dass Mordred, der unbedingt – um seines Onkels und großen Vorbildes Professor Kammelbach willen, wie er behauptete – Germanistik studieren wollte, den Freund so lange unter Druck gesetzt hatte, bis dieser nachgab. Das ungefähr hatte Lukas, der zu Tinas Linker saß, ihre heute Abend erzählt. Nicht ganz so ausführlich vielleicht, manches auch nur andeutungsweise, doch sie konnte sich ihren Reim darauf machen. Wenn ihr bloß Mordred an ihrer anderen Seite nicht ständig hineingepfuscht hätte. Einmal berührte er wie zufällig ihr Knie mit dem seinen, dann wieder zupfte er sie scheinbar neckisch am Ohrläppchen, und so ging es fort. Dass er dem St. Magdalener, einem süffigen Rotwein aus dem gleichnamigen Anbaugebiet bei Bozen, kräftig zugesprochen hatte, schien ihn noch zu beflügeln. Tina hatte alle Hände voll zu tun gehabt, die von Mordred abzuwehren, während sie gleichzeitig Lukas ermunterte, seinen nur stockend vorgebrachten Bericht fortzusetzen.

Schon wieder! Jetzt legte ihr Mordred auch noch die Hand in den Nacken und begann diesen besitzergreifend zu kraulen. Tina konzentrierte sich: Im nächsten Moment wollte sie ihren Kopf ruckartig nach hinten bewegen und den Angreifer wie ein lästiges Insekt abschütteln. In dem Augenblick sah sie, wie Lukas über ihre linke Schulter hinweg Mordreds Hand packte und diese nach hinten riss. Es dauerte nicht einmal eine Schrecksekunde lang, bis der aufsprang und sich vor Lukas aufpflanzte.

»Hast dir heute wohl Mut angetrunken, mein Freund?« Mordreds Stimme zerschnitt die Tischgespräche, die eben noch in vollem Gang gewesen waren. Langsam erhob sich Lukas von seinem Stuhl. Jetzt war er auf Augenhöhe mit seinem Herausforderer.

»Wenn hier einer zu viel getrunken hat, dann bist du das. Lass endlich die Finger von Tina.«

Mordred fixierte Lukas mit einem Blick, der nichts Gutes verhieß. »Willst also den großen Macker hervorkehren. Pass bloß auf, dass du dir keine blutige Nase holst.« Mit diesen Worten packte er seinen Widersacher an dessen Hemdkragen und zerrte ihn vom Tisch weg, so dass die beiden nun auf einer freien, quadratischen Fläche in der Größe eines Boxrings zu stehen kamen.

»Jetzt hört's aber auf, ihr zwei.« Tina hatte sich von ihrem ersten Schrecken erholt. Sie musste die beiden zur Vernunft bringen. Lukas war zwar gleich groß wie Mordred, aber wesentlich feingliedriger. Gegen dessen offenbar durch hartes Training gestählte Muskeln hätte er keine Chance.

Aber keiner der beiden hörte auf sie. Noch stand Lukas zwar im Raum, ohne aktiv eine Kampfhandlung zu setzen. Aber der andere legte es offenbar darauf an, ihn aus der Reserve zu locken. Mit geballten Fäusten jumpte Mordred vor und zurück, ließ immer wieder seine gestreckte Rechte vorschnellen, bisher noch ohne direkten Körperkontakt. Jetzt allerdings schien Lukas die Geduld zu verlieren. Als Mordred sich das nächste Mal mit der Faust Lukas' Gesicht näherte, blockte er blitzschnell mit der Linken ab und versuchte seinerseits, dem Gegner die Rechte in den Magen zu rammen.

In dem Moment sah Tina Mordreds triumphierenden Gesichtsausdruck. Schon war er der versuchten Attacke ausgewichen, mit der freien Linken versetzte er dem Gegner einen Schlag ins Gesicht. Lukas hielt sich die Hand davor, unter der im nächsten Moment Blut hervorquoll. Er torkelte noch ein paar Schritte rückwärts, lehnte sich an eine der Tischkanten und ließ sich daran im Zeitlupentempo zu Boden gleiten.

Alle hatten die Auseinandersetzung wie gelähmt verfolgt. Jetzt sprangen sie von ihren Sitzen auf, schoben die Stühle zurück und scharten sich um die Kampfhähne. Francesca Rossi war die Erste, die sich neben Lukas niederkniete, seinen Kopf zurückbog und ihm ihr blütenweißes Taschentuch unter die Nase hielt. Als nächstes nahm Tina Jenny wahr, die ihr einen Arm um die Taille legte und sie sanft auf einen Sessel drückte. Sie musste wohl leichenblass geworden sein. Kein Wunder, sie wusste ja, dass sie kein Blut sehen konnte.

Was dann passierte, nahm sie nur mehr wie durch einen

Filter und in abgehackten Sequenzen wahr. Zuerst ging Professor Kammelbach von hinten auf Mordred zu und packte ihn an der Schulter, so als wolle er ihn wegziehen. Doch der entzog sich sofort wieder dem Griff seines Onkels und setzte zum Sprung an. Das nächste, was sie sah, war Mordred, wie er breitbeinig auf einem der Tische stand, mit der Faust etwas umklammerte und es durch die Luft schwenkte.

»Mein Gott, die Handschrift«, ließ einer sich vernehmen. Tina vermeinte, die Stimme des Burgdirektors zu erkennen. Jetzt trat der Professor vor den Tisch, auf dem sein Neffe nach wie vor wie irre seine Trophäe schwenkte.

»Mordred, es reicht. Gib mir das Papier.« Arthur Kammelbachs Worte schienen Wunder gewirkt zu haben. Wie in Trance ließ Mordred sich vom Tisch gleiten und händigte seinem Onkel die Rolle widerstandslos aus.

Dieser legte sie vorsichtig auf den Tisch, entfaltete sie und beugte sich über die Seiten.

»Es ist zu dunkel, ich kann nichts erkennen.« Plötzlich hatte Francesca eine Öllampe in der Hand und hielt sie über das Manuskript. Im selben Augenblick sah Tina das blutgetränkte Taschentuch, das Frau Minne Lukas an die Nase gehalten hatte, auf dem Boden liegen. Dann wurde ihr schwarz vor Augen.

DREI

Vor dem Waschbeckenspiegel zog Jenny Sommer ihr linkes Unterlied ein wenig tiefer. Mit der rechten Hand drückte sie die Kontaktlinse auf den Augapfel. Geschafft. Auch nach so vielen Jahren war das Einsetzen jedes Mal ein Hasardspiel mit ungewissem Ausgang. Nie konnte man vorher wissen, ob man die Pupille richtig traf. Wenn das nicht gelang, musste man die winzigen Sehhilfen noch einmal herausnehmen und die ganze Prozedur von vorne beginnen. Oder man riskierte, dass man bei jedem Lidschlag ein unangenehmes Kratzen verspürte.

Jenny blinzelte sich noch einmal zu. Alles in Ordnung, zumindest, was den Sitz ihrer Kontaktlinsen betraf. Ansonsten schien die Reise unter keinem guten Stern zu stehen. Was war das gestern für ein Wirbel gewesen! Zuerst die Schlägerei, ein Verletzter, eine Ohnmächtige und der bizarre Auftritt Mordreds. Glücklicherweise – sofern man hier überhaupt von Glück reden konnte – entpuppte sich das, was sie ursprünglich für die wiederentdeckte Handschrift gehalten hatten, als schlechtgemachtes Imitat.

Im schummrigen Licht der Burgschänke dauerte es allerdings länger als ein paar Schrecksekunden, bis sie den Schwindel entdeckten. Erst nachdem Francesca geistesgegenwärtig eine Öllampe aus einer der Mauernischen geholt und sie über das Manuskript gehalten hatte, konnte man erkennen, dass es sich nicht um den originalen Fund, sondern lediglich um eine Computersimulation handelte, die allerdings den Aufzeichnungen, wie man sie aus den großen Liederhandschriften kannte, verblüffend ähnlich sah. Mordred musste sie schon vor der Reise angefertigt haben, zu welchem Zweck war bisher ungeklärt geblieben, aber sicherlich zu keinem guten. So viel stand für Jenny zweifelsfrei fest.

Auch Arthur Kammelbach und Blasius Botsch schienen davon auszugehen, dass Mordred irgendetwas im Schilde führte, wie sie aus einer halblauten Unterredung der beiden aufgeschnappt hatte. Darin hatte der Burgdirektor noch einmal bekräftigt, dass die Handschrift in der Burg so sicher sei wie die Goldreserven in Fort Knox. Der Professor wiederum hatte sich für das Verhalten der beiden Studenten und vor allem das seines Neffen entschuldigt und es als Dummejungenstreich heruntergespielt. Die besorgten Mienen der beiden Männer redeten allerdings eine andere Sprache.

Wenigstens war Tina rasch wieder zu sich gekommen und hatte ihren kurzen Schwächeanfall damit erklärt, dass sie kein Blut sehen könne. Auch Lukas' Verletzung war weniger schlimm gewesen, als es im ersten Moment ausgesehen hatte. Francesca hatte mit ihrer Erste-Hilfe-Maßnahme die Blutung zum Stoppen gebracht, offenbar war nichts gebrochen, nur eine Ader geplatzt. Dann waren sie alle zu Georg Kofler in den Van gestiegen, den Lenz gerufen hatte. Tina und sie hatten sich auf dem Vordersitz zusammengedrängt, so war es ihnen gelungen, trotz einer überzähligen Person in dem Siebensitzer Platz zu finden. Denn keiner hatte mehr die Kraft oder die Lust, den Fußmarsch anzutreten, und Georg hatte ausnahmsweise und weil zu dieser Stunde keine Kontrollen mehr zu erwarten waren, ein Auge zugedrückt.

Jenny sah auf die Zeitanzeige ihres Handys: Viertel nach acht. In 15 Minuten würden sie aufbrechen. Gefrühstückt hatte sie schon, sich gleich nach dem Aufwachen bei Maria einen Espresso und ein Brioche geholt und die Mahlzeit auf ihrem Balkon eingenommen. Sie hasste Konversation am frühen Morgen und entwickelte daher immer neue Strategien, sich dieser lästigen Pflichtübung zu entziehen. Auch heute war es ihr wieder gelungen. Trotz der Aufregungen des gestrigen Abends fühlte sie sich fit und ausgeruht. Der Tag konnte beginnen.

*

Ein vernehmliches Klopfen ließ sie aufschauen, als sie gerade die Schnürsenkel ihrer Sneakers zuband. Auf ihr »Herein« stürzte Arthur Kammelbach förmlich in den Raum. Ihr fröhliches »Guten Morgen« erstarb ihr bei seinem Anblick auf den Lippen. Der Professor sah grauenvoll aus. Seine Haut war fahl, dunkle Ringe umrandeten seine Augen. Der sonst so beherrschte Mann wirkte völlig außer sich.

»Bitte verzeih mir, dass ich hier so hereinplatze. Aber es ist etwas Schreckliches passiert.« Arthur musste ihre besorgte Miene missverstanden haben, wenn er sich zu einer Entschuldigung genötigt fühlte. Sie beeilte sich daher, ihm zu versichern, es gebe nichts zu verzeihen, und wies mit einer einladenden Handbewegung auf die beiden Sessel im Neorokoko, die sich in ihrem Zimmer befanden. Nachdem Arthur etwas skeptisch auf einem der zierlichen Stühle Platz genommen hatte, schloss sie vorsichtshalber die Balkontür – schließlich sah es ganz so aus, als hätte der Professor etwas auf dem Herzen – und setzte sich ihm gegenüber.

Arthur warf ihr einen gequälten Blick zu, dann begann er zu sprechen:

»Um es kurz zu machen: Ich habe grade einen Anruf von Blasius erhalten. Die Handschrift ist weg.« Jetzt war es heraus.

Jenny stellte fest, dass sie nicht einmal besonders überrascht war. Nach allem, was seit ihrer Ankunft passiert war, erschien ihr dies wie der logische Höhepunkt einer ganzen Serie unglückseliger Zwischenfälle. Was sie sich allerdings nicht erklären konnte, war, warum Arthur mit der schlimmen Nachricht ausgerechnet zu ihr kam. Sich an Dozentin Schmied-Schmiedhausen oder seinen wissenschaftlichen Kollegen Lenz Hofer zu wenden, wäre ihr naheliegender erschienen.

Diesmal las Arthur ihre Gedanken richtig.

»Ich bin zu der Überzeugung gelangt, dass du als Außenstehende die Einzige bist, die die nötige Distanziertheit aufbringt, um die Sache nüchtern zu betrachten. Deshalb bin ich als erstes zu dir gekommen.« Der Professor war zu seiner druckreifen Sprechweise und nüchternen Art zu argumentieren zurückgekehrt. Das immerhin ließ Jenny neue Hoffnung schöpfen: Arthur wollte das Problem lösen und suchte dafür ihre Hilfe. Damit konnte sie gut umgehen, denn bei ihren Kunden war es im Prinzip ähnlich. Und nicht anders als bei einem Klienten, wenn der sie empört anrief, weil eine Zeitung über ihn schlecht oder über einen Konkurrenten gut berichtet hatte, ging sie jetzt beim Professor vor. Sie bat ihn, ihr die ganze Sache von Anfang an zu erzählen.

Genau das tat Arthur dann auch. Kurz nach acht Uhr morgens war er nach dem Frühstück auf sein Zimmer zurückgekehrt. Kaum hatte er das Handy eingeschaltet, klingelte es, und ein ziemlich aufgeregter Blasius Botsch meldete sich: Der Burgdirektor war bereits um halb acht auf Runkelstein eingetroffen und hatte sich gleich in den »Saal der Liebespaare« begeben, um dort alles für die »gelehrte Delegation«, so der Originalwortlaut, vorzubereiten. Als er das Wandschränkchen, in dem er die Handschrift am Vorabend deponiert hatte, öffnete, war dieses leer. Botsch glaubte zunächst an ein Versehen und suchte den ganzen Raum ab, doch keine Spur von den Pergamentbögen. In seiner Verzweiflung rief er Francesca, die sich ebenfalls schon auf der Burg befand. Diese dehnte die Suche auf den dem »Saal der Liebespaare« vorgelagerten Turniersaal aus. Vergebens, die Handschrift blieb verschwunden. Blasius hätte nun die gesamte Burg durchsuchen können, doch das schien ihm ein vergebliches Unterfangen, zumal das Eintreffen der »gelehrten Herren und Damen« für neun Uhr angekündigt war und es bis dahin schlechterdings unmöglich war, das monumentale Bauwerk zu durchkämmen. Das war der Moment, in dem er sich dazu entschied, den Professor anzurufen.

»Weil er meint, dass einer von uns etwas mit der Sache zu hat.« Jenny fand, dass es am besten sei, Arthur gegenüber die unangenehme Tatsache offen auszusprechen. Nachdenklich strich der sich das Haar in die Stirn.

»Es ist noch schlimmer. Ich glaube, er hält Mordred für den Schuldigen.«

»Was ja naheliegend ist.« In dem Augenblick, in dem Jenny die Worte ausgesprochen hatte, bereute sie diese auch schon wieder. Deshalb beeilte sie sich zu versichern: »Doch das Offensichtliche ist nicht immer das Richtige. Es gibt meist mehr als eine Lösungsmöglichkeit. Fakt ist, dass Herr Botsch selbst den Eingang zur Burg zugesperrt hat und keiner von uns einen Schlüssel besitzt. Folglich könnte einer von der Burg eher für das Verschwinden der Handschrift verantwortlich sein.« Sie wollte noch hinzufügen, der Herr Direktor solle lieber die Putzfrau befragen anstatt haltlose Verdächtigungen in den Raum zu stellen. Doch Arthurs verzweifelte Miene gebot ihr Einhalt. Scherze waren momentan fehl am Platz – auch dann, wenn sie einer gewissen pragmatischen Grundlage nicht entbehrten. Daher stand sie auf, strich ihre bunt gemusterte Caprihose glatt und stellte Arthur die Frage, die sie in vergleichbaren Situationen auch ihren Kunden stellte: »Und wie kann ich dir nun helfen?«

Bevor Arthur antworten konnte, klopfte es erneut, diesmal verhalten und zögerlich. Wer wagte es, jetzt zu stören? Ärgerlich riss Jenny die Tür auf. Draußen stand Lenz Hofer. »Such' ich den Professor. Konnt' ich ihn nirgends finden. Dacht' ich mir, ist er vielleicht bei Ihnen.« Noch ehe Jenny antworten konnte, erhob sich der Gesuchte aus seinem Sessel und bedeutete seinem Assistenten, einzutreten.

»Am besten, du erfährst die schlechte Nachricht gleich: Die Handschrift ist verschwunden.«

Jenny war wenig erbaut darüber, dass Arthur Lenz

Hofer ins Vertrauen zog, noch bevor sie Gelegenheit hatte, sich über die weitere Vorgehensweise Gedanken zu machen. Doch die Chance, den Assistenten bei der Ankündigung seines Chefs zu beobachten, ließ sie sich nicht entgehen. War da vielleicht ein verdächtiges Aufflackern hinter den Brillengläsern, das ihn verriet? Jenny rief sich in Gedanken zur Ordnung, bevor ihre Fantasie vollends mit ihr durchging. Das Leben war schließlich kein Kriminalroman.

Das schien auch Lenz Hofer so zu sehen.

»Sind alle jetzt fertig. Wartet der Georg schon mit dem Van. Werd' ich das Fahrrad nehmen.« Unwillkürlich musste Jenny lächeln. Nerven hatte der, tat einfach so, als wäre nichts passiert. Dennoch hatte sie das Gefühl, Arthur, nachdem er sie immerhin als erste konsultiert hatte, ein wenig Schützenhilfe leisten zu müssen.

»Wie der Herr Professor schon gesagt hat: Die Handschrift ist verschwunden beziehungsweise seit heute Morgen nicht mehr auffindbar. Der Burgdirektor verdächtigt einen von uns, Mordred, um genau zu sein. Ich glaube daher nicht, dass es jetzt von Relevanz ist, wer mit wem oder womit fährt.«

Jenny hätte sich am liebsten die Zunge abgebissen. Sie hörte sich ja schon an wie Xenia Schmied-Schmiedhausen. Dabei gab es wirklich keinen Grund, ihren Unmut über die vertrackte Situation an Lenz auszulassen. Dennoch hatte sie es getan. Jetzt schlug auch Arthur in dieselbe Kerbe.

»Lenz, Frau Dr. Sommer sieht das richtig. Unter den gegebenen Umständen sind wir auf der Burg nicht mehr willkommen.«

Lenz steckte die Hände in seine Hosentaschen und fixierte einen Punkt im Zimmer, der sich irgendwo oberhalb von Jennys Kopf befinden musste.

»Sag ich dem Georg halt, dass wir hier bleiben. Wird Herr Botsch die Handschrift eben alleine suchen.«

Eines musste man Lenz Hofer zugestehen. Sein Satzbau war zwar gewöhnungsbedürftig. Trotzdem gelang es ihm, die Dinge ohne viele Worte auf den Punkt zu bringen.

»Sie meinen, wir sollen unsere Hilfe anbieten. Das wäre vielleicht gar kein so schlechter Gedanke. Fragt sich nur, ob der Burgdirektor uns überhaupt noch dort sehen will.« Jenny gratulierte sich innerlich. Sie hatte ihre Bedenken zum Ausdruck gebracht, ohne dem jungen Mann, der ihr gestern auf so kollegiale Art geholfen hatte, eine allzu schroffe Abfuhr zu erteilen. Gleich würde auch Arthur ihre Partei ergreifen.

Der schien mit einem Mal wieder zu seiner gewohnten Entschlossenheit zurückzufinden. Die Blässe war aus seinem Gesicht gewichen, seine Wangen zeigten sogar einen rötlichen Schimmer. »Das ist eine ausgezeichnete Idee von dir, Lenz. Ich spreche gleich noch einmal mit Blasius. Er kann mir eine solche Bitte nicht abschlagen. Wenn er schon einen meiner Leute verdächtigt, dann muss er uns auch die Chance geben, uns zu rehabilitieren.«

Mit einem »So einfach lasse ich mich nicht abservieren« griff Arthur in die Tasche seines Jacketts.

Jenny, die die Kehrtwendung des Professors mit leichtem Ärger zur Kenntnis genommen hatte, sah jetzt wieder zu Lenz hinüber. Doch so wenig sie vorher ein verräterisches Aufflackern in seinen Augen beobachten konnte, so wenig konnte sie jetzt einen triumphierenden Ausdruck auf seinen Gesichtszügen erkennen. In dem Augenblick fiel ihr ein, dass Arthur noch etwas gesagt hatte. Fragend hob sie den Kopf in seine Richtung, aber der Professor hatte schon sein Handy hervorgeholt, um Blasius Botsch anzurufen.

»Was hat er gerade gesagt?« Jenny flüsterte, um Arthurs Telefonat nicht zu stören.

»Möchte er, dass wir beide die Zimmer durchsuchen, während die anderen auf der Burg sind.« Lenz nahm die Hände aus den Hosentaschen und hakte stattdessen die Daumen in die Schnalle seines Gürtels.

»Und was hast du gesagt?« Die vertrauliche Anrede war Jenny einfach herausgerutscht. »Mach' ich es, wenn du mitmachst.« Auch Lenz schien das Du leicht über die Lippen zu gehen.

Jenny knotete die Finger ineinander, ihre Augenpartie kräuselte sich. »Und wie sollen wir es anstellen, ohne dass jemand etwas bemerkt?«

Lenz trat näher an sie heran.

»Wird uns etwas einfallen.« Sein Blick glitt durch den Raum und blieb an den Schuhpaaren hängen, die fein säuberlich neben der Kommode aufgereiht standen.

VIER

»Nein, nein, nein. Sicher nicht. Vergiss es.« Jenny hätte vor Empörung am liebsten mit dem Fuß aufgestampft, als Lenz ihr seinen Schlachtplan eröffnet hatte. Sie sollte auf Runkelstein ein Stolpern mit anschließenden Schmerzen im Knöchel vortäuschen. Lenz würde Georg mit dem Wagen rufen und sie nach Hause begleiten. Soweit war Jenny einverstanden gewesen. Lenz' Ansinnen, sie möge, um den Unfall wirkungsvoller zu inszenieren, ihre Pumps mit den hohen Absätzen tragen, hatte bei ihr dann aber vehementen Protest hervorgerufen. Sie würde sich doch nicht lächerlich machen. Schließlich war es Arthur gelungen, die Situation zu entschärfen. Als Kompromiss hatten sie sich auf die Sandalen geeinigt, mit deren glatter Sohle ein Fehltritt auf einer der zahlreichen Stufen der Burg durchaus plausibel erscheinen würde.

Tatsächlich war auf Runkelstein alles nach Plan gelaufen, niemand schien Verdacht geschöpft zu haben. Eine Schrecksekunde lang hatte Jenny befürchtet, Francesca Rossi, die herbeigeeilt war, um ihren Fuß abzutasten, könnte den Schwindel durchschauen. Doch nachdem Jenny ein paar Mal mit schmerzverzerrter Miene aufgestöhnt hatte, entließ Frau Minne sie mit vielen Ermahnungen und guten Ratschlägen in die Obhut von Lenz. Auf dessen Arm gestützt war sie aus der Burg und zum Parkplatz gehumpelt, wo Georg schon mit dem Van wartete.

Jetzt trug Jenny wieder ihre praktischen Sneakers von heute Morgen. Zwei Zimmer hatte sie bisher durchsucht. Es war kein Problem gewesen, von Maria die Schlüssel zu bekommen. Ebenso wenig hatte diese mit der Wimper gezuckt, als Lenz sie gebeten hatte, den Vordereingang des Hauses zu beobachten und, sollte wider Erwarten jemand der Bewohner vorzeitig zurückkommen, umgehend mittels des Gongs, den der Architekt dort hatte anbringen lassen, Alarm zu schlagen. Lenz selbst wollte im Garten Schmiere stehen und Jenny via Handy auf etwaige drohende Ankünfte aufmerksam machen. Ihr war der Part der Durchsuchung zugefallen, eine Aufgabe, die sie nicht ungern übernommen hatte.

Bei Tina Ebner und Lukas Gruber hatte sie nichts Außergewöhnliches entdeckt. Nun stand sie im Zimmer von Xenia Schmied-Schmiedhausen. Das erste, was ihr dort auffiel, waren die Bücherstapel, die überall herumstanden. Wie hatte sie die bloß alle hergeschafft? So groß war ihr Xenias Koffer während der Zugfahrt gar nicht vorgekommen. Die Erklärung fand sie, als sie den Schrank öffnete. Lediglich eine zwar zweckmäßige, aber wenig kleidsame Schlabberhose und ein paar bunte, für Xenias Stil typische Flatterschals hingen darin. Auf dem Kastenboden lagen achtlos hingeworfen ein paar gebatikte T-Shirts und eine Strickjacke. Auch in der Kommode herrschte bis auf ein wenig Unterwäsche gähnende Leere. Auf eine umfangreiche Garderobe schien die Dozentin jedenfalls keinen Wert zu legen, auf ausreichend Lektüre dafür umso mehr. Wenn hier etwas versteckt war, dann konnte es sich nur zwischen einem der Buchdeckel befinden.

Jenny nahm sich den ersten Stapel vor, ergriff Buchrücken um Buchrücken und drehte jedes Exemplar so nach unten, dass, sollte sich etwas zwischen den Seiten befinden, dieses unweigerlich zu Boden gleiten musste. Wobei sie nicht nur die Hardcover-Bände diesem Verfahren unterzog, sondern auch die kleineren Taschenbücher. Schließlich war es durchaus denkbar, dass Xenia, sollte sie die Schuldige sein, die einzelnen Blätter der Handschrift zusammengefaltet und auf mehrere Bücher verteilt hatte.

»Was gar kein so schlechtes Versteck wäre«, überlegte Jenny. Doch außer ein paar Zetteln mit Notizen, die ihr entgegenfielen, entdeckte sie nichts. Auch die Buchtitel enthielten keine Hinweise. In der Hauptsache bestand die Sammlung aus Textausgaben mit Liedern Walthers und anderer mittelalterlicher Dichter, durchmischt mit Werken über feministische Theorien.

Richtig, die ehemalige Kollegin hatte sich ja schon zu Studienzeiten ganz dem Thema der weiblichen Betrachtung der Wissenschaft verschrieben, wie Jenny sich jetzt erinnerte. Sie selbst hatte sich über diesen Ansatz eher lustig gemacht und ihn unter der Bezeichnung die Was-wäre-wenn-Forschung abgetan. Aber Xenia hatte ihr Ziel hartnäckig verfolgt und schließlich in ihrer Habilitationsschrift nachzuweisen versucht, dass es in den Liedern der Minnesänger nicht um die Liebe, schon gar nicht um die körperliche zwischen Mann und Frau ginge, sondern um die Huldigung des Hofes und des jeweiligen Herrschers. Ziel der Minnelieder war es daher, so die Schlussfolgerung Schmied-Schmiedhausens, nicht die Damen zu besingen, sondern die Macht der Männer zu stärken und die Frauen zu unterdrücken. Jenny hatte das zwar nie glauben wollen, aber Xenia war es gelungen, sich mit ihrer These zu profilieren und sich als streitbare, ganz dem Feminismus verschworene Wissenschaftlerin einen Namen zu machen.

Diese Überlegungen brachten Jenny bei ihrer Suche allerdings keinen Schritt weiter. Nicht, dass sie erwartet hatte, in einem der Zimmer ein Bändchen mit dem verräterischen Titel »Schlösser knacken leicht gemacht« oder ähnliches zu finden. Aber ein wenig enttäuscht war sie trotzdem. Das war nun bereits das dritte Zimmer, das sie mit leeren Händen verließ. Zwar wäre es ganz im Sinne Arthurs, wenn sie nichts fand, da dies zumindest als ein Indiz für die Unschuld seiner Truppe gewertet werden konnte. Jenny wäre es allerdings genauso lieb gewesen, wenn sie die Handschrift entdeckt und damit der Suche und den wechselseitigen Verdächtigungen ein Ende bereitet hätte.

Resigniert machte sie sich über den letzten Stapel her. Auch da die üblichen Titel und Notizzettel. Einen hob Jenny gerade auf, um ihn wieder – wie sie hoffte – an der richtigen Stelle zu deponieren, als sie bemerkte, dass es sich dabei um einen Kassenbeleg handelte. »Athesia Buch GmbH, Lauben, 41 – 39100 Bozen« las sie. Die Rechnung trug das Datum von gestern. Dann war es also doch Xenia gewesen, die sie zuerst unter den Lauben und dann in der Silbergasse gesehen hatte.

Wieder stellte sich Jenny die Frage, wie die Dozentin zwei Gassen weitergekommen war, ohne dass sich ihrer beider Wege zwischendurch gekreuzt hatten. Hatte sie sich etwa über die Dächer gebeamt? Jenny schmunzelte bei der Vorstellung an eine mit wehenden Haaren und flatterndem Schal durch die Luft fliegende Xenia, als sie sich plötzlich an eine architektonische Besonderheit der Bauweise in diesem Teil der Altstadt erinnerte, die ihr einmal eine Fremdenführerin gezeigt hatte: Aus licht- und wärmetechnischen Gründen hatte man die Gebäude so ineinander verschachtelt, dass sich zwischen zwei nach außen hin sichtbaren Häuserfronten jeweils noch eine weitere, von außen unsichtbare Häuserreihe befand. Die Athesia-Buchhandlung musste sich demnach über drei Gebäude erstrecken und zwei Eingänge haben: einen in der Laubengasse, wo Jenny die Dozentin in den Laden hatte hineingehen sehen, und einen zweiten in der Silbergasse, wo Xenia unvermittelt wieder aufgetaucht war. Zumindest dieses Rätsel war gelöst.

Jenny war mit den Bücherstapeln fertig und sah sich noch einmal prüfend in dem Raum um. Nichts, worin oder worunter man etwas hätte verstecken können. Jetzt fehlte nur noch Mordreds Zimmer, das am Ende des Ganges lag. Auf dem Weg dorthin kam sie am Zimmer von Lenz vorbei. Da es, ebenso wie Arthurs und ihr eigenes, in stillschweigender Übereinkunft von der Durchsuchung ausgenommen war, hatte sie dafür keinen Schlüssel von Maria bekommen. Gerade wollte sie weitergehen, als sie bemerkte, dass die Türe nur angelehnt war. Sollte sie es wagen? Jenny haderte nur kurz mit sich, bevor ihre Neugierde siegte und sie in das Zimmer huschte. Kaum, dass sie den Raum betreten hatte, fragte sie sich allerdings, was sie hier eigentlich zu entdecken hoffte. Sie würde sich nur kurz umsehen und sich dann gleich wieder aus dem Staub machen.

Ihr Blick fiel zunächst auf das Bett. Es war gemacht, eine Jeans und ein Hemd lagen sorgfältig zusammengefaltet auf der Überdecke. Auch sonst machte das Zimmer einen recht aufgeräumten Eindruck. Jenny fragte sich gerade, ob dies Lenz' ureigenem Naturell entsprach oder der ordnenden Hand der Haushälterin zu verdanken war, als sie sah, dass die Schublade des Nachtkästchens halb offen stand. Etwas lag darin, soviel konnte sie von ihrer Position aus erkennen. Im Näherkommen bemerkte sie, dass es sich um eine Fotografie handelte. Der Versuchung konnte sie nicht widerstehen. Ohne zu zögern nahm sie das Bild aus der Lade. Es zeigte Lenz eng umschlungen mit einer jungen blonden Frau, deren Augen vor Lebensfreude strahlten. Sie musste diejenige gewesen sein, die ihm das Bild geschenkt hatte. »In ewiger Liebe, Christa« stand darauf zu lesen.

Jenny ließ sich auf die Bettkante sinken. Lenz war also in festen Händen. Das hätte sie sich eigentlich denken können. Trotz seines lässigen, beinahe jungenhaften Auftretens musste er schon auf die 30 zugehen. In dem Alter waren andere längst verheiratet und hatten sogar schon Kinder. Jenny konnte kaum erwarten, dass es alle ihr gleichtaten und ewig Single blieben, was in Bezug auf sie selbst ohnehin nicht ganz stimmte. Nach dem kurzen Intermezzo einer wenig erfolgreichen Ehe hatte sie sich allerdings entschieden, fortan ihre Unabhängigkeit zu genießen und sich auf nicht mehr als hie und da ein kleines Abenteuer einzulassen.

Wie dem auch sein mochte, Lenz war ganz offensichtlich vergeben, vermutlich verlobt, wenn nicht gar verheiratet. Von einer Ehefrau war ihr zwar bisher nichts zu Ohren gekommen, aber was wusste sie schon von ihm. In dem einen Tag, den sie sich jetzt kannten, war kaum

Gelegenheit gewesen, sich einander die jeweilige Lebensgeschichte zu erzählen. Arthur wiederum hatte sie verständlicherweise nur über den beruflichen, nicht aber den privaten Hintergrund seines Assistenten informiert.

Trotzdem, aus irgendeinem Grund fühlte sie sich plötzlich hintergangen, so als hätte Lenz ihr falsche Hoffnungen gemacht. Was er aber definitiv nicht getan hatte, das konnte sie ihm nun wirklich nicht vorwerfen. Er hatte sich ihr gegenüber einfach nur hilfsbereit gezeigt, mehr nicht. Und dass sie jetzt quasi als Team zusammenarbeiteten, war Arthurs Idee gewesen, nicht die des Assistenten. Außerdem war er viel zu jung für sie.

Entschlossen legte Jenny die Fotografie wieder zurück in die Lade und strich die Bettdecke glatt. Höchste Zeit, dass sie sich in Mordreds Zimmer umsah.

*

Vor der zur Talfer hin gelegenen Seite der Villa Wasserschloss saß Lenz Hofer auf einer Hollywoodschaukel. Das in einer Laube befindliche Sitzmöbel gewährte ihm einen guten Blick zur Gartentür und dem davor befindlichen Fußweg. Wenn jemand von dort kam, würde er ihn rechtzeitig genug sehen, um Jenny per Handy zu warnen. Durch die Brillengläser hindurch kämmte Lenz zum wiederholten Mal die Gegend ab. Niemand in Sicht. Auch von Arthur hatte er bisher nichts gehört. Mit dem hatte er vereinbart, dass der ihn umgehend kontaktieren würde, falls irgendeiner seiner Leute sich vorzeitig verdrücken oder aber die Handschrift auftauchen sollte. In beiden Fällen würden er und Jenny die Suche sofort abbrechen. Lenz kontrollierte zur Sicherheit noch mal sein Mobiltelefon. Es war auf Empfang, aber kein Anruf war eingegangen, was bedeutete, dass bisher nichts dergleichen eingetreten war. Er zweifelte ohnehin daran, dass die Suchaktionen etwas bringen würden. Die eine hatte er selbst vorgeschlagen, der anderen zugestimmt, was immer noch besser, als untätig zuzusehen, wie Blasius Botsch weiter seine Show abzog und ihnen den Schwarzen Peter zuschob. Er war aber keineswegs so sicher wie Arthur, dass der Schuldige nicht in den eigenen Reihen zu suchen war. Könnte es doch Mordred gewesen sein? Mit der gefakten Handschrift hatte er ihnen einen ganz schönen Schrecken eingejagt, und man wusste jetzt, wozu er fähig war. Allerdings fehlte ihm ein Motiv, es sei denn, er wollte seinen Onkel bloßstellen. Zuzutrauen war es ihm jedenfalls. War aber wohl zu offensichtlich. Wer könnte es noch gewesen sein? Arthur war bekannt für seine Sammelleidenschaft. Könnte es sein, dass er die Handschrift für sich allein haben wollte? Das schien aber absurd. Xenia Schmied-Schmiedhausen? Ihr nützte die Handschrift nur, wenn sie publik gemacht wurde. Sie wollte sicher neue Thesen veröffentlichen – was aber nicht ging, wenn der Fund verschwunden blieb. Tina oder Lukas? Das glaubte er nicht. Allerdings war Lukas ein stilles Wasser, die ja ja bekanntlich tief sind. Jenny? Von ihr wusste er am wenigsten von allen. Sie war aber nicht der Typ, altes Papier zu klauen. Egal, von Arthurs Leuten konnte keiner mehr in den Westpalas, war ja abgesperrt. Also doch jemand von der Burg. Der Direktor hatte ihnen versichert, außer ihm selbst, Francesca und dem Bauarbeiter wüsste es keiner. Dieser Speranza. Der hatte sich gestern Abend im Burghof rumgetrieben, als sie kamen. Botsch hatte ihm auf die Schulter geklopft und ihn vorgestellt als »Herr Giovanni Speranza, der Finder der Handschrift, in die wir so große Hoffnung setzen«. War so ein Wortspiel des Direktors, Speranza, die Hoffnung. Vielleicht hat der sich ja einen Finderlohn erhofft. Oder erst im Nachhinein gemerkt, dass der Packen etwas wert ist. Wollt' ihn vielleicht wieder zurückhaben und zu Bargeld machen. Und Botsch? Hatte der selbst etwas damit zu tun? Vielleicht hatte der das ganze Spektakel nur inszeniert, um sich unauffällig in den Besitz der Handschrift zu bringen. Und Speranza war sein Hehler. Könnte so sein. Es könnte aber auch Frau Minne getan haben. Die hatte auf jeden Fall Gelegenheit. Und ein Motiv, Eifersucht vielleicht oder enttäuschte Liebe. Als Mann kannte er sich nicht so aus mit den Gefühlen der Frauen. Musste er mal Jenny fragen, war eher ihr Ding. Wo blieb sie so lange? Hätte sie nicht schon wieder hier sein sollen?

Das Vibrieren seines Handys unterbrach seinen Gedankenfluss. »Hol' ich sie sofort raus.« Kaum hatte Lenz die Austaste gedrückt, als er auch schon Jennys Nummer aktivierte. Arthur war dran gewesen: Mordred hatte den Suchtrupp mit der Begründung, er müsse für seinen Salzburger Arbeitgeber einen dringenden Auftrag erledigen, vorzeitig verlassen. Er war schon seit über 20 Minuten unterwegs. Arthur hatte aber auf seinem Mobiltelefon keinen Empfang bekommen. Erst nach einigem Hin und Her war es ihm gelungen, Blasius von der Dringlichkeit des Telefonats zu überzeugen, ohne den wahren Grund preiszugeben. Bis der Direktor ihm ein Festnetztelefon zur Verfügung gestellt hatte, war wertvolle Zeit verstrichen. Mordred konnte jeden Moment eintreffen.

Was war mit Jenny? Er hatte es schon ein paar Mal läuten lassen, sie meldete sich aber nicht. Jetzt hörte er ihre Stimme auf der Mobilbox. Sie hatte ihr Handy wohl irgendwo liegen lassen. Sie war sicher noch in einem der Zimmer. Er musste sofort die Treppen rauf und laut nach ihr rufen. Und Maria sollte den Gong schlagen.

Lenz hatte seine Laube verlassen und ging mit großen Schritten auf das Haus zu. Gerade, als er Jennys Namen rufen wollte, sah er Mordred den Weg von der Talferpromenade heraufkommen. Lenz besann sich eine Sekunde, dann änderte er wie zufällig seine Richtung, schlenderte zur Gartentür und brüllte so laut er konnte:

»Hallo Mordred, ihr habt den Schatz schon gefunden?«

*

In Mordreds Zimmer war Jenny beinahe am Ende ihrer Suche angelangt. Auch hier hatte sie weder die Handschrift noch irgendeinen Hinweis darauf entdeckt. Zur Sicherheit würde sie jetzt noch am Balkon nachsehen. Als sie sich gegen den Griff der Schiebetür stemmte, bemerkte sie das Lichtsignal am direkt danebenstehenden Schreibtisch. Es gehörte zu einem Laptop, der ihr zwar schon aufgefallen war, den sie aber nicht weiter beachtet hatte. Sie kannte das Passwort nicht, daher lohnte es sich auch nicht, Zeit mit dem Gerät zu verschwenden. Wenn es aber eingeschaltet war, sah die Sache anders aus. Probeweise fuhr Jenny mit der Maus über die Tischplatte. Augenblicklich wurde der Bildschirm aktiviert. Flüchtig betrachtete sie die verschiedenen Symbole: Adobe Reader, Microsoft Powerpoint, Internet, E-Mail. Nein, das hatte keinen Sinn. Es würde viel zu viel Zeit in Anspruch nehmen, in die einzelnen Dateien hineinzuschauen. Sie war ohnehin keine Expertin in diesen Dingen. Lenz würde sich wohl besser auskennen, der gehörte der richtigen Generation an. Aber so viel Glück, dass Mordred ein zweites Mal vergaß, seinen Laptop abzuschalten, würden sie nicht haben. Vielleicht schafften sie es jetzt noch. Wenn sie Lenz vom Balkon aus rief, müsste er sie eigentlich hören.

Jenny schob die Tür ein Stückchen weit auf, so dass ihre schmale Gestalt gerade durch die Öffnung passte. Kaum war sie ins Freie getreten, sah sie Lenz ins Haus gehen. Jemand war bei ihm. Mordred! Warum hatte Lenz sie nicht gewarnt? Jenny riss ihr Handy aus der Hosentasche. Das Display war dunkel. Sie hatte vergessen, das Ding aufzuladen. Nichts wie raus hier.

*

»Hier ist meine Suite.« Mordred zog ironisch die Augenbrauen hoch, steckte mit einer Hand den Schlüssel ins Schloss und hob lässig grüßend die andere. »Man sieht sich.« Es war offensichtlich, dass er das Geplauder mit dem Assistenten, der ihn bis hierher begleitet und über allerhand Belangloses mit ihm gesprochen hatte, als beendet betrachtete. Lenz überlegte fieberhaft, wie er den anderen aufhalten könnte. Er wollte sich lieber nicht ausmalen, was passierte, wenn Jenny noch in dem Zimmer war.

Inzwischen hatte Mordred aufgeschlossen und hielt jetzt die Türklinke in der Hand.

»Wollt' ich dich noch etwas fragen. Du hast noch einen Augenblick Zeit?« Lenz hatte einen Entschluss gefasst. Er würde mit allen Mitteln versuchen, in Mordreds Zimmer zu gelangen. Wenn Jenny nicht mehr da war, konnte er sich eine Ausrede ausdenken und rasch wieder verschwinden. Falls sie sich aber noch in dem Raum befinden sollte … Lenz hatte zwar keinen konkreten Plan, aber eines war sicher: Er würde sie nicht schutzlos Mordreds Wut überlassen.

Der hatte jetzt die Lider gesenkt und musterte den Assistenten aus den Augenschlitzen. Die ganze Sache kam ihm sehr verdächtig vor.

Schon die lautstarke Begrüßung hatte ihn stutzig gemacht. Als Lenz dann auf dem Weg zu seinem Zimmer partout nicht von seiner Seite wich, hätte er ihn am liebsten gepackt und ihm ein »Verzieh dich und kümmere dich um deine eigenen Angelegenheiten« ins Gesicht geschleudert. Aber nach seinem gestrigen Auftritt wäre ein neuerlicher Gewaltakt äußerst unklug gewesen. Zumal es sich nicht nur um eine Autoritätsperson – bei diesem Begriff auf Lenz angewendet musste er fast schon wieder grinsen – sondern quasi auch um den Gastgeber handelte. Dem konnte er ja schlecht verbieten, sich in seinem eigenen Haus respektive dem seines Onkels zu bewegen, wie es ihm passte. Aber eines war klar: Sein Zimmer war absolutes Sperrgebiet. Wehe, jemand würde es wagen, dort herumzuschnüffeln.

*

Jenny hörte die Stimmen einen Sekundenbruchteil, bevor sie die Klinke herunterdrücken wollte. Auf den Gang konnte sie nicht mehr. Mordred würde sie aus seinem Zimmer kommen sehen, und dann wäre der Teufel los. Gar kein schlechter Vergleich, so gesehen. Aber jetzt hatte sie andere Sorgen. Es gab nur einen Fluchtweg: den zum Balkon. Allerdings war es lediglich eine Frage der Zeit, bis man sie dort entdecken würde. Egal. Vielleicht fiel ihr ja an der frischen Luft eine gute Ausrede ein. Beim Durchqueren des Zimmers streifte Jennys Blick den Laptop. Das Display leuchtete noch auf. Wie lange dauerte es, bis es sich wieder von selbst deaktivierte? Während sie eine Sekunde opferte, in der sie überlegte, ob sie den Vorgang irgendwie beschleunigen könnte, sah sie ein Stückchen Papier unter dem Notebook hervorlugen. Im Weitereilen griff sie danach und zog es hervor.

*

Der leuchtende Bildschirm zeigte Lenz sofort, dass vor kurzem jemand hier gewesen sein musste. Es war ihm gelungen, Mordred dazu zu bringen, dass dieser ihn in sein Zimmer bat. Gerne hatte der Neffe des Professors es nicht getan, das war ihm anzumerken, aber Lenz hatte so lange verlegen herumgedruckst, bis Mordred offenbar den Eindruck gewann, es gehe um eine Sache von Mann zu Mann, die nicht am Flur besprochen werden konnte.

Kaum hatten sie das Zimmer betreten, wandte Mordred sich noch mal zur Tür, um abzuschließen. Lenz nutzte die Gelegenheit, sich blitzschnell so mit dem

Rücken vor den Laptop zu stellen, dass er den Bildschirm mit seinem Oberkörper verdeckte. Er hoffte bloß, dass das Display erlosch, bevor er gezwungen war, seine Position zu ändern. Ewig konnte er nicht wie angewurzelt stehenbleiben, ohne dass Mordred Verdacht schöpfte. Und keine Jenny in Sicht. Sie konnte sich ja nicht in Luft aufgelöst haben.

»So, jetzt sind wir unter uns. Also raus mit der Sprache. Womit kann ein armer kleiner Werkstudent dem Herrn Assistenten dienen?« Nun ließ ihm Mordred keine Gelegenheit mehr, sich aus der Sache rauszuwinden. Lenz' Blick fiel auf den großen Wandschrank. War Jenny da drin? Ihm blieb nichts anderes übrig, als die Flucht nach vorn anzutreten.

»Sag ich's dir offen heraus. Ist hier nichts los mit den Frauen. Hat ein Mann schließlich so seine Bedürfnisse.« Lenz hoffte, Mordred damit den richtigen Köder hingeworfen zu haben. Schließlich war ihm schon einiges über das angeblich recht ausschweifende Leben des Studenten zu Ohren gekommen.

Lenz schien richtig getippt zu haben, denn der andere grinste ihn jetzt verschwörerisch an:

»Kannst wohl bei der Sommer nicht landen. Schlag sie dir aus dem Kopf. Die gehört auch zu denen, die dir zuerst den Mund wässrig machen, und dann ist nichts. Hier, ich habe etwas für dich, worauf Verlass ist.« Mit einladender Geste hatte Mordred den Schrank geöffnet. Dieser gab den Blick frei auf teuer aussehende Designerklamotten. Markenjeans, Sportblousons und edel wirkende T-Shirts waren dort fein säuberlich über Bügel gehängt. Lenz' Blick wanderte zu den Seitenfächern, wo

Mordred sich zu schaffen machte. Unter ein paar sorgfältig gestapelten Hemden zog er jetzt ein Magazin heraus und reichte es Lenz. Der betrachtete scheinbar interessiert die Titelseite, die zwei äußerst spärlich bekleidete Frau in verführerischer Pose zeigte.

»Das ist natürlich nur ein kleiner Appetithappen.« Mordred zog verächtlich die Mundwinkel nach unten, während seine Augen verschwörerisch blitzten. »Wenn du's ein bisschen härter möchtest, gebe ich dir ein paar Internet-Adressen. Aber«, Mordred legte den hochgestreckten Zeigefinger auf die geschlossenen Lippen »ist natürlich top secret. Wie verstehen uns.«

Lenz gingen ganz andere Überlegungen durch den Kopf. Jenny ist nicht im Schrank war alles, was er in dem Moment dachte. Und dass sie sich auf den Balkon geflüchtet hatte, war äußerst unwahrscheinlich. Auf die Idee konnte nicht einmal sie kommen. Er würde anderswo nach ihr suchen, hier verschwendete er bloß seine Zeit. Mit so viel Enthusiasmus, wie er aufbringen konnte, bedankte er sich bei Mordred und machte, dass er aus dem Zimmer kam.

*

Sorgfältig schloss Mordred die Tür hinter Lenz und drehte erneut den Schlüssel im Schloss. Was war das für eine seltsame Nummer gewesen? Inzwischen glaubte er keinen Augenblick mehr daran, dass der Assistent tatsächlich wegen eines Trostpflasters gekommen war. Das war Mordred klar geworden, als er Lenz rein probehalber eine Zeitschrift untergejubelt hatte, die man an jedem

Kiosk bekam. Wäre es ihm wirklich um eine Vorlage zur Ersatzbefriedigung gegangen, hätte er sich nie im Leben mit einem so harmlosen Heftchen abspeisen lassen. So naiv konnte nicht einmal der sein.

Dass er bei dem Hinweis auf einschlägige Websites die Flucht ergriffen hatte, machte die Sache eindeutig: Dem ging es nicht um Sex, der suchte nach etwas ganz anderem. Und wenn ihn seine Sinne nicht ganz täuschten, dann war dieses Etwas Jenny Sommer. Die liebe Frau Doktor, die sich immer einen so verbindlichen Anstrich gab. Sehr wirkungsvoll war sie heute auf der Treppe ausgeglitten und in Lenz` Arme gesunken, der wie zufällig bereitstand, um sie aufzufangen. Mordred hatte die Sache von Anfang an für einen Schwindel gehalten. Die beiden hatten offensichtlich nach einem Vorwand gesucht, nicht an der Suche auf der Burg teilnehmen zu müssen. Er selbst hatte zu Beginn noch gute Miene zum bösen Spiel gemacht, schließlich wollte er seinen Onkel wieder ein wenig besänftigen. Ihm war ohnehin klar, dass er auf der Liste der Verdächtigen ganz oben stand. Er hatte auch ganz genau bemerkt, wie der Burgdirektor, dieser aufgeblasene Zwerg, ihn die ganze Zeit mit Argusaugen beobachtete. Schließlich hatte er es aber nicht mehr ausgehalten. Das salbungsvolle Geschwafel von Botsch, die wichtigtuerischen Einwürfe der Schmied-Schmiedhausen und die Rossi, die wie eine Glucke um sie herumgeflattert war, gingen ihm tierisch auf die Nerven. Ob die Rossi was mit dem Botsch hatte? War anzunehmen, so wie die beiden sich gebärdeten. Glaubten doch wohl selbst nicht, dass keiner etwas bemerkte. Und dann Tina und Lukas. Hatten sich dauernd Blicke zugeworfen, wenn sie meinten, dass er nicht hinsah. Langsam konnte er diesen ganzen Kindergarten wirklich nicht mehr ertragen. Er war ja nur mitgekommen, weil er sich Chancen bei Tina ausgerechnet hatte. Und weil er seinen Onkel ein bisschen ärgern wollte. Er wusste ja, dass der ihn am liebsten auf eine andere Uni geschickt hätte, damit ja nicht der Verdacht entstünde, er würde seinen Neffen bevorzugen. So ein Schwachsinn. Um von Arthur einigermaßen gute Zensuren zu bekommen, musste er härter arbeiten als alle anderen. Dazu gehörte aber nicht, dass er sich an dieser sinnlosen Suche beteiligte und brav in jede Mauernische und in jede Truhe schaute, die es auf der Burg gab. Am frühen Nachmittag hatte er endgültig genug gehabt. Außerdem hätte er zu gerne gewusst, was hinter dem Abgang von Lenz und der Sommer tatsächlich steckte. Ein fingierter Anruf von seinem Arbeitgeber, einem Politiker, für den er als persönlicher Assistent arbeitete – und schon hatte er eine Ausrede parat. Nur blöd, dass er den ganzen Weg hatte zu Fuß gehen müssen. Er hätte zwar liebend gern den Hausmeister der Villa angerufen, damit der ihn mit dem Van abholen kam, aber der strenge Blick seines Onkels hatte ihn von seiner Absicht abgebracht. Also war er den Fußmarsch angetreten. Ob er die beiden Deserteure, wie er sie im Geiste nannte, bei einem Schäferstündchen überraschen würde? Das lag nach seinen Beobachtungen durchaus im Bereich des Möglichen und würde ihm vielleicht irgendwann nützlich sein. Wissen ist Macht, so hatte schon immer seine Devise gelautet. Als er den Assistenten dann ganz alleine im Garten antraf, war er zunächst enttäuscht. Aus dem Ertappen der beiden auf frischer Tat würde wohl nichts werden. Das eigenartige

Verhalten von Lenz hatte ihn dann aber rasch stutzig gemacht. Irgendetwas führte der andere im Schilde.

Mordred verengte seine Augen wieder zu Schlitzen und sah sich in seinem Zimmer um. War außer Lenz noch jemand hier gewesen? Die Haushälterin auf jeden Fall, denn sein Bett war gemacht, und er selbst hatte es nicht getan. Die Vorhänge bewegten sich leicht im Wind, die Balkontür musste also etwas aufgeschoben worden sein. Er wusste sicher, dass er sie vor dem Weggehen zugemacht hatte.

Sein Blick wanderte zum Laptop. Das blinkende Licht zeigte ihm, dass er eingeschaltet war. Er erinnerte sich, dass er, bevor sie aufgebrochen waren, im Internet etwas nachgesehen hatte. Möglich, dass er danach vergessen hatte, das Gerät herunterzufahren, was aber nicht schlimm war. Das, was nur für seine Augen bestimmt war, hatte er so gut verschlüsselt, dass so schnell keiner daran kam.

Sicher nicht die Sommer. Wie eine Hackerin sah sie ihm nicht aus. Wie eine Schnüfflerin schon eher. Als sie sich in Bozen begegnet waren, hatte sie ihn gleich gefragt, wie er hierhergekommen sei. Die steckte unter Garantie ihre Nase überall rein. Sie sollte sich lieber in Acht nehmen. Ohne den Hofer, ihren Ritter ohne Rüstung, würde sie ziemlich aufgeschmissen sein. Mit den Fingerspitzen fuhr Mordred am Rand seines Laptops entlang. Seltsam. Er war sich sicher, dass er es hierher gelegt hatte. Vorsichtshalber hob er das Gerät hoch. Da war nichts. Plötzlich schoss ihm ein Gedanke durch den Kopf. Jetzt wusste er, was zu tun war. Er riss die Vorhänge auf, versetzte der Schiebetür einen kräftigen Stoß und trat auf den Balkon hinaus.

FÜNF

Zwei dunkle Augen beobachteten den strohblonden jungen Mann, der sich über das Geländer seines im ersten Stock der Villa Wasserschloss befindlichen Balkons beugte. Mordred! Jenny zog den Kopf ein und duckte sich noch tiefer in ihr Versteck. Nach dem Sprung und der anschließenden Kletterpartie hörte sie immer noch ihr Herz hämmern. Nach wie vor wunderte sie sich, dass ihr dieses waghalsige Manöver geglückt war. Wenn es schiefgegangen wäre, läge sie jetzt mit gebrochenen Knochen im Krankenwagen.

Jenny betrachtete das dichte Blätterwerk der Baumkrone, die sich über ihr wölbte. Solange sie hier zusammengekauert blieb, würde keiner sie entdecken. Die Rotbuche, die sich vor Mordreds Zimmer befand, war ihre Rettung in letzter Sekunde gewesen. Als sie hörte, wie der Schlüssel ins Schloss gesteckt wurde, war sie, ohne noch einmal nachzudenken, auf das Geländer geklettert, hatte sich abgleiten lassen und war rittlings auf dem nächstgelegenen Ast gelandet. Von da war sie auf ihrem Hosenboden zur Mitte des Stammes gerutscht und hatte dort in einer Art Hohlraum einigermaßen geschützt, wenn auch sehr beengt Platz gefunden.

Nachdem die erste Erleichterung über die gelungene Flucht verklungen war, wurde Jenny sich allerdings ihrer misslichen Lage erst richtig bewusst. Denn solange es noch hell war, konnte sie es nicht wagen, ihre Deckung zu verlassen. Es sei denn, sie wollte riskieren, von Mordred gesehen zu werden. Das Wenigste, dem sie ausgesetzt sein würde, wäre sein beißender Spott. Allerdings stand zu befürchten, dass sie nicht so glimpflich davonkäme. Ob er schon bemerkt hatte, dass auf seinem Schreibtisch etwas fehlte? Erst jetzt fiel Jenny der Papierfetzen ein, den sie in letzter Sekunde an sich gerafft hatte. Er musste sich noch in ihrer Hosentasche befinden. Wenn sie hier nur ein bisschen mehr Bewegungsfreiheit hätte. Autsch, jetzt hatte sie sich beim Versuch, das Blatt herauszuziehen, auch noch den Fingernagel abgebrochen. Jenny mahnte sich zur Geduld. Sie musste vorsichtig sein, damit sie das Papier nicht zerriss. Sie hatte ja ohnehin noch jede Menge Zeit. Bis zum Abendessen, das Maria für sieben Uhr vorbereitete, würde sie auf jeden Fall warten müssen. Dann wäre es zwar immer noch nicht dunkel, aber die Gefahr, entdeckt zu werden, wesentlich geringer. Wenn sie bloß Lenz anrufen und ihm Bescheid sagen könnte. Aber ihr Handy hatte ja keinen Strom mehr. Jenny richtete sich auf zwei lange, ungemütliche Stunden ein. Vorsichtig steckte sie noch einmal die Finger in ihre Hosentasche und beförderte das darin befindliche Beutestück Millimeter für Millimeter ans Tageslicht.

*

Im Speisezimmer der Villa Wasserschloss tunkten sechs Personen ihre Löffel in die Speckknödelsuppe. Trotz der hochsommerlichen Temperaturen hatte sich Maria Kofler für deftige Südtiroler Hausmannskost entschieden. Es war zwar kaum anzunehmen, dass sie Oscar Wildes Aphorismus, demzufolge man nach einem guten Essen allen vergeben konnte, sogar den eigenen Verwandten, kannte. Dennoch hatte die Haushälterin mit feinem, in vielen Jahren im Dienste von Lenz` Onkel bei der Bewirtung großer Gesellschaften geschultem Gespür erkannt, dass die Stimmung in der Gruppe alles andere als zum Besten stand. Heute Abend war sie fest dazu entschlossen, dem Tief mit ihren Kochkünsten zu Leibe zu rücken.

Bei einem schien ihr Rezept aber gar nicht anzuschlagen. Normalerweise mit einem gesunden Appetit gesegnet stocherte Lenz Hofer heute lustlos in der heißen Brühe herum. Nur selten führte er einen Bissen zum Mund und kaute darauf herum, bevor er ihn wie unter Zwang hinunterwürgte. Maria bedauerte den jungen Mann, den sie schon von Kindesbeinen an kannte und ins Herz geschlossen hatte. Er musste etwas ausbrüten, eine andere Erklärung gab es nicht für sein merkwürdiges Verhalten.

Arthurs Assistent hätte indes größte Lust gehabt, sich die Knödelsuppe und die leckeren Speisen, die folgen würden, so richtig schmecken zu lassen. Als nächstes war ein »Herrengröstl«, eine Spezialität aus Kalbfleisch, Schweineschmalz, Kartoffeln und allerlei Gewürzen, vorgesehen. Schon wenn er daran dachte, lief ihm das Wasser im Mund zusammen. Zu gerne hätte er sich die Hauptspeise noch munden lassen. Doch er würde auf sie ebenso verzichten müssen wie auf die »Schwarzplentene«, die Buchweizentorte, die das Menü abrunden sollte und die sicher noch besser schmeckte als die gestern auf der Burg. Daran durfte er jetzt nicht denken. Jenny war nämlich immer noch nicht aufgetaucht. Er hatte Arthur gleich nach dessen Rückkehr von deren Verschwinden erzählt. Der war gar nicht gut drauf gewesen. Bei der Suche hatten sie keinen Erfolg gehabt, und der Burgdirektor setzte ihnen nun das Messer an die Brust: Wenn sich die Handschrift nicht bis morgen wieder einfinde, sehe er sich gezwungen, die Questura in Bozen zu verständigen. Im Prinzip war es klar, dass man die Sache bald der Polizei übergeben musste, man konnte ja nicht ewig warten. Aber vorher wollte er Jenny finden. Das war jetzt wichtiger. Klirrend ließ Lenz den Löffel auf seinen Unterteller fallen. Mit einem »Tschuldigung, ist mir nicht gut« erhob er sich, hielt sich eine Hand auf den Bauch und verließ schnurstracks den Raum.

Vom Speisezimmer aus begab Lenz sich zunächst ins Badezimmer. Es war zwar unwahrscheinlich, dass ihm jemand folgte, aber sicher war sicher. Arthur, der eingeweiht war, würde jeden, der Anstalten machte, die Tafel zu verlassen, umgehend in ein Gespräch verwickeln. Zudem würde die Hauptspeise, die Maria jetzt auftrug, alle eine Weile beschäftigen. Nach wenigen Minuten verließ Lenz die Toilette wieder und ging über die Sala terrena in den Garten. Prüfend sah er sich dort noch einmal um. Jenny musste hier irgendwo sein. Seit heute Nachmittag war sie nicht wieder aufgetaucht. Mit Marias Hilfe hatte er in ihrem Zimmer nachgesehen. Doch auch dort war sie nicht.

Lenz rief sich noch einmal seinen Besuch bei Mordred in Erinnerung. Der aktivierte Bildschirm war ein eindeutiges Indiz dafür, dass kurz vorher jemand da gewesen sein musste. Bei diesem Jemand konnte es sich nur um Jenny handeln. War sie am Ende doch auf den Balkon geflüchtet, wo Mordred sie entdeckt und ihr etwas angetan hatte? Gab es da vielleicht irgendwelche Spuren? Sollte er im Gras unter Mordreds Balkon nachsehen?

Es war gut möglich, dass er dort einen Hinweis fand. Er konnte sich zwar nicht vorstellen, dass sie freiwillig drei Meter hinuntergesprungen war und sich unverletzt davongemacht hatte. Es fiel ihm aber auch keine andere Möglichkeit ein. Er sollte sich jedenfalls beeilen, solange alle noch beim Essen saßen.

Es war nicht mehr als eine vage Ahnung, die Lenz in jenen Teil des Gartens führte, in dem die Rotbuche stand. Kaum hatte er diese Richtung eingeschlagen, hörte er auch schon halblaut seinen Namen rufen. Wenn er sich nicht täuschte, kam die Stimme, die er gerade vernahm, aus dem Baum. Lenz ging näher heran und suchte mit den Augen den Stamm ab, konnte aber niemanden entdecken.

»Lenz, hier bin ich.« Das war eindeutig Jenny. Im nächsten Moment sah er sie auch schon. Bäuchlings hing sie über einem dicken Ast. Kopf, Oberkörper und Beine zeigten jeweils nach unten, einzig der Popo ragte nach oben. Trotz ihrer misslichen Lage ruderte sie wie wild mit den Armen, wobei nicht eindeutig zu erkennen war, ob sie ihn damit zu sich winken wollte oder das Gleichgewicht zu halten versuchte.

Freude darüber, dass er sie gefunden hatte, war das erste, was Lenz empfand. Im nächsten Moment musste er aber ähnlich wie im Speisezimmer noch einmal an sich halten. Es waren jedoch nicht seine Eingeweide, die ihm zu schaffen machten, vielmehr galt es, einen Lachkrampf zu unterdrücken. Es sah zu komisch aus, wie sie da zappelte. Im nächsten Moment hatte er sich gefasst. Er musste sich jetzt zusammenreißen. Lange könnte sie sich nicht mehr da oben halten, immerhin waren es gute zweieinhalb Meter bis nach unten. Er sollte wohl eine Leiter besorgen. Aber wo die herbekommen? Aus dem Schuppen vielleicht, der war aber auf der anderen Seite. Nein, das dauerte zu lange. Lenz fasste einen Entschluss.

*

»Rutsch einfach ein bisschen nach rückwärts. Lass dich dann langsam mit den Füßen voraus fallen. Fang' ich dich schon auf.« Skeptisch sah Jenny auf den direkt unter ihr stehenden Assistenten. Das durfte doch nicht wahr sein. Zuerst hatte er sich vor Lachen gekrümmt. Er brauchte sich bloß nicht einzubilden, sie hätte es nicht bemerkt. Und nun auch noch diese absurde Idee. Jetzt würde sie sich tatsächlich sämtliche Knochen brechen, davon war sie überzeugt.

Im nächsten Moment besann sie sich eines Besseren. Von ihrer erhöhten Position aus konnte sie hinter der Glasfront, die die Veranda vom Haus trennte, einen Schatten erkennen. Jemand war in der Sala terrena und konnte jeden Moment herauskommen. Es war keine Zeit mehr zu verlieren. Jenny spannte die Pomuskeln an und bewegte ihr Hinterteil solange hin und her, bis sie ihr Gewicht achtern verlagert hatte. Den Rest erledigten die Schwerkraft und Lenz, der, kaum waren ihre Unterschenkel in seine Reichweite gekommen, diese umfing und so festhielt, dass Jenny in seinen Armen verhältnismäßig sanft zu Boden glitt.

Wieder auf der Erde angekommen, spürte sie plötzlich, wie ihre Knie weich wurden. Die ganze Anspannung der letzten Stunden wich einer grenzenlosen Erleichterung darüber, dass sie mit heiler Haut davongekommen war. Ihr Gesicht eng an sein T-Shirt gedrückt, blieb sie einfach stehen. Auch er schien es nicht eilig zu haben, sie wieder loszulassen. Als sie spürte, wie er ihr zunächst zaghaft und dann immer bestimmter über den Rucken strich, blickte sie zu ihm auf. Sein Gesicht näherte sich dem ihren.

*

Vor der Sala terrena sah Arthur Kammelbach in den Abendhimmel und atmete tief durch. Er hatte die drückende Luft im Speisezimmer nicht mehr ertragen. Marias schwere Kost, so gut sie auch gemeint war, hatte ihr Übriges dazu getan, dass er sich immer beengter fühlte. Beinahe wäre ihm wieder schwindelig geworden. Doch bevor er es soweit kommen ließ, hatte er mit dem Hinweis, dass er auf die Nachspeise verzichte, die Tafel verlassen. Sollten sie sich doch alleine weiterzanken, ob nun Herren-, Damen- oder gar Personengröstl die politisch korrekte Bezeichnung für das bodenständige Südtiroler Gericht wäre. Xenia würde mit ihren kämpferischen Thesen sicherlich Öl ins Feuer gießen und dafür sorgen, dass die Diskussion eine Weile in Gang blieb.

Mit leicht schlurfenden Schritten ging er in den Garten. Vielleicht fand er irgendwo eine Bank, auf die er sich setzen und in Ruhe nachdenken konnte. Blasius hatte ihm heute – zwar verblümt wie immer, aber dennoch unmissverständlich – ein Ultimatum gestellt: Sollte die Handschrift nicht bis morgen wieder auftauchen, werde er die Polizei einschalten.

Der Professor war sich im Klaren darüber, dass diese Maßnahme nicht nur für ihn und seine Leute, sondern auch für den Burgdirektor erhebliche Unannehmlichkeiten, ja vermutlich sogar eine Suspendierung oder Schlimmeres nach sich ziehen würde. Schließlich hatte er ja, um die Bürokratie zu umgehen, das Assessorat in Bozen bisher ganz bewusst nicht über den Fund verständigt. Wenn die Sache ans Licht kam, würde dies unweigerlich Konsequenzen nach sich ziehen.

Nachdenklich das Kinn in die Hand gestützt, setzte Arthur seinen Spaziergang fort. Sitzgelegenheit hatte er zwar noch immer keine gefunden, aber die Bewegung tat ihm gut. Was für ein herrlicher Garten. Ein äußerst gepflegter Rasen und Blumenrabatten wechselten sich mit Bäumen, Sträuchern und Lauben ab. Diese Mischung verlieh dem gesamten Ensemble einen Hauch wilder Romantik, die sich in der efeuumrankten, einem Schlösschen ähnlichen Villa mit ihren Zinnen und Türmchen widerspiegelte.

Doch was wie zufällig wirkte, verriet bei näherer Betrachtung die planende Hand von Lenz' Onkel, dem Architekten. Dessen war Arthur sich bewusst. Ebenso im Klaren war er sich darüber, dass er diese noble und so komfortabel gelegene Unterkunft seinem Assistenten zu verdanken hatte. Der war auch der Einzige, der ihn auf dieser Reise noch nicht enttäuscht hatte. Abgesehen von Jenny natürlich. Obwohl sie die Angelegenheit als außerhalb des Universitätsbetriebs Stehende am wenigsten anging, hatte sie sich bisher sehr kooperativ gezeigt.

Er konnte nur hoffen, dass Lenz sie inzwischen gefunden hatte und sie wohlauf war. Ein weiteres Unglück, diesmal nicht nur einen Gegenstand, sondern einen Menschen betreffend, könnte er nach allem, was geschehen war, nicht verkraften. Sollte ihr etwas zugestoßen sein, würde er sich das nie verzeihen können.

Zum wiederholten Mal warf er sich vor, sie überhaupt in die Sache hineingezogen zu haben, als er plötzlich ihrer ansichtig wurde. Die kleine, zierliche Gestalt mit dem kurzen dunklen Haarschopf konnte nur Jenny sein. Erleichtert trat er näher, als er bemerkte, dass sie nicht alleine war. Dicht bei ihr stand sein Assistent und hielt sie eng umschlungen.

Arthur hätte zwar zu gerne gewusst, wie Lenz sie gefunden und ob die Durchsuchung der Zimmer etwas ergeben hatte. Doch die beiden in diesem offensichtlich intimen Moment zu stören, brachte er nicht übers Herz. Gerade, als er sich so leise wie möglich zurückziehen wollte, fuhren die zwei auseinander. Lenz sah verlegen zu Boden, hielt aber immer noch einen Arm fest um Jennys Schultern gelegt.

Sachte, aber entschieden löste diese sich von Lenz und wandte sich dem Professor zu.

»Gut, dass du da bist. Ich weiß jetzt, wo die Handschrift ist.« Mit diesen Worten zog sie ein zusammengefaltetes Papier aus ihrer Hosentasche.

SECHS

»Folge dem Pfeil im ersten Teil,
Lass den Drachen speiend im Staub sich wälzen,
Halte stattdessen Einkehr bei Johannes.
Erschaure nicht vor dem Blut des Bartholomä,
Fliehe auch nicht nach Ägypten,
Sondern verneige dich vor dem Mann ohne Gesicht.«

Der Sechszeiler war in unbeholfen wirkenden Druckbuchstaben per Hand auf einen Stadtplan von Bozen geschrieben worden. Dieser zeigte das historische Zentrum, in dem die wichtigsten Sehenswürdigkeiten durch eine 3D-Visualisierung hervorgehoben wurden. Dort, wo sich die Dominikanerkirche, eines der ältesten gotischen Bauwerke Südtirols, befand, hatte jemand ebenfalls von Hand ein Kreuz gemalt.

Diese Karte hielt Jenny jetzt in der Hand, während sie die Wand des linken Kirchenschiffes absuchte. Nachdem es ihr in ihrer Mulde endlich gelungen war, das Papier, das sie aus Mordreds Zimmer entwendet hatte, aus der Hosentasche zu ziehen, war sie zunächst enttäuscht gewesen: Ein Stadtplan, wie man ihn in jeder Touristeninformation bekam. Und dafür hatte sie Kopf und Kragen riskiert. Bei genauerer Betrachtung sah sie sich dann allerdings bald eines Besseren belehrt: Auf der Karte befanden sich ein paar Zeilen, die offensichtlich jemand drauf geschrieben hatte. Diese ergaben für sich allein genommen zwar keinen Sinn. Als sie dann aber die Markierung über der Dominikanerkirche entdeckte, war klar, dass es sich um eine, wenn auch verschlüsselte, Botschaft handelte. Je länger sie darüber nachdachte, desto sicherer gelangte sie zu der Überzeugung, dass es sich bei dem »Rätsel«, wie sie es mittlerweile nannte, nur um eines handeln konnte: den ersehnten Hinweis, der sie zum Versteck der Handschrift führen würde.

Als sie gestern Abend den Plan samt ihrer dazugehörigen Theorie Arthur präsentierte, war dieser allerdings zunächst skeptisch gewesen. Vorausgesetzt, dass Mordred mit der Tat überhaupt etwas zu tun habe, sei es zwar denkbar, dass er die Handschrift vorübergehend an einem sicheren Ort versteckt habe. Warum er allerdings den Standort auf einer Karte einzeichnen und diese mit einem Rätselvers versehen in seinem Zimmer herumliegen lassen sollte, sei nicht nachvollziehbar.

»Hat er vielleicht einen Komplizen gehabt. Hat einer die Handschrift genommen und sie versteckt, der andere sollte sie holen, wenn die Luft wieder rein ist. Dazu braucht er den Plan.« Lenz war wieder neben sie getreten und hatte ihr Schützenhilfe geleistet. Arthur sah immer noch nicht so aus, als sei er überzeugt. In dem Augenblick tauchte eine Gestalt aus der Dunkelheit, die mittlerweile über sie hereingebrochen war und nur spärlich von ein paar Laternen im Garten erhellt wurde.

»Ein Privatissimum zu so später Stunde. Darf man fragen, was der Grund für die exklusive Zusammenkunft ist.« Mordred hatte sich breitbeinig vor sie hingestellt und sah sie herausfordernd an. Seine Blicke wanderten von einem zum anderen, bis sie schließlich an der Karte hängenblieben, die Jenny immer noch in Händen hielt. Sie vermeinte, ein kurzes Aufflackern in seinen Augen zu erkennen, doch im Sekundenbruchteil war dieses unter den halbgeschlossenen Liedern schon wieder erloschen. In dem Augenblick trat Arthur auf sie zu, nahm ihr das verräterische Papier aus der Hand und hielt es Mordred hin.

»Ich« – auf das Ich legte er eine besondere Betonung – »habe diese Karte in deinem Zimmer gefunden. Dafür gibt es sicherlich eine Erklärung, und die will ich jetzt von dir hören.« Es war das erste Mal, dass sie den Professor in einem solchen Ton mit seinem Neffen sprechen hörte. Selbst nach dessen Auftritt auf der Burg hatte Arthur keine solche Schärfe in seine Worte gelegt wie jetzt. Doch diesmal schien Mordred sich in keinster Weise von der Autorität seines Onkels und Lehrers beeindrucken zu lassen. Scheinbar interessiert beugte er sich über das Papier, dann hob er den Kopf und verzog spöttisch die Mundwinkel.

»Ein Stadtplan von Bozen? Habt ihr nichts Besseres auf Lager.« Noch einmal ließ er seinen Blick von einem zum andern gleiten und haftete ihn schließlich an Jenny fest. »Ich« – auch er betonte das Ich – »habe diese Karte noch nie gesehen.« Mit einem verächtlichen Grinsen wandte er sich ab und schlenderte davon.

Wie versteinert hatte Arthur dagestanden und seinem Neffen nachgesehen, bevor er zu sprechen anfing.

»Jenny, Lenz, ich muss euch noch einmal um einen Gefallen bitten. Begebt euch morgen in die Dominikanerkirche und seht nach, was es mit dem Rätsel« – auch er verwendete jetzt den Ausdruck – »auf sich hat.«

Sein Assistent war schon im Begriff zuzustimmen, als Jenny ihm in die Parade fuhr.

»Mir reicht's jetzt. Ich steige aus. Meinetwegen könnt ihr weitersuchen – ohne mich.« Um dem Gesagten Nachdruck zu verleihen, fügte sie hinzu, dass sie von Mordred endgültig genug habe. Arthur empfahl sie, den aufsässigen jungen Mann schleunigst seinen Eltern zu übergeben, damit die ihm eine Tracht Prügel verabreichten – für welche es ihrer bescheidenen Meinung nach nie zu spät sei. Sie hatte sich richtig in Rage geredet und hätte ihren wütenden Monolog wohl noch eine Zeit lang fortgesetzt, wenn ihr nicht Lenz beruhigend die Hand auf die Schulter gelegt und durch mehrmaliges Murmeln ihres Namens Einhalt geboten hätte. Ärgerlich über die ungebetene Einmischung hielt sie schließlich inne. Mit einem leichten Heben seiner Hand deutete Lenz auf Arthur, der neuerlich wie erstarrt schien. Jenny hielt es für angebracht, den Mund zu halten. Sie war wohl zu weit gegangen.

Endlich durchbrach Arthur die Stille.

»Ich kann Mordred nicht zu seinen Eltern zurückschicken. Er ist mein Sohn.«

Jetzt war es Jenny, der der Atem stockte. Sogar Lenz neben ihr, der bisher die Ruhe selbst gewesen war, stieß einen Laut des Erstaunens aus. Bevor noch einer von ihnen etwas sagen konnte, setzte der Professor zu einer Erklärung an: Vor über 20 Jahren habe er sich in eine Studentin verliebt und entgegen seinen sonstigen Gepflogenheiten ein Verhältnis mit ihr begonnen. Als sie dann aber wenig später schwanger geworden war, war er rasch wieder zur Vernunft gekommen. Eine Abtreibung lehnte sie jedoch strikt ab. Schließlich hielt er es für das Beste, den Fehltritt seiner Frau zu beichten. Die nahm die Sache auf ihre kühle Art entschlossen in die Hand und traf mit der Studentin – Liesl Leitner, so der Name der werdenden Mutter – ein Arrangement: Diese möge gegen eine großzügige Summe Geldes die Uni und tunlichst auch die Stadt verlassen und für immer aus dem Leben ihres Mannes verschwinden. Liesl Leitner willigte ein, und die nächsten zehn Jahre hörte er nichts mehr von ihr. Dann aber war sie plötzlich mit einem ziemlich verwahrlost aussehenden Jungen vor seiner Tür erschienen. Sie gehe nach Indien, Mordred sei ihr da nur im Weg. Da sie nicht wisse, wohin mit dem Kind, sei der Professor ihr einziger Ausweg. Wieder zeigte Arthurs Frau, Charlotte Kammelbach, wozu sie fähig war: Selbst kinderlos schloss sie mit der Mutter neuerlich eine Übereinkunft, derzufolge sie und Arthur Mordred fortan als ihren Neffen ausgeben und sich seiner annehmen würden. Liesl Leitner war's zufrieden und setzte sich so rasch sie konnte nach Indien ab, seither hatte man nichts mehr von ihr gehört. Mordred wurde von Charlotte auf ein teures Internat geschickt, durfte aber in den Ferien zu Besuch kommen.

Arthur selbst war mit diesem Arrangement alles andere als glücklich gewesen. Mehrmals war er drauf und dran, dem hoch intelligenten Jungen, der sich aber als äußerst schwieriger Charakter entpuppte, die Wahrheit zu sagen. Die Vaterliebe, so hoffte Arthur, würde den Heranwachsenden vielleicht doch noch auf den richtigen Weg bringen. Charlotte jedoch war strikt dagegen gewesen, und Arthur gab schließlich nach.

»Als Mordred mir eröffnet hat, dass er ausgerechnet in Salzburg an meinem Institut studieren will, habe ich versucht, es ihm mit allen Mitteln auszureden, aber verbieten konnte ich es ihm nicht. Gegen seine Leistungen ist ja nichts einzuwenden. Trotzdem kommt es mir vor, als müsse ich jeden Tag aufs Neue für meinen Fehler bezahlen.« Arthur hatte sein Geständnis beendet, erneut trat Stille ein, bis Jenny es nicht mehr aushielt.

»Und warum hat er ausgerechnet diesen Namen?«

Neben ihr hielt sich Lenz die Hand vor den Mund. War er peinlich berührt oder schon wieder kurz davor los zu prusten? Jenny sah zu Arthur hin, um dessen Augen sich jetzt ein Lächeln kräuselte.

»Das war Liesls Wunsch. Sie hatte schon immer ein Faible für New Age und Fantasy. Da ist mein Namensvetter, der sagenhafte König Arthur oder Artus, nun einmal so etwas wie eine Ikone.« Wieder strich er sich das Haar in die Stirn. »Wie du sicher noch weißt, hatte der einen Neffen namens Mordred, der auch sein unehelicher Sohn war. Seine Mutter war Arthurs Halbschwester, die Fee Morgana.« Jetzt legte er seine Hand auf Jennys Schulter. »So haben die Kommilitonen Liesl wegen ihres entrückten Wesens damals genannt. Ob sie Morganas Zauberkräfte besaß, wer weiß. Mir wurde sie jedenfalls zum Schicksal.«

In dem Augenblick hatte Arthur Jenny sehr leid getan. Es hatte schon immer Professoren gegeben, die nichts dabei fanden, sich an Studentinnen heranzumachen. Auch die waren ja keine Unschuldslämmer, oft genug trieben beinhartes Kalkül und die Hoffnung auf bessere Zensuren sie an. Aber soweit sie es mitbekommen hatte, war Arthur in dieser Hinsicht nie etwas vorzuwerfen gewesen. Dass es ausgerechnet ihn so beinhart erwischen musste, war nicht gerecht. Also würde sie Arthur dabei helfen, seinen Neffen – aus Gründen der Diskretion würde sie der Einfachheit halber bei dieser Bezeichnung bleiben – zu entlasten oder aber, wenn es sein musste, diesen seiner gerechten Strafe zuführen.

»Wenn Lenz dabei ist, bin ich auch dabei.« Wie um ihre Worte zu bekräftigen, ergriff Jenny Arthurs Hand. »Gehen wir morgen also in die Kirche.« Lenz hatte zum Zeichen seiner Zustimmung seine Hand auf ihre beiden gelegt, damit war die Sache besiegelt.

Nun befanden sie und Lenz sich schon gute zehn Minuten in der Dominikanerkirche, ohne dass Jenny bisher eine Malerei oder einen Gegenstand entdeckt hätte, der dem der ersten Zeile des Verses auch nur annähernd ähnlich sah. Langsam wurde sie nervös. Bald würden die ersten Touristen kommen, dann würde ihr Vorhaben sich erheblich schwieriger gestalten. In dem Moment hallte Lenz' Stimme, der auf der anderen Seite gesucht hatte, zu ihr herüber.

»Glaub ich, hab' ich den Pfeil gefunden.« So rasch es ihr an diesem geweihten Ort angemessen erschien, durchquerte sie das Kirchenschiff.

*

Das Paar, das im Westschiff der Bozner Dominikanerkirche interessiert die Mauerwand betrachtete, hätte gut und gerne als Touristen durchgehen können. Ein großer Mann mit kurzen, dunklen Haaren und seine wesentlich kleinere Begleiterin waren offenbar gekommen, um die

Fresken, für die das Gotteshaus berühmt war, eingehend zu studieren. Verwunderlich war nur, dass sie sich so eingehend mit den schlecht erhaltenen Wandmalereien im ersten Teil der Kirche beschäftigten. Normalerweise ließen Besucher diese nämlich links liegen und beeilten sich, in den vorderen Bereich, den so genannten Lettner, und von dort in die Johanneskapelle zu gelangen, wo sich die wahren Kunstwerke befanden.

Jenny und Lenz konnten sich jedoch von den blassen und nur bruchstückhaft erkennbaren Darstellungen gar nicht losreißen. Ein etwa 20 Zentimeter langer roter Balken, der sich nach vorne hin zunächst etwas rundete und dann spitz zulief, schien es ihnen ganz besonders angetan zu haben.

»Wenn du mich fragst, dann handelt es sich um das restliche Stückchen von einem Kreuz, das irgendwann hier an die Wand gemalt worden ist.« Jenny stellte sich auf die Zehenspitzen, um das Gebilde besser in Augenschein nehmen zu können.

»Musst du ein Stück weiter weggehen, dann sieht es aus wie ein Pfeil.« Lenz berührte ihren Arm und wies zum Eingang.

Jenny bewegte sich ein paar Schritte rückwärts. Er hatte recht: Je weiter sie sich entfernte, desto klarer konnte sie erkennen, was Lenz gemeint hatte. Aus ihrer nunmehrigen Perspektive ähnelte der Balkenteil einer Art Verkehrsschild, das ihnen den Weg wies.

Jenny war wieder zu Lenz getreten.

»Gut, gehen wir davon aus, dass das der Pfeil ist, dem wir folgen sollen. Was steht im nächsten Vers?« Lenz, der die Karte an sich genommen hatte, las vor:

»Lass den Drachen speiend im Staub sich wälzen, halte stattdessen Einkehr bei Johannes.«

Indem sie sich ein wenig vorbeugte, überflog Jenny die Zeilen. »Das sind zwei Verse. Mit ›Einkehr bei Johannes‹ ist sicher die Johanneskapelle gemeint. Die muss hier irgendwo sein.« Der Blick, mit dem sie Lenz jetzt bedachte, signalisierte ihm: Lass uns dort hingehen und keine Zeit mehr verlieren.

Den gesamten Raum absuchend sah Lenz sich um: Wo befand sich die Kapelle? Er hatte die riesige zweiteilige Kirche das letzte Mal während seiner Schulzeit besucht. Irgendwo hatte eine recht unscheinbare Tür zur Kapelle geführt. Die galt es jetzt zu finden, was sich als gar nicht so einfach herausstellte.

Plötzlich blieben seine Augen an einem der Wandgemälde hängen. Wie hatte die zweite Zeile gelautet? Lenz sah noch einmal in das Papier. »Lass den Drachen speiend im Staub sich wälzen«. Das war's. Überlebensgroß sah er jetzt den Heiligen Georg vor sich, wie er hoch zu Ross sitzend die Lanze in's Maul des sich am Boden windenden Drachen stieß. Ob der tatsächlich spie, war zwar nicht ersichtlich, aber jeder nur einigermaßen fantasiebegabte Betrachter konnte sich gut vorstellen, dass das Untier in seinem Todeskampf giftige Dämpfe ausstieß.

Mit langen Schritten ging Lenz auf das Gemälde zu und bedeutete Jenny, ihm zu folgen. Jetzt sah auch sie das Bildnis und musste sich eingestehen, dass es wohl dem Inhalt des Verses entsprach und dass sie in Folge gut daran täte, das Rätsel Zeile um Zeile zu lösen, anstatt Lenz zu Schritten zu drängen, die sie nur in die Irre führen würden. So gelangten sie ohne weitere Zwischenfälle in den Lettner. Im Gegensatz zum ersten düsteren Kirchenteil präsentierte sich ihnen dieser Raum, an dessen Front sich der Altar befand, hell und lichtdurchflutet.

»Muss hier irgendwo der Eingang zur Kapelle sein.« Lenz' Erinnerung an den Besuch während der Schulzeit kehrte bruchstückhaft zurück. Im nächsten Moment hatte er die im Verhältnis zur Gesamthöhe der Kirche vergleichsweise niedrige Spitzbogentüre auch schon entdeckt. Ein Flügel war geschlossen, der zweite schien nur angelehnt. »Ist wenigstens nicht zugesperrt.« Lenz konnte den Satz gerade noch zu Ende sprechen, als Jenny auch schon bei der Türe war, diese aufstieß und gleich darauf wie vom Donner gerührt stehenblieb. Ein überwältigender Anblick bot sich ihr. Der längliche, rechteckige Raum war mit Fresken geradezu übersät. Vom Steinfußboden bis hinauf zur Decke reichten die farbenprächtigen Darstellungen, die offensichtlich Legenden aus der Bibel erzählten.

So etwas hatte sie noch nie gesehen. Jenny musste sich festhalten und tastete nach dem Türrahmen, als sie Lenz' Brustkorb zu fassen bekam. Rasch zog sie ihre Hand weg und wandte sich ihrem Begleiter zu, als ein Bildnis rechts vom Eingang ihre Aufmerksamkeit fesselte. Direkt vor ihr lag ein Mann nackt auf einer Streckbank, rund um ihn standen die Folterknechte und fügten ihm grauenvolle Verletzungen zu. Ein leuchtend roter Streifen, der vom Brustansatz bis zum rechten Oberschenkel reichte, zeigte an, wo sie ihn schon aufgeschlitzt hatten. Zwei Männer, die am Boden knieten, waren gerade dabei, dieselben Schandmale auch seinen Armen zuzufügen.

Jenny riss sich von dem Anblick los. Das Bild war einfach zu grauslich, das musste sie sich nicht länger ansehen. Gerade, als sie sich den weitaus tröstlicheren Heiligendarstellungen im Altarbereich zuwenden wollte, begann Lenz wieder zu lesen:

»Erschaure nicht vor dem Blut des Bartholomä«, lautete die nächste Verszeile. Jetzt verstand Jenny. Der Hinweis bezog sich auf das Märtyrerbild, das sie eben noch in seinen Bann gezogen hatte. Sie fragte sich gerade, ob sie sich nun jede einzelne dieser teils blutrünstigen Darstellungen zu Gemüte führen mussten, als Lenz, der ein Stück weiter auf den Märtyrer zugegangen war, sie zu sich winkte. »Gibt es hier Nummern mit einer Erklärung.«

Das machte die Sache erheblich einfacher. Es galt, nur noch zwei Verse zu enträtseln, und die nummerierten Fresken, denen auch ein Plan der Kapelle beigefügt war, würden ihnen dabei wohl helfen. »Die nächste Zeile bezieht sich auf die Nummer 14: Flucht nach Ägypten.« Beinahe hätten sie es gleichzeitig gesagt und schon hatten sie das Gemälde entdeckt, das Maria und Josef mit dem Jesuskind auf einem Esel zeigte. Aus dem Vers selbst wurden sie aber vorerst nicht schlau.

»Fliehe nicht nach Ägypten. Was ist damit nun wieder gemeint?« Jenny, die die Frage gestellt hatte, sah ein wenig genervt zu Lenz auf. Der stand mit verschränkten Armen einem Ölgötzen gleich vor dem Bild und tat mit keinem Laut kund, ob er ihren Einwurf überhaupt gehört hatte. Ratlos sah Jenny zu dem mit einem Sternenhimmel geschmückten Deckengewölbe hoch, als Lenz wieder zu sprechen begann:

»Schauen sie nach Norden, zurück zum Heiligen Bartholomäus. Liegt dort also Ägypten. Müssen wir in die andere Richtung gehen.«

Das klang logisch. Ein wenig bewunderte Jenny ihn sogar dafür, wie rasch er anhand der Angaben auf dem Plan die Orientierung gefunden hatte. Ihr wäre das zugegebenermaßen nicht so leicht gefallen. Jetzt schien er schon wieder etwas entdeckt zu haben, denn er war stehen geblieben und betrachtete konzentriert das Bildnis vor sich. Jenny trat zu ihm und nahm ihm die Karte aus der Hand.

»Sondern verneige dich vor dem Mann ohne Gesicht.« Das war die letzte Zeile des Spruches. Auf dem Gemälde, vor dem sie jetzt standen, war laut der Nummerntafel das Begräbnis von Johannes dem Täufer zu sehen. Die Freske war weniger gut erhalten als die vorhergehenden, und dem Mann, der da zu Grabe getragen wurde, fehlte das Gesicht. Es war also die richtige.

»Jetzt brauche ich mich bloß noch zu verneigen.« Jenny senkte den Kopf. Direkt vor sich sah sie massive Grabplatten, die in den darunterliegenden Boden eingemeißelt schienen. Genau unter dem gesichtslosen Johannes befand sich zwischen Grabstein und Mauerwerk ein Spalt. Und wenn sie sich nicht sehr täuschte, dann steckte da etwas drin, bei dem es sich durchaus um die Seiten eines Manuskripts handeln konnte.

Lenz war immer noch in seine Überlegungen vertieft, als Jenny ihn am Ärmel zupfte.

»Da vorne zwischen den Grabplatten ist etwas, das wie die Handschrift aussieht. Ich hole sie jetzt raus.« Lenz hielt das für keine gute Idee. Im Altarbereich der Kapelle, wo sich auch die Grabsteine befanden, war eine Videokamera installiert. Doch ehe er Jenny von ihrem Vorhaben abhalten konnte, war sie schon unter dem Absperrseil hindurch geschlüpft und fasste in den Mauerspalt.

*

In seinem Kämmerchen in dem an die Kirche angeschlossenen Dominikanerkloster biss Michele Emanuelo herzhaft in sein Panino. Seine Frau Rosa hatte es ihm heute Morgen wie an jedem Werktag zubereitet, dick mit Prosciutto und Pecorino, einem deftigen Ziegenkäse aus seiner Heimat Sardinien, belegt. So mochte er es am liebsten. Seit mehr als 30 Jahren versah er nun schon seinen Dienst als Wachbeamter bei den Dominikanern in Bozen. Nächstes Jahr würde er in Pension gehen, und mit Gottes Hilfe – er kreuzte Zeige- und Mittelfinger, das typische Zeichen, mit dem Süditaliener das Böse abwehren – sollten die letzten Monate seiner Amtszeit genauso ruhig verlaufen wie die vielen vorangegangenen. »Seine Kirche«, wie er sie stolz nannte, war bisher von Dieben und Vandalen weitgehend verschont geblieben. Einmal wäre es einer Bande beinahe gelungen, die beiden Engel, die sich links und rechts neben dem Kreuz im Altarbereich befanden, zu stehlen. Aber den Übeltätern konnte gerade noch rechtzeitig das Handwerk gelegt werden.

Maledetti ladri! Verdammte Diebe! Kaum hatte er den Fluch ausgesprochen, bekreuzigte er sich auch schon. Das hätte ihm nicht passieren dürfen. Er konnte nur hoffen, dass sein oberster Arbeitgeber, der liebe Gott höchstpersönlich, gerade anderweitig beschäftigt gewesen war. Der konnte ja seine Augen und Ohren nicht überall haben.

Im Gegensatz zu ihm selbst, zumindest, was die Augen betraf. Seit die Videokameras installiert worden waren, hatte er alles viel besser unter Kontrolle. So konnte er von seinem Beobachtungsposten aus das Treiben in der Kirche verfolgen, ohne dass er sich die Mühe machen musste, eigens deswegen den Gang vom Kloster in das Gotteshaus hinüber anzutreten.

Seine Runden am Morgen und am frühen Abend, wenn er die Kirche auf- und später wieder zuschloss, ließ er sich freilich nicht nehmen. Ein wenig Bewegung konnte seiner Figur nicht schaden. Liebevoll tätschelte er seinen Bauch. Heute waren sie früh dran gewesen, die turisti. Gleich um halb zehn, kaum dass er das Tor aufgesperrt hatte, war schon ein Pärchen gekommen. Er ein Großer, Schlaksiger mit Jeans und T-Shirt, sie eine ganz Sportliche in kurzen Hosen. Sogar einen Fahrradhelm hatte sie dabei gehabt. Wenigstens hat sie ihn unterm Arm getragen und nicht auf dem Kopf. Das wäre Michele in seinem Gotteshaus nun wirklich nicht korrekt erschienen. So aber … Der Wachebeamte seufzte. Plötzlich nahm er auf dem Bildschirm eine Veränderung wahr. Aha, die beiden waren immer noch da, befanden sich jetzt in der Johanneskapelle. Der Mann schien wie versunken in die Betrachtung der Fresken, während die Frau eher hektisch wirkte. Ging ein Stück vor, kam wieder zurück, beugte sich über den Arm des Mannes. Jetzt sagte er etwas zu ihr, das konnte er daran erkennen, dass er die Lippen bewegte. Zu schade, dass es nur Bild und nicht auch einen Ton gab. Aber der hätte ihm sowieso nicht viel genützt – falls die beiden nicht zufällig Italiener waren. Auch nach so vielen Jahren in Südtirol konnte er kaum

Deutsch und war keiner anderen als seiner eigenen Muttersprache mächtig.

Sah ganz so aus, als würde der Mann etwas in der Hand halten. Vermutlich irgendeinen Prospekt von der Touristeninformation, in dem die Sehenswürdigkeiten beschrieben wurden. Wahrscheinlich las er ihr daraus etwas über die Kirche vor. Jetzt waren sie beide vor dem Bildnis des Täufers angelangt. Die Frau beugte sich über die Grabplatten, so als suche sie nach etwas. Aber was machte sie jetzt?

Das Tempo, mit dem sich Michele Emanuelo von seiner sitzenden in eine stehende Position manövrierte, überraschte ihn selbst. Eben hatte er gesehen, wie die Frau sich am Absperrseil zu schaffen machte. So rasch es ihm seine ausufernden Massen erlaubten, setzte er sich in Bewegung.

*

»Eine Sekunde noch, gleich habe ich es.« Jenny kauerte auf den Knien vor dem Altar und versuchte zum wiederholten Mal, das Papier in der Mauerspalte zwischen Daumen und Zeigefinger zu kriegen. Lenz' Warnung, dass hier eine Videokamera installiert sei, hatte sie bisher ignoriert. Jetzt wurde es langsam brenzlig. Wenn da wirklich in der Nähe einer saß und sie beobachtete, wie sie sich hier im abgesperrten Bereich zu schaffen machte, dann war hier vermutlich bald die Hölle los. Und das ausgerechnet in einer Kirche. Beim Gedanken an dieses Paradoxon entspannte Jenny sich ein wenig. Ihre Hand glitt etwas tiefer in den Spalt, im nächsten Moment bekam sie das Papier zu fassen. Vorsichtig, um es nicht wieder fallen zu lassen, zog sie es heraus. Geschafft!

»Che cosa sta facendo qui, signora?« Die Stimme in ihrem Rücken ließ sie jäh in der Bewegung innehalten. Ein Kirchenaufseher. Oder war es etwa gar schon die Polizei, die wissen wollte, was sie da machte? Langsam begann Jenny sich aufzurichten, als sie plötzlich Lenz sprechen hörte.

»La mia fidanzata sta cercando l'anello di fidanzamento, crede d'averlo perduto qui.«

Das erste, worüber Jenny sich wunderte, war, dass Lenz sie als »fidanzata«, als seine Verlobte, zumindest aber seine Freundin – der Wortsinn war hier ein doppelter – bezeichnet hatte. Dann erst wurde ihr klar, dass er gerade dabei war, ihr aus der Patsche zu helfen. Gar keine schlechte Idee zu behaupten, sie suche ihren Verlobungsring. Gleich würde sie sich umdrehen und sagen, dass sie ihn leider nicht gefunden habe, als ihr das Manuskript einfiel. Sie hatte es immer noch in der Hand, und der Wächter oder wer immer da jetzt hinter ihr näher kam, würde es mit Sicherheit an sich nehmen. Sie musste sich rasch etwas einfallen lassen.

Jetzt hörte sie wieder Lenz sprechen:

»Guardi, é fatto così. So sieht er aus.« Aus ihrer immer noch leicht gekrümmten Position drehte Jenny jetzt vorsichtig den Kopf über die Schulter. Ein unglaublich dikker Mann in Uniform stand dicht neben Lenz und schien etwas eingehend zu studieren, das der andere ihm hinhielt. Einen Ring? Sie konnte sich nicht daran erinnern, einen an Lenz gesehen zu haben. Egal, das würde sie schon noch in Erfahrung bringen. Jetzt galt es, die Handschrift vor den Blicken des Aufsehers in Sicherheit zu bringen. Jenny bückte sich noch einmal tief, nahm ihren Fahrradhelm, den sie neben sich auf den Boden gelegt hatte, setzte ihn sich auf den Kopf und zurrte den Verschluss unterm Kinn fest. Dann kletterte sie unter der Absperrung hindurch, richtete sich auf und sagte mit fester Stimme:

»Ich habe leider nichts gefunden.«

Die Aufsichtsperson sah sie verständnislos an. Lenz beeilte sich, dem Mann auf Italienisch zu erklären, dass seine Freundin, die aus Österreich komme und hier bei ihm zu Besuch sei, das Schmuckstück wohl anderswo verloren habe. Der »gentilissimo signor custode«, der äußerst liebenswürdige Herr Aufseher, möge die Unannehmlichkeiten verzeihen, die sie ihm bereitet hätten.

Der so Angesprochene legte den Kopf schief und dachte – eine Ewigkeit wie es Jenny vorkam – nach. Schließlich schien er einen Entschluss gefasst zu haben.

»Ci vado io a guardare.« Er werde selbst nachsehen. Plattfüßig watschelte er zum Altar, reckte sich so weit vor, dass er über seine mächtige Leibesfülle sehen konnte und äugte auf die Grabsteine. Ächzend brachte er sich wieder in eine aufrechte Position. »Da ist nichts.« Er nahm seine Mütze ab und kratzte sich bedächtig auf der Stoppelglatze. »Mi dispiace ma Lei dovrà comprare un gioello nuovo per la sua ragazza.« Lenz würde seiner Freundin neuen Schmuck kaufen müssen, so der Wächter, der jetzt Richtung Ausgang stapfte. Mit einem unmissverständlichen Kopfrucken bedeutete er Lenz und Jenny, ihm zu folgen.

SIEBEN

Auf einer der Bänke, die den Aufgang zum Schloss Tirol, einer bei Meran gelegenen Burg von noch beeindruckenderen Ausmaßen als Runkelstein, säumen, saß Xenia Schmied-Schmiedhausen und kramte in ihrer politisch korrekten Umhängetasche. Zu blöd, dass sie ausgerechnet heute ihren Laptop nicht dabei hatte. Aber Papier und Stift würde sie auf jeden Fall finden, dessen war sie sicher. So konnte sie die Zeit mit Notizen zu ihrem neuen wissenschaftlichen Aufsatz wenigstens einigermaßen sinnvoll überbrücken.

Nachdem sie die benötigten Utensilien aus den Tiefen des Behältnisses aus recycelbarem Material ans Tageslicht befördert hatte, begann sie umgehend, ihre Thesen aufs Papier zu werfen. Wiederholt runzelte sie die Stirn, strich eine eben geschriebene Zeile durch und begann wieder von Neuem. Die Arbeit ging ihr heute nicht so recht von der Hand. Dabei konnte sie es sich wirklich nicht leisten, ihre Zeit noch länger zu vergeuden.

Ein wenig konsterniert sah sie zu Professor Kammelbach hinüber, der mit den Studenten diskutierte. Nach dem Verschwinden der Handschrift und der gestrigen erfolglosen Suche hatte er ihnen eröffnet, dass sie heute eine Exkursion zum Schloss Tirol machen würden – um in der Höhenluft den Kopf frei zu bekommen, wie er gemeint hatte.

Xenia hatte den Vorschlag umgehend gutgeheißen. Im kommenden Jahr sollte auf der Burg die Ausstellung über Oswald von Wolkenstein, neben Walther einer der bedeutendsten Dichtersänger des Mittelalters, stattfinden. Da konnte es nicht schaden, sich die Örtlichkeit einmal genauer anzusehen – zumal Xenia zu jenen ausgewählten Kapazitäten gehörte, die beim großen Eröffnungssymposium ein Referat halten durften.

Nun aber standen sie vor verschlossenen Türen. *Heute wegen Renovierungsarbeiten ausnahmsweise geschlossen.* Das Schild am Eingang war so unmissverständlich wie die Tatsache unumstößlich. Wie hatte dem Professor ein solcher Fehler unterlaufen können? Er hätte sich vorher erkundigen müssen, anstatt einfach auf die Angaben von Blasius Botsch zu vertrauen, der ihnen versichert hatte, dass heute geöffnet sei. Der hätte sich vorher rückversichern können, von Burgdirektor zu Burgdirektor. Aber er war so darauf erpicht gewesen, sie heute von Runkelstein fernzuhalten, dass er ganz offensichtlich nicht die nötige Sorgfalt hatte walten lassen.

Arthur wäre eine solche Nachlässigkeit früher jedenfalls nicht unterlaufen, dessen war sie sich sicher. Er kam langsam in die Jahre. Zeit, den Lehrstuhl für eine jüngere Person freizumachen. Dass sie selbst diese Person sein würde, daran bestand für Xenia kein Zweifel. Sie hatte sich als feministische Wissenschaftlerin profiliert und bisher eine glänzende Karriere an der Uni hingelegt. Zur Krönung fehlte ihr nur noch der Professorentitel. Und der würde wohl nicht mehr lange auf sich warten lassen.

Auch das noch. Jetzt hatte ihr Kugelschreiber den Geist aufgegeben. Ärgerlich begann sie noch einmal in ihrer Tasche zu wühlen, als ihre Finger auf einen Gegenstand trafen. Xenia gönnte sich einen kurzen Augenblick, ihn in der Hand zu spüren. Die Berührung vermittelte ihr etwas Tröstliches. Bald würde sie ihr Ziel erreicht haben.

*

»Wir sollten uns Schloss Siegmundskron ansehen. Da hat der Reinhold Messner ein Mountain Museum draus gemacht.« Der Vorschlag kam von Tina Ebner.

»Warum in die Ferne schweifen, holde Maid? Lasst uns doch Meran erkunden und sehen, was die Kurstadt an Attraktionen zu bieten hat.« Mordred schien es offenbar nicht eilig zu haben, die Gegend hier wieder zu verlassen.

»Wir könnten auf den Ritten und von dort mit der Bahn zu den Erdpyramiden fahren. Das lohnt sich.«

Der letzte Vorschlag war von Lukas gekommen. Im Gegensatz zu Tina, die Schloss Sigmundskron offenkundig nur vom Hörensagen kannte, klang es fast so, als wäre Lukas schon einmal am Ritten, dem Hausberg der Bozner, gewesen. Der Junge schien sich jedenfalls in der Gegend besser auszukennen, als Professor Kammelbach es ihm zugetraut hätte. Vielleicht würde es ihm ja gelingen, die anderen zu überzeugen. Georg Kofler, der sie mit dem Van nach Meran gebracht hatte, könnte sie wieder zurück und zur Talstation der Seilbahn bringen. Besser noch, er fuhr sie gleich in das auf ungefähr 1200 Metern gelegene Oberbozen. Dort könnten sie dann die Schmalspurbahn, die letzte erhaltene in Europa, nach Klobenstein nehmen und das verbleibende Stück zu den Erdpyramiden, einer eindrucksvollen Lehmformation aus der Späteiszeit, zu Fuß zurücklegen. Alles wäre besser, als hier müßig herumzustehen. Er selbst fühlte sich allerdings ausgebrannt und hatte keine Kraft mehr, noch irgendwelche Ideen beizusteuern.

Arthur sah zu dem mächtigen Gebäude hin, das ihnen heute so abweisend begegnete. Burgen schienen ihm auf dieser Reise definitiv kein Glück zu bringen. Zuerst das Verschwinden der Handschrift auf Runkelstein. Und jetzt auch noch das Pech, dass Schloss Tirol ausgerechnet heute geschlossen hatte. Ein solches Missgeschick hätte ihm einfach nicht passieren dürfen.

Wenn wenigstens Lenz und Jenny hier wären. Denen würde mit Sicherheit etwas einfallen. Aber ihretwegen hatte er ja die ganze Exkursion hauptsächlich inszeniert. Nachdem sie übereingekommen waren, dass es sich lohnen würde, der Spur auf der Karte nachzugehen, hatte er nach einer Möglichkeit gesucht, ihnen den Rücken freizuhalten. Ihr Fernbleiben an der heutigen Unternehmung hatte er damit begründet, dass Jenny wegen ihres verstauchten Knöchels zum Röntgen müsse. Lenz werde sie begleiten. Abgesehen davon hätten sie ohnehin nicht alle im Van Platz gefunden.

Was Runkelstein anbelangte, so hatte Blasius keinen besonderen Enthusiasmus gezeigt, sie heute wieder dort zu empfangen. Arthur hatte zwar angeboten, die Suche fortzusetzen. Doch der Burgdirektor hatte dies rundheraus abgelehnt. Nach dem gestrigen besuchsfreien Tag, den er außertourlich und eigens für die gelehrten Experten eingeschoben hatte – dabei hatte er schwer geseufzt –, werde es heute wieder von Touristen wimmeln. Außerdem hätten sie gestern ohnehin schon in jedem Winkel nachgesehen.

Mit einem Mal spürte Arthur ein beklemmendes Gefühl in der Brust. Hatten sie wirklich in jedem Winkel nachgesehen? Sie waren in zwei Gruppen geteilt worden, wovon eine unter der Leitung von Blasius Botsch, die andere unter der von Francesca Rossi gestanden hatte. Diese Taktik war sinnvoll erschienenen, da die beiden sich in der Burg auskannten. Aber sie mussten etwas übersehen haben. Gerade vor kurzem hatte er wieder etwas über eine Burg gelesen, in der eine Geheimbibliothek entdeckt worden war. War Blasius wirklich offen zu ihm gewesen? Oder hatten der Burgdirektor und seine Vertraute Francesca Rossi selbst etwas mit der Sache zu tun? Immerhin war nach wie vor ungeklärt, wie jemand anderer als die beiden hätte in den Westpalas gelangen können, nachdem Blasius für jedermann ersichtlich abgeschlossen hatte. Egal wie er es drehte und wendete, nicht nur der Schlüssel zur Burg, sondern auch jener zur Lösung lag in den Händen des Burgdirektors. Er würde noch einmal mit Botsch sprechen. Eine vertrauliche Unterredung konnte ihm der Freund, wenn er ihn denn noch als solchen bezeichnen durfte, nicht abschlagen. Arthur hatte sich wieder gefasst. Entschlossen gab er das Kommando zum Aufbruch. ».Wir fahren zurück nach Bozen.«

*

Erschöpft ließ Jenny sich auf den Kaffeehaussessel fallen. Das war noch einmal gut gegangen! Sie und Lenz waren dem Aufseher mit bangen Gefühlen gefolgt. Dieser hatte jedoch keine andere Absicht gehabt, als sie zum Kirchentor zu eskortieren und durch dieses hinaus zu komplementieren. Am Dominikanerplatz waren sie dann, so gemächlich es ihnen ihre immer noch klopfenden Herzen erlaubten, zu ihren Fahrrädern geschlendert. Lenz zu seinem eigenen und Jenny zu dem Leihfahrrad, das er ihr besorgt hatte. Kaum hatten sie im Sattel gesessen, waren sie allerdings losgerast als wäre der Teufel hinter ihnen her. Am Talferufer hatte Lenz schließlich vor einem Café gestoppt und ihr bedeutet, auf der kleinen Terrasse Platz zu nehmen. Worte hatten sie bisher keine gewechselt, dazu waren sie immer noch zu sehr außer Atem.

»Woher hattest du auf einmal den Ring?« Jenny fasste sich als Erste wieder.

Lenz streckte seine Linke aus, betrachtete das Schmuckstück und begann daran zu drehen.

»Ist ein Souvenir. Hatte ich es zufällig dabei.«

Das konnte er seiner Großmutter erzählen. Jenny glaubte ihm kein Wort. So schnell würde sie sich nicht geschlagen geben.

»Ich habe ihn bisher gar nicht an deiner Hand gesehen.«

Lenz setzte die Drehbewegungen fort. Als sich der Ring fast an der Fingerspitze befand, zog Lenz ihn ab und verstaute ihn in der Tasche seiner Jeans.

»Wusst' ich, dass bald jemand kommen und nachsehen würde. Ist mir der Ring eingefallen. Hab' ich ihn rasch angesteckt.«

Mehr würde sie im Moment nicht aus ihm herausbekommen. Aber Jenny konnte sich denken, wem das Gegenstück, das sie angeblich verloren hatte, gehörte: Der jungen Frau, die sie auf dem Foto in Lenz' Zimmer gesehen hatte, dieser Christa. Seltsam, dass er den Ring zwar bei sich, aber nicht am Finger trug. Hatte er ihn ihretwegen abgenommen?

»Schluss mit diesen Hirngespinsten«, schalt Jenny sich. Er war ein netter Kollege gewissermaßen, und damit hatte es sich. Was ging sie sein Liebesleben an? Jetzt gab es ohnehin Wichtigeres zu tun. Es war ihr gelungen, die Seiten aus dem Schlitz zu ziehen und in Sicherheit zu bringen. Sie konnte es kaum erwarten, endlich nachzusehen, ob es sich tatsächlich um die Handschrift handelte. Aber zuerst würde sie Lenz noch ein wenig zappeln lassen. Er hatte ihr ja eben auch nicht gerade freimütig Auskunft erteilt.

Die Kellnerin kam und nahm ihre Bestellung auf: Ein Lemonsoda für Jenny und einen Cappuccino für Lenz. Der lehnte sich jetzt zurück, streckte seine langen Beine von sich und faltete die Hände im Schoß.

»Hast du immer noch deinen Fahrradhelm auf. Du willst ihn nicht abnehmen?«

Wie versunken betrachtete Jenny den Verkehr auf der Talferbrücke. Schließlich riss sie sich von dem Anblick los und öffnete im Zeitlupentempo die Schließe ihres Helms. Vorsichtig nahm sie ihn ab und legte ihn mit der Wölbung nach unten auf den Tisch. In dem Moment brachte die Kellnerin die Getränke. Jenny beugte sich vor und stütze sich mit verschränkten Armen auf die Kopfbedeckung. Mit der Hand fuhr sie in den Hohlraum unter sich. Erst jetzt bemerkte sie, dass sich das Material eigenartig glatt anfühlte. Gar nicht wie Pergament …

»Jenny, weiß ich, dass du etwas in deinem Helm hast. Wollen wir nachsehen, was es ist.« Gemeiner Kerl! Er hatte es die ganze Zeit über gewusst. Dabei hatte sie sich für so schlau gehalten, als sie geistesgegenwärtig die Seiten in ihrem Helm verborgen und diesen aufgesetzt hatte. Wenigstens den dicken Wärter hatte sie täuschen können, sonst säßen sie jetzt vermutlich nicht hier.

»Na schön.« Schulterzuckend nahm Jenny die Blätter aus dem Behältnis und legte sie zwischen den Getränken auf den Tisch. Beide sahen sofort, dass es sich nicht um die Handschrift handeln konnte. Es waren einfach ein paar Papierseiten, die jemand aus einem Notizheft herausgerissen und in dem Spalt deponiert hatte. Wie und wann, war die Frage, vor allem aber zu welchem Zweck.

Hastig blätterte Jenny die Seiten durch.

»Sie sind leer. Jemand hat uns einen Streich gespielt.« Als wollte sie ihre Enttäuschung hinunterspülen, nahm sie einen kräftigen Schluck aus dem Glas, das vor ihr stand. Inzwischen hatte Lenz begonnen, das Papier noch einmal genauer zu studieren. Bogen um Bogen hob er vor sich gegen das Sonnenlicht und tastete ihn jeweils durch seine Brillengläser hindurch mit den Augen ab. Vermutete er, dass jemand mit unsichtbarer Tinte etwas darauf geschrieben hatte?

Jenny wollte nicht an solchen Humbug glauben. Jemand, vermutlich Mordred, war ihnen auf die Schliche gekommen und hatte eine falsche Fährte gelegt. Während sie einem Phantom nachjagten, hatte der Täter alle Zeit der Welt, die Handschrift an einem Ort zu verstecken, den keiner erraten würde. Bei aller Wertschätzung für Arthur, Jenny hatte endgültig die Nase voll. Sie würde jetzt ihren Drahtesel – verächtlich sah sie zu dem Citybike, das Lenz für sie besorgt hatte – beim Verleih retournieren, in die Villa zurückkehren und aus der Sache aussteigen. Was sie betraf, war das Abenteuer »Handschrift« ein für allemal beendet.

»Schau mal, kleben da zwei Seiten zusammen.« Lenz hatte sie leicht angestupst und hielt ihr jetzt etwas hin, das sie widerwillig in Augenschein nahm. Tatsächlich, er hatte recht. Eine der Doppelseiten war an den Rändern mit einer Art Klebstoff zusammengefügt worden. Und wenn sie sich nicht irrte, dann befand sich darin ein kleineres, zusammengefaltetes Papier. Wie hatte sie das übersehen können? Sie war beim Durchblättern wohl doch etwas zu ungestüm vorgegangen.

Lenz, der sich schon daran gemacht hatte, den Bogen vorsichtig mit dem Stielende seines Kaffeelöffels aufzuschlitzen, warf ihr einen Blick zu.

»Glaub' ich, ist noch eine Karte drin.« Bevor er mit seinem Tun fortfuhr, fasste er das Papier mit zwei Fingern und drehte es so, dass die bereits geöffnete Seite nach unten zeigte. Auf den Tisch fiel ein Plan, der demjenigen, den Jenny am Vortag bei Mordred gefunden hatte, verblüffend ähnlich sah. Lenz entfaltete ihn und hielt ihn hoch. »Ist wieder die Altstadt drauf. Find' ich aber kein Kreuz.«

Diesmal war es Jenny, die das richtige Gespür hatte.

»Es ist auf der Rückseite.« Von ihrer Perspektive aus hatte sie diese im Blickfeld. Jetzt wurde ihr auch klar, was der Unterschied zu der Karte, die sie gefunden hatte, war. Die Darstellung zeigte nicht das historische Zentrum, sondern ganz Bozen, allerdings in einem wesentlich kleineren Maßstab. Dafür reichte die erfasste Fläche bis an die Peripherie hinaus. Auch dort waren wieder die Sehenswürdigkeiten anschaulich in 3-D-Grafiken abgebildet. Schloss Sigmundskron im Osten, im Norden Schloss Runkelstein und im Süden die Haselburg. Ganz im Westen, nahe der Station der Rittner Seilbahn, war eine kleine Kirche zu erkennen. Jenny konnte den Namen nicht entziffern, dazu hätte sie ihre Lesebrille benötigt. Aus Eitelkeit vermied sie es, diese in der Öffentlichkeit zu tragen. Eines sah sie aber auch so ganz deutlich: An der Stelle, an der die Kirche eingezeichnet war, befand sich ein Kreuz.

*

»Geh' nach St. Magdalena zum Jüngsten Gericht.
Der Engel mit der Posaune ist es nicht.
Verneige dich vor dem mit dem Stab
Und sieh nach hinter dem Altar von Krad.«

Lenz las die Verse zuerst leise für sich und dann mit lauterer Stimme Jenny vor. St. Magdalena, das für seinen Rotwein bekannte Weingebiet in Bozen, sollte also die nächste Station sein. Lenz kannte auch die kleine, auf einem Hügel gelegene Kirche gut. Im spätromanischen Stil Ende des 13. Jahrhunderts errichtet hatte sie wegen ihrer künstlerisch herausragenden Fresken eine gewisse Berühmtheit erlangt und Aufnahme in den einschlägigen Prospekten gefunden. Besondere Bedeutung kam dabei dem Magdalenazyklus zu, der die Legende der Heiligen Magdalena in zehn Bildern erzählte, die die Nord- und Südwand der Kirche schmückten.

Er erinnerte sich auch daran, dass die Kirche zwei Altäre besaß. Einen schlichten vorne in der Apsis und einen wesentlich prächtigeren im rückwärtigen Bereich. Dabei handelte es sich um ein barockes Prunkstück aus dem 17. Jahrhundert, so viel wusste er noch. Gut möglich, dass das der Altar von Krad war, auf den die letzte Verszeile hinwies. Beim »jüngsten Gericht« konnte es sich demnach nur um die Malerei auf der hinteren Rundbogenwand handeln.

»Gibt es dort auch Engel. Muss einer davon zum Versteck zeigen.« Lenz hatte Jenny in seine Kenntnisse und die daraus gezogenen Schlussfolgerungen eingeweiht. »Weiß ich aber nicht, ob es sich lohnt, dort nachzusehen.« Jetzt war es Lenz, der die Aktion am liebsten beendet hätte. Er hatte so seine Zweifel, ob sie hinter dem Altar tatsächlich etwas finden würden. Zu einfach erschien ihm diesmal die Lösung im Vergleich zu dem doch ziemlich kniffligen Rätsel, das sie in der Dominikanerkirche zu lösen gehabt hatten. Zudem gab es noch weitere triftige Gründe, deretwegen er davor zurückscheute, seinen Heimatort aufzusuchen.

Doch Jenny, die eben noch alles hatte hinschmeißen wollen, war wieder Feuer und Flamme. Der neue Hinweis schien ihren Jagdinstinkt erneut entfacht zu haben.

»So einfach ist das Rätsel gar nicht. Es kommt dir nur so vor, weil du dich in St. Magdalena besser auskennst als in der Dominikanerkirche.« Sie nippte noch einmal an ihrem Lemonsoda. »Für mich gibt es zwischen den beiden Versen keinen großen Unterschied.« Nachdenklich ließ sie ihre Blicke über die Promenade schweifen. »Es sei denn, man zieht in Betracht, dass der Sechszeiler sich nicht gereimt hat. Der Vierzeiler tut das aber schon.«

Lenz schlug sich mit der Hand an die Stirn. Wie hatte

er das übersehen können. Gerade ihm als »Poeten und Klangmaler«, wie er sich selbst gerne bezeichnete, hätte das auffallen müssen. »Handelt es sich um zwei verschiedene Personen, die die Gedichte verfasst haben.« Falls man hier überhaupt von Gedichten reden konnte. Die Sache wurde immer verzwickter. Vielleicht konnte sich Jenny einen Reim darauf machen.

Die hatte in der Tat eine Schlussfolgerung parat.

»Damit ist klar, dass Mordred einen Komplizen hatte. Der unterschiedliche Stil der Verse beweist das.« Zur Bekräftigung schlug Jenny mit der flachen Hand auf die vor ihr liegende Karte. »Oder eine Komplizin.« Lenz hätte sich von Jennys Logik beinahe anstecken lassen. Aber so simpel, wie sie es jetzt darstellte, konnte es nicht sein. »Glaube ich nicht, dass Mordred die Handschrift gestohlen und sie dann jemand anderem gegeben hat, der sie für ihn versteckt.« Lenz schien das viel zu weit hergeholt. Außerdem, wenn Jennys Theorie stimmte, dass Mordred der Dieb war und es zwei verschiedene Verfasser der Rätsel gab, dann wären ja insgesamt schon drei Leute im Spiel.

»Die drei Studenten. Natürlich, sie haben gemeinsame Sache gemacht, und der Streit war nur inszeniert. Während sich alle um den verletzten Lukas kümmerten, hat einer der beiden anderen die Handschrift gestohlen.« Jenny winkte der Kellnerin.

»Ist aber Tina beinahe in Ohnmacht gefallen. Hab' ich gesehen, wie du dich um sie gekümmert hast. Und Mordred hat seine Show abgezogen. War der die ganze Zeit in der Schänke« Lenz war noch immer nicht überzeugt, aber Jenny hatte auch dafür eine Erklärung parat.

»Dann war es Lukas. Die Möglichkeit dazu hatte er.«

Die Kellnerin kam. »Prego, haben Sie noch einen Wunsch.«

»Nein Danke. Zahlen bitte.« Jenny schien es plötzlich eilig zu haben. Doch noch ehe sie ihre Geldbörse aus ihrem Rucksack, den sie heute anstatt einer Handtasche bei sich trug, hervorkramen konnte, hatte Lenz schon ein paar Münzen auf den Tisch gelegt.

Lukas als Komplize oder gar als Täter, der Gedanke schien Lenz auf einmal gar nicht mehr so abwegig. Er hatte den stillen Studenten immer schon für ein tiefes Wasser gehalten. Der brauchte bloß so zu tun, als ginge er auf die Toilette, die am anderen Ende des Burghofes lag. In der Zeit hätte er alles Mögliche anstellen können.

»Bis der Professor Mordred die Handschrift abgenommen hat und bis sich dann herausstellte, dass es sich um eine Fälschung handelte, sind mehr als zehn Minuten vergangen. Währenddessen war Lukas völlig unbeobachtet.« Jenny bemühte sich, die Abläufe zu rekonstruieren. »Und auf Tina habe ich, kaum dass es ihr besser ging, auch nicht mehr geachtet. Alle haben wie gebannt auf Mordred und sein Spektakel gestarrt.«

Lenz streute Zucker in seinen Cappuccino, von dem er bisher noch gar nicht getrunken hatte, und begann, den Milchschaum mit dem Löffel umzurühren.

»Könnt' es auch sein, dass Lukas die Handschrift gestohlen und Tina mit ihm dann die Rätsel verfasst hat. Kann ich mir aber nicht vorstellen, warum.«

»Um sich an Mordred zu rächen. Das ist Grund genug.« Liebe, Leidenschaft und Eifersucht seien häufig Motive für Raub, Totschlag und Schlimmeres, erklärte Jenny. Dazu brauche man sich nur die täglichen Schlagzeilen vor Augen zu führen. Sie glaube zwar nicht, dass die beiden Verbrecher seien. Viel eher neige sie zu der Auffassung, dass es sich hier um eine Art Charade handle, die als Scherz begonnen habe und nun eine Eigendynamik entwickle, mit der die Täter ursprünglich gar nicht gerechnet hätten. »Es kann aber auch sein, dass dem viel mehr zugrunde liegt, als wir ahnen. Auf jeden Fall sollten wir herausfinden, was es mit dem zweiten Rätsel auf sich hat.«

Lenz ließ sich die Argumente noch einmal durch den Kopf gehen. Klang ganz schlüssig, was Jenny gesagt hatte, wenn auch noch nicht alles geklärt war. Als er einen Schluck von seinem Cappuccino nahm, stellte er fest, dass das süße, cremige Gebräu kalt geworden war. Unvermittelt stellte er die Tasse auf dem Unterteller ab und griff nach dem Plan.

»Fahren wir nach St. Magdalena.« Energisch ging er auf die Fahrräder zu. Aus dem Augenwinkel sah er noch, wie Jenny Helm und Rucksack schnappte und ihm folgte. »Geht es eben dahin. Müssen wir nur am Schluss ein bisschen klettern«, rief er ihr noch zu, bevor er losradelte.

ACHT

Wer in Bozen schon einmal mit dem Fahrrad unterwegs war, wird Folgendes festgestellt haben: Dass nämlich, sobald man das Zentrum in Richtung der an den Ausläufern des Ritten gelegenen Weinhänge verlässt, die jeweilige Strecke auch dem sportlich Versierten einiges abverlangt. Schmale, steile Sträßchen, die die Siedlungen mit den Hauptverkehrsadern verbinden, führen in Serpentinen hügelauf und hügelab und fordern, sowohl die Technik als auch die Kondition betreffend, höchsten Tribut.

Dem aufmerksamen Beobachter wird zudem nicht entgangen sein, dass die Einheimischen dieser Herausforderung ungerührt begegnen. Mit lächerlichen Fünf- oder Sechsgang-Rädern, ohne taugliches Schuhwerk und bar einer schützenden Kopfbedeckung trotzen sie den Strapazen, die der Berg für sie bereithält. Durch kräftige Tritte in die Pedale treiben sie ihre Drahtesel nach oben, oft noch, indem sie auch ihren Oberkörper im Kampf gegen die Schwerkraft zum Einsatz bringen. Wenn das nichts mehr nützt, steigen sie einfach ab und schieben ihr Gefährt hinauf in die luftigen Höhen, als sei es das Selbstverständlichste der Welt. Kaum, dass sie auf einer der zahllosen Kuppen angelangt sind, schwingen sie sich wieder in den Sattel und stürzen sich in halsbrecherischem Tempo zu Tal.

Heute, an einem heißen Julitag, an dem die Temperatur unerbittlich auf die 30 Grad kletterte, konnte Jenny Sommer die oben geschilderten Beobachtungen höchstpersönlich machen und die damit verbundenen Erfahrungen am eigenen Leib verspüren. Ihrer Miene war jedoch anzusehen, dass sie diese doppelte Chance kaum als Gnade empfand.

»Sch… Radl.« Schon mehrfach hatte sie diesen Fluch quasi im inneren Monolog von sich gegebenen. Nun befand sie sich allerdings kurz davor, auch Lenz Hofer an ihrer Sicht der Dinge teilhaben zu lassen. Der trug schließlich die Schuld an allem. Hatte sie ihm doch am Vortag eingeschärft, ihr »ein gescheites Mountainbike und nur ja kein Damenfahrrad« zu besorgen. Der hatte sie, wie so oft in den letzten Tagen, mit einer Mischung aus Belustigung und Besorgnis angesehen und war dann mit diesem Citybike aufgekreuzt, mit dem sie sich jetzt abmühte.

Vom Talferufer waren sie über die Rosministraße und die Spitalgasse zurück zum Dominikanerplatz geradelt. Von dort ging es über die engen Gässchen der Altstadt, die zwar für den motorisierten Verkehr gesperrt, für Fahrräder aber weitgehend geöffnet waren, in die Piave- und weiter in die Brennerstraße. Schon auf der gesamten Route hatte Jenny eine Beobachtung gemacht, die ihr am Morgen noch entgangen war: Sie war die einzige Radlerin weit und breit, die entsprechend ausgestattet war und Radlerhose und -schuhe, Rucksack und Helm trug.

Kein Wunder, dass Lenz heute Morgen so komisch dreingeschaut hatte. Er war aufgetaucht, kaum, dass die anderen abgefahren waren, und hatte sich insgeheim über ihr Outfit lustig gemacht, das war ihr jetzt sonnenklar. Dabei wäre es in Wien undenkbar gewesen, sich anders als in dieser Ausrüstung ins Verkehrsgewühl zu stürzen. Alles andere wäre lebensgefährlich gewesen.

Hier in Bozen herrschten allerdings andere Gepflogenheiten. Lediglich einige versprengte Touristen, die aussahen, als wären sie von den Dreitausendern schnurstracks hinunter in die Stadt geradelt, sahen ähnlich aus wie Jenny. Alle anderen, darunter auch Lenz, düsten im Alltagsgewand durch die Gegend.

Sei's drum, wenn die Bozner gerne ihr Schicksal herausfordern, ist das ihre Sache, dachte Jenny. Sie würde es jedenfalls nicht tun, wozu sonst hatte sie auf all ihren Reisen die entsprechende Ausstattung dabei. Seit sie allerdings in die Rentschner Straße, die zum Ortsteil St. Magdalena führte, eingebogen waren, sah sich Jenny mit einer weiteren Unwegsamkeit konfrontiert, die ihr wesentlich mehr zu schaffen machte als die erste: Die Straße führte anfangs noch verhalten, schließlich aber immer steter bergauf. Jenny hatte von ihren sechs Gängen schon auf den zweiten heruntergeschaltet, was bedeutete, dass sie über fast keinen Spielraum mehr verfügte. Und das letzte steile Teilstück zur Kirche, auf das Lenz sie aufmerksam gemacht hatte, war noch längst nicht in Sicht.

Jenny fluchte wieder. Zu Hause hatte sie ein tolles Sportgerät mit 27 Gängen. Mit dem fuhr sie locker den Kahlenberg, den Hausberg oder vielmehr -hügel der Wiener, rauf und runter. Immerhin galt es dort, an die 400 Höhenmeter zu bewältigen. Mehr waren es hier mit Sicherheit auch nicht. Gut, wenn sie auf den Ritten hinauf geradelt wären, das hätte sie sich vielleicht noch einmal überlegt. Aber die Strecke, die jetzt vor ihr lag, würde sie normalerweise mit links schaffen – vorausgesetzt, sie hätte das richtige Rad und nicht dieses Citybike, das sich ihrer Meinung nach lediglich für eine Shoppingtour in der Innenstadt und nichts anderes eignete.

Vor ihr signalisierte Lenz mit einem Handzeichen, dass sie nun nach links abbiegen würden. Aha, jetzt ging es also erst richtig los. Jenny trat noch einmal kräftig in die Pedale, um mit genügend Schwung in den Steilhang zu gelangen, der sich vor ihr erhob. Lenz war schon um die Kurve gesaust. Jetzt tat Jenny es ihm gleich, ungeachtet der Tatsache, dass ihr auf der Geraden ein Wagen entgegenkam. Haarscharf gelang es ihr, in die Untermagdalenastraße einzubiegen, ohne ein gröberes Verkehrschaos zu verursachen.

Die Schubkraft, mit der sie die ersten Höhenmeter überwand, hielt allerdings nicht lange vor. Auch das Zurückschalten auf den ersten Gang brachte nicht den ersehnten Auftrieb. Zentimeter um Zentimeter quälte sie sich auf dem von Weinstöcken gesäumten Weg nach oben. Mittlerweile hatte sie sich auch Lenz' Taktik zu eigen gemacht, die Pedale nicht sitzend, sondern stehend zu bearbeiten und damit den Widerstand, den das Gefährt ihr entgegensetzte, zu bezwingen. Doch auch das brachte sie nur noch ein kleines Stück vorwärts. Bei der zweiten Kehre war es dann soweit. Jenny musste sich ihre Niederlage eingestehen, der Berg hatte gesiegt. Schweren Herzens und mehr vor Wut denn vor Erschöpfung schnaubend stieg sie ab und tat das, wofür sie, wenn sie jemand anderen dabei ertappte, nur Verachtung übrig hatte: Sie schob ihr Rad. Das Einzige, was sie davon abhielt, ihrem Ärger lautstark Luft zu machen, war die Tatsache, dass auch Lenz abgestiegen war und sein Rad nun quasi im Handbetrieb nach oben manövrierte.

Verschwitzt und außer Atem erreichten sie schließlich den schmalen, kopfsteingepflasterten Weg, der zu dem Kirchlein führte. Jenny hatte weder Augen für das idyllisch inmitten der Weingärten gelegene Bauwerk noch für den fantastischen Ausblick auf den Rosengarten, das weltberühmte Bergmassiv der Dolomiten, das sich dem weniger getriebenen Betrachter in der Ferne darbot. Achtlos lehnte sie ihr Rad an die Steinmauer und ohne sich nach Lenz umzudrehen, eilte sie zum Portal des Gotteshauses. Der Zettel, den sie dort vorfand, war nicht geeignet, ihr erhitztes Gemüt auch nur im Geringsten abzukühlen.

Führung Mittwoch von 16 bis 18 Uhr. Der Mesner ist nicht verpflichtet, Besuchern außerhalb dieser Zeit Einlass zu gewähren. Jenny wollte ihren Augen nicht trauen. Da hatte Lenz mehr oder weniger jede Freske einzeln abrufbar im Gedächtnis gehabt, aber ausgerechnet daran, dass die Kirche nur zwei Stunden in der Woche für Besucher zugänglich war, sollte er sich nicht mehr erinnert haben. Jenny konnte das nicht glauben. Was spielte er für ein Spiel?

Lenz war neben sie getreten und las nun ebenfalls den Anschlag. Der Blick, mit dem sie ihn bedachte, hätte den Giftschlangen, die sich zum Leidwesen der Bauern zwischen den Rebstöcken herumtrieben, zur Ehre gereicht. Ungeduldig wartete sie darauf, was er wohl zu seiner Verteidigung vorbringen würde. Mit dem, was sie dann zu hören bekam, hatte sie allerdings nicht gerechnet. »Kenn ich den Mesner. Ist es meine Schwester.« Mit offenem Mund starrte Jenny ihm nach, als er kehrtmachte und den Weg, den sie gekommen waren, zurückging.

*

»Psst. Nicht so laut, sonst hört er uns.« Jenny drückte sich flach an die Außenmauer des Marienhofes, eines Hotel-Restaurants an der Rentschnerstraße fast unmittelbar gegenüber der Einmündung des steilen Weges, der von St. Magdalena talwärts führt. Lenz' Schwester war, wie sich bald herausgestellt hatte, im Weinberg und würde erst gegen 14 Uhr auf den nahe der Kirche gelegenen Bauernhof zurückkehren. Das klang zwar immer noch besser als 16 Uhr, dennoch galt es, fast drei Stunden zu überbrücken.

»Gibt es hier ein Gasthaus mit einer schönen Terrasse. Können wir dort etwas trinken und eine Kleinigkeit essen.« Lenz hatte den Vorschlag gemacht, und die Aussicht auf Speis, Trank und ein schattiges Ambiente hatten Jenny schließlich bewogen einzuwilligen. Zwar hatte sie ihre Entscheidung, kaum dass sie gewahr wurde, dass der Marienhof am Fuß des Hanges lag und sie daher ein zweites Mal wieder hinauf radeln müssten, bereut. Aber wenn sie die ganze Unternehmung nicht überhaupt abbrechen wollte, was sie sich als Option immer noch offenhielt, gab es vorläufig keine andere Möglichkeit.

Mit quietschenden Bremsen und in gebührendem Abstand war sie daher Lenz gefolgt und in den Parkplatz der – wie sie befriedigt konstatierte – durchaus gehobenen Lokalität eingebogen. Als sie ihr Fahrrad neben dem von Lenz in dem dafür zur Verfügung stehenden Ständer abstellte, bemerkte sie einen etwa mittelgroßen Mann mit Schürze und weißer Mütze, der sich vor einer der ebenerdig nach draußen führenden Seitentüren des weitläufigen Gebäudes im alpenländischen Stil eine Zigarette genehmigte. Es war allerdings nicht der rauchende Koch, der ihre Aufmerksamkeit erregte. Vielmehr fühlte sie sich von der Person, die gerade mit ihrem Moped hergeknattert war und sich jetzt von der mit Büschen gesäumten Seite des Parkplatzes näherte, magisch angezogen. Irgendwie hatte der Mann etwas Verstohlenes an sich, vor allen Dingen aber kam er ihr bekannt vor. Wo hatte sie diese untersetzte Gestalt und die grobschlächtigen Züge schon einmal gesehen?

Im Rückwärtsgang näherte sie sich der Hausmauer und winkte Lenz herbei, der gerade im Begriff war, das Restaurant zu betreten. Kaum, dass er neben ihr stand, flüsterte sie ihm zu:

»Weißt du, wer das ist?«

»Nehm' ich an, der Koch.« Lenz war wohl zu Scherzen aufgelegt, nicht aber Jenny. Hinter vorgehaltener Hand zischte sie ihn an: »Nein, der andere, der kleine Bullige.«

Lenz betrachtete den Mann und schien in seinem Gedächtnis zu kramen. Nach einer schier endlosen Bedenkzeit antwortete er: »Glaub' ich, ist das der Bauarbeiter von der Burg. Heißt Hoffnung, äh, Speranza mein' ich.«

Jennys Herz machte einen Satz. Was hatte der hier zu suchen? Zunächst galt es aber, Lenz zu etwas mehr Vorsicht anzuhalten. Er hatte den Namen in beinahe ungedämpfter Lautstärke kundgetan. Nachdem Jenny ihre Ermahnung ausgesprochen und diese durch einen senkrecht auf ihre Lippen gelegten Zeigefinger bekräftigt hatte, waren sie noch ein kleines Stückchen weiter zurückgewichen und standen nun mucksmäuschenstill auf ihrem Beobachtungsposten.

Speranza war inzwischen auf den Koch zugegangen. Anstatt den anderen zu begrüßen, hatte dieser aber ungerührt zu Ende geraucht.

Jetzt nahm er die Packung aus der Brusttasche seines mit diversen Soßenspritzern befleckten Hemdes und bot dem Bauarbeiter eine Zigarette an. Dieser langte zu und zündete sie an. Danach gab er dem Koch Feuer, der sich ebenfalls noch eine genommen hatte. Die beiden unterhielten sich. Jenny konnte allerdings nicht verstehen, worum es ging. Fragend sah sie zu Lenz hoch, aber der schüttelte den Kopf. Die Männer waren zu weit weg, um ihre Unterhaltung hören zu können.

Dafür hatten sie sie gut im Blickfeld, ohne allzu große Gefahr zu laufen, selbst gesehen zu werden. Jenny kam die ganze Sache jedenfalls äußerst spanisch oder vielmehr kalabresisch vor, wenn sie die Physiognomie des Koches in Augenschein nahm. Der olivfarbene Teint und die dunklen, lockigen Haare ließen darauf schließen, dass er seine Wurzeln südlich von Rom hatte. Vermutlich aus Kalabrien, wo der Bauarbeiter herkam, wie Jenny sich erinnerte. Es würde sie nicht wundern, wenn die beiden aus demselben Dorf stammten. Gerade als sie ihre Überlegungen Lenz mitteilen wollte, kam Bewegung in die Szene. Speranza zertrat seine Zigarette mit dem Absatz seiner mit einer dicken Staubschicht bedeckten Schuhe und spuckte auf den Asphalt. Jetzt griff der Koch, der ebenfalls zu Ende geraucht hatte, noch einmal in seine Hemdtasche. Was er heraus beförderte, war ein dickes Bündel Geldscheine, das er nebst einem Stück Papier Speranza in die Hand drückte. Nachdem der den Packen in der rückwärtigen Hosentasche verstaut und diese sorgfältig zugeknöpft hatte, sah er auf den Zettel.

»Va bene.« Jenny kam es fast so vor, als könne sie die bestätigende Antwort, die von einem Nicken begleitet wurde, von den Lippen des Mannes ablesen. Der ging jetzt wieder zu seinem Fahrzeug.

»Wir müssen ihm hinterher.« Ohne nachzudenken, wie sie das bewerkstelligen sollten, hatte Jenny die Worte ausgesprochen. An Lenz' skeptischer Miene sah sie allerdings, dass er Bedenken hatte. »Hat er ein Moped und wir bloß Fahrräder. Wird er uns abhängen.« Da musste sie ihrem Begleiter allerdings recht geben. Trotzdem, sie war sich sicher, dass der Mann etwas im Schilde führte. Wenn sie sich nicht sehr täuschte, dann hatte das etwas mit der Handschrift zu tun. Geld und eine Adresse, wenn sie den Zettel richtig deutete. Da war doch etwas im Busch.

Jetzt ließ Speranza den Motor an. Wenn sie nicht rasch etwas unternahmen, war er über alle Berge. In dem Moment ergriff Lenz ihre Hand und zog sie in Richtung der Fahrräder.

»Probieren wir es. Fährt er bergab, wir bleiben dran.« In Windeseile stiegen sie auf ihre Räder und folgten dem Moped. An der Ausfahrt gab Speranza ein Handzeichen. Er würde links abbiegen. Sie hatten eine Chance.

*

Der braun gebrannte Schalterbeamte an der Kasse der Rittner Seilbahn schüttelte den Kopf. So etwas hatte Tschonnie, wie ihn seine Freunde nannten, bis jetzt nur selten erlebt, eigentlich noch nie, wenn er's recht bedachte. Seit die Seilbahn, mit einer Strecke von über 4.500 Metern eine der längsten der Welt, 2009 ihren Betrieb wieder aufgenommen hatte, versah er hier in der Talstation an der Rittner Straße seinen Dienst. Zigtausende Fahrgäste hatten seinen Schalter schon passiert. Auch unzählige Radler waren dabei gewesen. Ohne zu feilschen hatten sie die zwei Euro und 50 Cent für die einfache Fahrt plus die vier Euro für den Transport ihres Gefährts bezahlt. War doch die Gebühr vergleichsweise gering für den besonderen Kick, den sie sich damit erkauften: Mit der Seilbahn auf den Ritten hinaufzufahren und mit dem Radl die halsbrecherischen Wege hinunter zu brettern.

Als der groß gewachsene Südtiroler mit seinem Fahrrad und seiner zierlichen Begleiterin, die ebenfalls ein Radl neben sich herschob, an seinem Schalter erschienen war und zwei Tickets verlangt hatte, war der Schalterbeamte selbstredend davon ausgegangen, dass es sich um eine einfache Fahrt handelte. Nachdem der andere nachgefragt hatte, ob im Preis auch die Rückfahrt inkludiert sei, war er stutzig geworden. »Wellt's es nit mit'n Radl oi fohr'n?«, hatte er gefragt und die beiden dabei aufmunternd angesehen. Der andere hatte verneint.

»Fahr'n wir oben ein bisschen herum. Dann wieder mit der Seilbahn retour.«

Während seiner Zeit als Schalterbediensteter hatte Tschonnie sich angewöhnt, mit den Gästen zu plaudern, nicht aber zu diskutieren. Solange sie sich an die Sicherheitsvorschriften hielten und den Fahrpreis ordnungsgemäß bezahlten, konnte es ihm schließlich egal sein, was sie machten. Wenn sie ihr Geld unbedingt zum Fenster hinauswerfen wollten, bitte schön. Ihm konnte es nur recht sein. Kamen die Einnahmen doch der STA, der Südtiroler Transportstrukturen AG, zugute. Und die war immerhin sein Arbeitgeber.

»Wie's es wellt's. Das wär'n dann 23 Euro für boade«, sagte er daher zu dem Pärchen , kassierte und händigte ihnen die Tickets aus.

Immer noch mit dem soeben Erlebten hadernd sah er den beiden nach, als hielte der Anblick ihrer Rückansicht die Erklärung für ihr seltsames Verhalten bereit. Ganz geheuer war es ihm nicht …

»Oanfach oder Hin und retour?« Der nächste Fahrgast stand vor ihm. Er hatte schließlich einen Job zu erledigen.

NEUN

Groß sind die Werke des Herrn
zum Staunen für alle,
die daran ihre Freude haben.
Psalm 111,2

Immer kleiner wurden die Türme und Dächer Bozens, bis sie schließlich ganz aus Lenz' Blickfeld verschwanden. Er und Jenny saßen in einer der in der Farbe der roten Magdalena Rebe gestrichenen Gondeln, die die Fahrgäste nach Oberbozen, dem beliebten Sommerfrischort am Ritten, beförderten. Die erste der sieben Stützen hatten sie bereits passiert. Bald würden sie das steile Teilstück zu Beginn der Strecke überwunden haben und das Panorama genießen können.

Von seiner Bank an der Rückwand der Kabine sah Lenz auf Speranzas Nacken, der wulstig unter dem kurz geschorenen grauen Haar hervorquoll. Es war ihnen gelungen, den Bauarbeiter bis zur Einmündung der Brenner- in die Rittnerstraße zu verfolgen. Dann hatten sie ihn aus den Augen verloren. Bis Jenny mit einem »Da vorne ist er« sämtliche Verkehrsregeln missachtend scharf links abgebogen und direkt vor der Talstation der Rittner Seilbahn zum Stehen gekommen war.

Lenz war ihr, so rasch es ihm der Gegenverkehr erlaubte, gefolgt. Kaum neben ihr angekommen, sah er, wie Speranza durch die automatische Glastür ins Innere des Gebäudes ging. Sein Moped hatte er offenbar schon geparkt, jetzt galt es, einen Platz für ihre Räder zu finden. Was sich als nicht unerhebliche Schwierigkeit herausstellte, da sämtliche dafür vorgesehene Abstellmöglichkeiten bereits zum Bersten voll waren.

»Können wir die Räder nicht mitnehmen?« Jenny zeigte auf einen kernigen Burschen, der sein Fahrrad gerade durch den Eingang zum Schalter schob. Lenz erkannte sofort, was der vorhatte: Mit der Seilbahn hinauf und mit dem Radl wieder hinunter. Das wäre nichts für Jenny. Er hatte schon bemerkt, dass sie ängstlich wurde, wenn es bergab ging. Anderseits wussten sie nicht, was Speranza im Schilde führte. Sah ganz so aus, als hätte er oben am Ritten zu tun. Da waren sie mit dem Rad vielleicht sogar besser dran. Wäre auch unverdächtiger, falls er sie erkannte. Machten sie eben eine Tour. Mussten sie sich jedenfalls beeilen, wenn sie ihn noch erwischen wollten. Ohne viele Worte zu wechseln, hatten sie ihre Räder zum Schalter geschoben, die Fahrkarten gekauft und die Kabine gerade noch erreicht, bevor die Schranke zuging.

»Ssssst.« Die Gondel hatte gerade wieder eine Stütze passiert. Er liebte dieses Gefühl, wenn das Gehäuse danach jedes Mal ein wenig nach unten sackte, glaubte zu fliegen. Er kannte die Strecke von der alten Rittner Seilbahn, mit der er früher oft gefahren war. Jetzt lag die längste pfeilerlose Spanne vor ihnen. Sie schwebten fast einen Kilometer bis zur nächsten Stütze durch die Luft.

Äcker, Wiesen und Wälder taten sich jetzt tief unter ihnen auf, da ein Haus, dort eine Kirche hineingesprenkelt in den Landschaftsteppich. Rinsgherum bildeten die Berggipfel den passenden Rahmen für ein Gemälde, das kein Meister, sondern die Natur selbst geschaffen hatte.

Versunken genoss Lenz die grandiose Aussicht und das sanfte Schaukeln der Gondel, als ihm auffiel, dass Jenny ungewöhnlich ruhig war. Offenbar ging's ihr nicht gut. Statt hinaus sah sie auf den Boden und hielt sich an der Sitzbank fest. Hatte sie Höhenangst? Das wunderte ihn, immerhin war sie auf den Baum geklettert. War es wohl ein Unterschied zwischen ein paar Metern über dem Boden und an die 100 Meter über dem Abgrund.

Sollte er sie vielleicht beruhigen. Fiel ihm aber nichts ein. Außer »Kann nichts passieren.« Was aber nicht stimmte. Er wusste, was am Berg passieren konnte. Wenn es auch nichts mit der Seilbahn zu tun hatte. Aber vergessen konnte er es nicht. Machte er sich noch heute Vorwürfe. Ob seine Schwester es ansprechen würde, wenn sie nachher den Schlüssel für die Kirche holten. Sollte er Jenny wohl vorher Bescheid sagen.

Die saß noch immer recht verkrampft da. Den Mund hatte sie jetzt leicht geöffnet und atmete tief ein und aus. Sie tat ihm richtig leid. Ob es half, wenn er ihre Hand hielt?

Langsam streckte Lenz seine Rechte aus, als er sah, wie Speranza sich umdrehte. Auch Jenny schien den Blick, mit dem der Bauarbeiter sie beide musterte, bemerkt zu haben. Sie sah Lenz jetzt mit weit aufgerissenen Augen an. So erschrocken hatte er sie bisher noch nie erlebt. Fast unwillkürlich legte er den Arm um sie und zog sie näher an sich heran.

Speranza stierte immer noch zu ihnen her. Sollte er sie doch für ein Liebespaar halten. Vor dem Panoramafenster tauchte die Jugendstilfassade des traditionsreichen Parkhotels Holzner auf. Gleich würden sie die Bergstation erreicht haben.

*

In der Rittner Bahn, einer Schmalspurbahn, die auf der Strecke zwischen Oberbozen und Klobenstein verkehrte, saß Giovanni Speranza und blickte aus dem Fenster. Wälder, Täler und Gebirge zogen an ihm vorbei, ohne dass er diesen landschaftlichen Schönheiten etwas abgewinnen konnte. Sein forschender Blick galt einzig und allein dem Paar, das ihm schon in der Seilbahn aufgefallen war. Die hatte er doch schon mal gesehen. Der Teufel sollte ihn holen, wenn das nicht zwei von den Leuten waren, die Blasius Botsch neulich auf der Burg herumgeführt hatte. Die hatten ihm schon genug Ärger eingebrockt. Es fehlte gerade noch, dass ihm zwei von denen jetzt auch noch nachspionierten.

Er hätte dem kleinen Schnüffler, der ihn an dem Abend ertappt hatte, als er aus dem Keller kam, lieber gleich den Mund stopfen sollen. Das hatte er nun von seiner Gutmütigkeit. Botsch stellte ihm seit dem Abend komische Fragen, und die Rossi ließ ihn überhaupt nicht mehr aus den Augen, wenn er auf der Burg war. Die hatte ihn auf dem Kieker, seit sie ihm auf Befehl ihres Chefs den Grappa hatte servieren müssen.

Wäre sowieso gescheiter gewesen, er hätte das verdammte Zeug damals nicht zu Botsch gebracht. Das hatte ihm bisher nur Ärger eingehandelt. Erst der Junge, der ihm aufgelauert hatte, und jetzt auch noch der Mann und die Frau. Taten, als wären sie ein Liebespaar, das einen Ausflug macht. Aber so leicht ließ er sich nicht täuschen. Er hatte die Radfahrer gleich bemerkt, als er vom Marienhof in die Straße eingebogen war. Da hatte er sich noch nichts dabei gedacht. Als sie dann aber an der Talstation der Seilbahn und gleich darauf mit ihren Fahrrädern in der Kabine aufgetaucht waren, hatte er Lunte gerochen. Hatten sich sicher absichtlich ganz hinten auf die Bank gesetzt, damit sie ihn beobachten konnten. Zuerst hatte er so getan als würde er nichts bemerken und sich dann blitzschnell umgedreht. Da hatte er ihnen einen schönen Schrecken eingejagt, besonders der Frau. Der schien sowieso schlecht zu sein. Hätte sie mal lieber unten bleiben sollen. Die Höhenluft bekam eben nicht jedem.

»Collalbo. Klobenstein.« Auch ohne Stationsschild hätte er gewusst, dass er sein Fahrziel erreicht hatte. Wenn die beiden ihm gefolgt waren, dann würden sie ihm vermutlich hier auflauern. Bei dem Schneckentempo, in dem die Bahn dahinzockelte, war das mit dem Rad locker zu schaffen. Vielleicht hätte er eine Station eher aussteigen und das letzte Stück zu Fuß gehen sollen. Dann könnten sie hier jetzt warten, bis sie schwarz würden.

Brutti delinquenti, lästiges Pack! Musste er sie eben auf andere Art loswerden. Es würde ihm schon etwas einfallen. Beinahe hätte Speranza laut aufgelacht, beherrschte sich aber gerade noch. Bloß nicht auffallen, das konnte er jetzt nicht gebrauchen. Er hatte hier oben noch etwas zu erledigen, da war es besser, wenn sich später keiner an ihn erinnern konnte.

*

Gegenüber des Hotels Oberrauch in Klobenstein trat Jenny ungeduldig von einem Fuß auf den anderen. Schon seit zehn Minuten stand sie hier, ohne dass das Zielobjekt ihrer Observierung wieder aufgetaucht wäre. Nachdem sie die Seilbahnfahrt endlich überstanden hatten, waren sie, ihre Räder neben sich her schiebend, Speranza in gebührendem Abstand gefolgt. Bald wurde klar, vielmehr wurde es Lenz klar, der sich hier oben bestens auszukennen schien, dass der Bauarbeiter zum Bahnhof ging.

»Fährt er jetzt mit dem Bahnl.« Lenz musste bemerkt haben, dass sie mit seiner Feststellung nichts anfangen konnte. Er hatte ihr erklärt, dass es sich dabei um die Rittner Bahn, ein nostalgisches, aber immer noch einsatzfähiges Relikt aus dem Beginn des vorigen Jahrhunderts handelte, das die Ortschaften am Hochplateau verkehrstechnisch miteinander verband.

Bei dieser Eröffnung war Jenny gleich wieder der Mut gesunken. Da hatte sie diese schwindelerregende Seilbahnfahrt durchgestanden und das alles für nichts und wieder nichts. Speranza hatte sie in der Gondel mit Sicherheit erkannt. Wenn sie nun – ob mit oder ohne Fahrräder – im Triebwagen der Rittner Bahn auftauchten, dann würde er das wohl nicht mehr als Zufall durchgehen lassen.

»Dann geht er uns jetzt endgültig durch die Lappen.« Sie hatte mehr mit sich selbst geredet, als sie Lenz erwidern hörte:

»Muss nicht sein. Fährt das Bahnl höchstens 30 Stundenkilometer und bleibt ein paar Mal stehen. Können wir es schaffen, wenn wir die Straße nehmen.«

»Und die führt direkt an der Bahntrasse entlang?«

Jenny wusste nicht, ob sie das für eine gute Idee halten sollte. Immerhin könnte Speranza sie dann jederzeit durch das Waggonfenster entdecken. Das war wohl nicht das, was man als diskrete Ermittlung bezeichnen konnte.

»Macht die Straße einen Bogen und trifft erst bei der Endstation wieder auf die Bahn. Wenn er in Klobenstein aussteigt, haben wir Glück. Wenn nicht …« Lenz zuckte mit den Schultern.

Wenn sie ehrlich zu sich selbst gewesen wäre, dann wäre ihr jetzt alles andere lieber gewesen als eine weitere Verfolgungsjagd auf dem Rad. Die Terrassen der Restaurants und Gasthäuser, an denen hier kein Mangel herrschte, sahen verlockend aus. Sie hatte seit dem Frühstück außer der Lemonsoda nichts mehr zu sich genommen, und die Aussicht auf Speis' und Trank schien ihr daher sehr verlockend. Lenz musste ihren sehnsüchtigen Blick gesehen und richtig gedeutet haben.

»Magst du lieber in ein Gasthaus gehen?« hatte er sie gefragt, und zu gerne hätte sie bejaht. Aber nachdem sie schon in der Seilbahn Höhenangst gezeigt hatte, wollte sie jetzt nicht noch eine Schwäche eingestehen. Außerdem hätte sie trotz allem zu gern gewusst, was Speranza vorhatte. Nein, sie durften ihn jetzt nicht entwischen lassen.

»Du fährst voraus.« Damit war alles gesagt, und schon hatte sie sich auf ihr Rad gesetzt und war Lenz gefolgt, der wieder kräftig in die Pedale trat. Eine Kondition hatte der, das musste man ihm lassen. Es gefiel ihr, wenn ein Mann sportlich war. Da hatte sie zumindest gute Chancen, dass sie gemeinsam etwas unternehmen konnten. Glücklicherweise verlief die Strecke hier oben im Großen und Ganzen eben, so dass es ihnen gelungen war, die Endstation so rasch zu erreichen, dass sie noch genügend Zeit hatten, ihre Räder und sich selbst zu verbergen, bevor der Zug einfuhr.

Dann hatten sich die Ereignisse überschlagen. Sie waren Speranza, der sich – laut Lenz – von dem etwas außerhalb gelegenen Bahnhof in Richtung Ortszentrum bewegte, so unauffällig wie möglich nachgeschlichen. Plötzlich war ihnen aus ihrer, wie sie hofften sicheren Entfernung eine Dreiergruppe aufgefallen. Zwei Männer und eine Frau marschierten stramm auf sie zu. Die Studenten. Die sollten doch weit weg auf Schloss Tirol sein. Was war da wieder schiefgelaufen?

Im nächsten Moment hatte Lenz Jenny hinter eine Hausecke gezogen, wo sie sich, so gut es ging, verbargen. Die Gruppe zog an ihnen vorbei. Das waren eindeutig Tina, Mordred und Lukas. »Glaub' ich, gehen sie zu den Erdpyramiden.« Lenz hatte so leise gesprochen, dass Jenny ihn gerade noch hören konnte. Sie wollte soeben fragen, woher er das wisse, als er schon weiterredete. »Ist es am besten, wir trennen uns. Folg' ich ihnen und du Speranza.«

Sie protestierte. Wie sie dazu käme, sich dieser Gefahr auszusetzen. Da seien die Studenten vergleichsweise harmlos. »Glauben die aber, du bist verletzt. Sehen sie mich, sag' ich, ich besuche hier Freunde.« Dieser Argumentation konnte Jenny sich nicht verschließen. Richtig, offiziell laborierte sie ja immer noch an ihrem verstauchten Knöchel. Da würde es sich gar nicht gut machen, wenn die Studenten und vor allem Mordred sie hier quasi auf frischer Tat ertappten.

»Brauchst du Hilfe, ruf mich an. Bin ich gleich da.« Damit war er auch schon den Studenten hinterher geradelt, während sie selbst sich in die entgegengesetzte Richtung auf den Weg machte. Es war ihr gelungen, sich wieder an Speranza heranzupirschen. So konnte sie gerade noch sehen, wie er das Hotel, vor dem sie jetzt Wache schob, durch einen Seiteneingang betrat. Sie hatte ihren Posten schräg gegenüber bezogen, schlecht und recht getarnt durch einen Lieferwagen, der dort parkte. Jetzt konnte sie nur hoffen, dass dessen Lenker nicht eher zurück- als der Bauarbeiter herauskam. Jenny schaute auf das Display ihres Handys: Bald halb eins. Wenn sie so weitermachten, dann würden sie ohnehin nicht vor Beginn der Führung um 16 Uhr in der Magdalena Kirche sein. Da brauchten sie Lenz' Schwester nicht mehr, um hineinzugelangen. Jenny hatte den Gedanken kaum zu Ende gedacht, als ihr plötzlich ein Licht aufging. Sie mussten blind gewesen sein. Wie anders hätten sie sonst eine Tatsache übersehen können, die ihr mit einem Mal glasklar bewusst wurde: Wie hätte jemand in der Kirche etwas deponieren können, wenn diese nahezu immer versperrt war? Es war kaum anzunehmen, dass sich der Täter – oder wer immer für die Rätsel verantwortlich war – über die Mesnerin Zugang verschafft hatte. Oder etwa doch? Dann müssten sie umgehend mit Lenz' Schwester reden. Möglicherweise ließe sich durch ein simples Telefonat herausfinden, wer hinter der ganzen Sache steckte, und sie könnten sich den nochmaligen Weg nach St. Magdalena sparen, ja, vielleicht die ganze Aktion überhaupt abbrechen. Gerade als Jenny das »H« für Hofer auf ihrem Mobiltelefon aktivieren wollte, sah sie Speranza aus dem

Seiteneingang treten. Ausgerechnet jetzt. Sie musste sich entscheiden, was sie zuerst tun sollte: dem mutmaßlichen Delinquenten folgen oder Lenz anrufen?

Der Verdächtige ging jetzt die Straße zurück, auf der er gekommen war. Jenny duckte sich hinter dem Lieferwagen, als Speranza daran vorbeiging. Dennoch gelang es ihr, einen Blick auf das zu erhaschen, was er bei sich trug: Zwei große Plastiksäcke, von denen ein jeder prall gefüllt war. Das kam ihr allerdings sehr ungewöhnlich vor. Normal war es jedenfalls nicht, dass jemand seine Einkäufe in einem Hotel erledigte. Was immer der Bauarbeiter trieb: Sie würde es herausfinden.

*

Der idyllische Fußweg von Klobenstein zu den Erdpyramiden führt über die Ortschaft Lengmoos. Zu Zeiten, als der Alpenübergang noch quer über den Ritten führte, bildete der mehr als 1.200 Meter über dem Meeresspiegel gelegene Weiler die Passhöhe, die es mit Lasttieren und zu Fuß zu überqueren galt. Aus dieser Periode stammt auch die Deutschordens-Kommende, ein Hospiz, das Anfang des 13. Jahrhunderts als Unterkunft für reisende Händler und Pilger errichtet wurde. Heute beherbergt die historische Stätte vielfältige Veranstaltungen und Ausstellungen und bildet somit das kulturelle Zentrum des Rittens.

Just dieses ob seiner massiven Behäbigkeit beeindruckende Gebäude passierten die Studenten, als ihnen plötzlich jemand in den Weg trat.

»Ist das aber nicht Schloss Tirol hier.« Lenz Hofer war

den dreien hinterhergefahren, zunächst zügig, dann im Schritttempo. Sie hatten einen recht harmonischen Eindruck gemacht und schienen so in ihre Unterhaltung vertieft, dass er kaum Gefahr gelaufen war, von ihnen bemerkt zu werden. Nach einer Weile hatte er allerdings Zweifel an seinem Tun bekommen. Er wollte wissen, wieso sie hier und nicht auf der Burg bei Meran waren, und hatte nun einfach die Gelegenheit beim Schopf gepackt.

Wenn es seine Absicht gewesen war, die Studenten zu überrumpeln, dann war ihm dies fürs Erste gelungen. Wie angewurzelt blieben sie stehen und sahen ihn an, als wäre gerade die Gletschermumie Ötzi persönlich aus dem Eis aufgetaucht.

Mordred fasste sich als Erster:

»Der Herr Assistent. Sollte der nicht unserer Frau Doktor das Händchen halten, während ihr zarter Knöchel untersucht wird.« Jetzt stimmte auch Tina ein:

»Ich dachte auch, du wärst mit Jenny Sommer im Krankenhaus.« Der dritte, Lukas, musterte Lenz schweigend.

Es war ihnen gelungen, den Spieß umzudrehen. Auf einmal waren es nicht mehr sie, die Rede und Antwort stehen mussten, vielmehr befand Lenz sich unter Erklärungsdruck.

»Ist alles in Ordnung, nichts gebrochen. Glaub' ich, sie wollte ein bisschen shoppen gehen.« Jenny würde ihn umbringen, wenn sie das hörte, war aber die erstbeste Ausrede, die ihm eingefallen war, zumal es auch in das Bild passte, das sich die anderen von ihr machten.

»Und was tust du hier oben?« Tina war wie immer geradeheraus. »Besuch' ich Freunde hier. Dacht' ich mir, nutz ich die Zeit.« Das war die Erklärung, die er sich zurechtgelegt hatte, er konnte nur hoffen, dass sie sich damit zufriedengaben, was, wenn er Tinas Nicken und Lukas' konsequentes Schweigen richtig deutete, auch zutraf. Mordred jedoch schien nicht willens, sich damit abspeisen zu lassen.

»So, Freunde also.« Der Blick aus schmalen Augen, mit dem er seine Worte begleitete, machte deutlich, dass er Lenz nicht glaubte. Der hätte den Neffen oder vielmehr Sohn des Professors am liebsten stehen lassen und einfach kehrt gemacht. Ging aber nicht. Er würde sonst nie rausfinden, wieso die drei hier oben waren.

»Bin ich aus der Gegend. Liegt St. Magdalena im Tal, sind wir nun oben.« Jetzt sahen ihn nicht nur Mordred, sondern zwei weitere Augenpaare an, als wäre er nicht ganz richtig im Oberstübchen. War wohl nicht besonders schlagfertig gewesen, musste er sich noch etwas einfallen lassen.

»Meine Verlobte ist hier oben.« Ehe er richtig hatte nachdenken können, war ihm dieser Satz herausgerutscht. Bedachte er es recht, dann stimmte das sogar. Die Studenten schienen die Erklärung ihren Mienen nach zu urteilen jedenfalls zu schlucken.

»Da wird die Sommer aber gar nicht erfreut sein, wenn sie das erfährt.« Dass Mordred wieder boshaft konterte, hätte er sich denken können. Das war ihm jetzt aber egal. Er hatte Jenny ohnehin schon reinen Wein einschenken wollen und jetzt würde er es eben nachholen, sobald er eine Gelegenheit dazu fand. Zuerst aber wollte er herausbekommen, was die Studenten hierher trieb.

Er suchte Mordreds Blick, bis es ihm schließlich gelang, diesen mit seinem festzunageln.

»Und Ihr, wie seid Ihr hier heraufgekommen?« Wenn es sein musste, wusste er die deutsche Grammatik durchaus korrekt zu gebrauchen.

Mordred starrte immer noch zurück. Schließlich bequemte er sich zu einer Antwort.

»Als wir ankamen, war das Schloss zu.« Indem er die Mundwinkel geringschätzig verzog, fügte er noch hinzu: »Mein Onkel scheint wohl eine Pechsträhne zu haben.«

Tina, der das Ganze offenbar peinlich war, bemühte sich um eine Erklärung:

»Es hieß, wegen Renovierungsarbeiten. Das hat uns aber niemand vorher gesagt.« Sie machte keinerlei Anstalten, den vorwurfsvollen Tonfall in ihrer Stimme zu unterdrücken. Lenz konnte sich ausmalen, wem der galt: Blasius Botsch. Der Burgdirektor hätte sich über die aktuellen Öffnungszeiten erkundigen müssen, bevor er seinem Freund einen Besuch empfahl, und sie nicht einfach auf gut Glück dorthin schicken dürfen.

Damit konnte Lenz sich jetzt aber nicht aufhalten. Viel wichtiger war, herauszufinden, wie die Studenten auf den Ritten gekommen waren. Tina kam seiner Frage zuvor:

»Wir wollen uns die Erdpyramiden ansehen. Herr Kofler hat uns nach Klobenstein gefahren.« Der Verwalter also. Auf den war Verlass, er kümmerte sich eben um die Gäste der Villa. Auch wenn es Lenz in dem Fall lieber gewesen wäre, Georg hätte die Leute nicht ausgerechnet auf den Ritten gebracht. Allerdings hatte der ja nicht ahnen können, was er damit anrichtete.

»Hat er Euch also gesagt, hierher zu kommen.« Lenz wollte jetzt endlich wissen, was da lief.

»Nein, das war meine Idee.« Er konnte also wieder sprechen, der Lukas. Aber woher wusste der über die Erdpyramiden Bescheid?

Zugegeben, sie waren ein Naturphänomen. Aber man musste sich in Bozen und Umgebung schon gut auskennen, um davon zu wissen. Oder aber man hatte die Reiseführer genau studiert.

»Kennst du dich gut aus hier.« Jetzt würde er dran bleiben. Lukas schien aber nicht bereit, mehr preisgeben zu wollen, denn er hielt schon wieder hartnäckig den Mund.

»Er war schon mal mit seiner Mutter hier. Sie interessiert sich sehr für Kunstschätze und hat ihm alles gezeigt.« Tina war eindeutig die Kooperativste von den dreien.

»Die Erdpyramiden sind kein Kunstschatz. Aber im Prinzip hast du recht.« Aha, Lukas konnte also doch noch reden. Klang zwar ein wenig schulmeisterlich, er hatte Tina dabei aber angelächelt, sah beinahe verliebt aus, er schien das Mädl echt gern zu haben. Und sich in Bozen gut auszukennen. Beides hätte er dem stillen Jungen nicht zugetraut.

»Wünsch ich euch noch einen schönen Tag. Ist ja nicht mehr weit.« Die Studenten verabschiedeten sich ebenfalls. »Meine Empfehlung an das Fräulein Braut«, setzte Mordred noch nach.

Lenz sah den dreien hinterher, bis sie aus seinem Blickfeld verschwunden waren. Doch anstatt in die Richtung zurück zu radeln, aus der er gekommen war, bog er scharf nach rechts ab und nahm den Weg, der zur Anhöhe hinaufführte. Es gab hier noch etwas für ihn zu tun.

ZEHN

Jenny hatte Speranzas Verfolgung wieder aufgenommen. Zunächst war er vorbei an Gasthöfen und Cafés weiter in den Ort hineingegangen, dann jedoch in eine kleine Seitenstraße abgebogen. War das der Weg zurück zum Bahnhof? Beim Herkommen hatte sie nicht darauf geachtet, sich ganz auf den Bauarbeiter konzentriert und auf die Ortskenntnis von Lenz verlassen. Jetzt erst wurde ihr bewusst, dass sie ohne ihn an ihrer Seite ziemlich aufgeschmissen war. Sie kannte sich überhaupt nicht aus und hatte völlig die Orientierung verloren. Speranza konnte sie ohne Weiteres in einen Hinterhalt locken, wo er leichtes Spiel mit ihr hätte. Wer wusste schon, wie viele Komplizen er hier hatte. Damit beschäftigt, sich verschiedene Szenarien auszumalen, bemerkte sie nicht, dass der von ihr Verfolgte sein Tempo immer mehr verlangsamte. Sie sah ihn erst, als er nur noch wenige Meter vor ihr stand. Eben noch hatte er ihr den Rücken zugewendet, jetzt drehte er sich abrupt zu ihr um. Jenny blieb beinahe das Herz stehen. Der Bauarbeiter sah ihr direkt ins Gesicht, der Ausdruck seiner zusammengekniffenen Augen verhieß nichts Gutes.

Erst jetzt fiel ihr auf, dass ihr Rad auf dem etwas abschüssigen Weg schneller geworden war. Ohne es zu beabsichtigen, raste sie direkt auf Speranza zu. Dessen Augen hatten sich mittlerweile vor Schreck geweitet. Mit einer solchen Attacke hatte er offenbar nicht gerechnet. In letzter Sekunde sprang er zur Seite, geriet ins Straucheln und stützte sich mit beiden Händen an einer Gartenhecke ab. Um einen Sturz zu vermeiden, hatte er die

Einkaufstüten fallen lassen. Die lagen nun am Boden, deren Inhalt ergoss sich über den Asphalt.

Jenny, die ihr Rad inzwischen zum Stehen gebracht hatte, wollte ihren Augen nicht trauen. Vor ihr breiteten sich die Zutaten für geschätzte 20 Portionen einer typisch italienischen Mahlzeit aus: zwei Stangen Salami, ein riesiger Leib Prosciutto und ein fast ebenso großer aus Parmesan lagen auf dem Boden. Daneben häuften sich verschiedene Sorten Pasta. Die Spaghetti hatten den Unfall vergleichsweise gut überstanden und waren in ihre Plastikhülle eingeschweißt geblieben. Den Fusilli war der Aufprall weniger gut bekommen. Die Verpackung war aufgeplatzt, nun lagen die spiralförmigen Nudeln gestrandeten Würmern gleich über das Pflaster verstreut. Am schlimmsten hatte es die Tomatendosen getroffen. Sie hatten bei ihrem Tanz auf dem Asphalt zahlreiche Knüffe einstecken müssen, bevor sie mit Dellen und Beulen am Straßenrand liegen geblieben waren. Die wenigen unversehrten hatten sich polternd davongemacht.

»Manuskript ist da jedenfalls keines dabei.« Jenny wunderte sich, wie nüchtern sie die Sachlage erfasste, als sie Speranza auf sich zukommen sah. Die Entschuldigung, die sie auf den Lippen hatte, blieb ihr im Hals stecken.

»Maledetta ficcanaso, io ti conosco già , non ti muovere.« Mit erhobener Faust stieß der Italiener seine Flüche und Drohungen aus. »Verdammte Schnüfflerin, stehenbleiben.« Das hatte Jenny verstanden – und, dass er sie erkannt hatte. Da war keine Zeit zu verlieren. Das Chaos, das sie angerichtet hatte, tat Jenny zwar leid, aber

Speranza ließ offenbar nicht mit sich reden. Im Handumdrehen lenkte Jenny ihr Rad in die nicht durch Lebensmittel blockierte Fahrtrichtung und raste davon. Erst nachdem sie in die verkehrsreiche Hauptstraße eingebogen war, wagte sie es, ihr Tempo zu drosseln und sich umzudrehen.

Der Bauarbeiter war ihr nicht gefolgt. Offenbar hatte er die Sinnlosigkeit seines Unterfangens eingesehen und sich stattdessen lieber aus dem Staub gemacht.

Um sicherzugehen, dass die Gefahr gebannt war, würde sie noch ein, zwei Kilometer weiterradeln und dann Lenz anrufen. Jetzt erst wurde ihr bewusst, dass der sich noch nicht gemeldet hatte, was er eigentlich längst hätte tun können. Sie begann sich ohnehin zu fragen, was ihn so lange aufhielt. Steckten die drei Studenten am Ende doch unter einer Decke?

Speranza jedenfalls hatte etwas auf dem Kerbholz, das war eindeutig. Wenn sie auch nicht mehr so überzeugt war, dass es etwas mit der Handschrift zu tun hatte. Aber ein Schurke war er, so viel stand fest. Niemand schleppte Lebensmittel in dieser Menge aus einem Restaurant, nur um seine Lieben zu verköstigen. Da steckte mehr dahinter, so viel stand fest.

Ohne es zu bemerken, war Jenny wieder bei jener Kreuzung am Ortseingang angelangt, an der ihnen die Studenten entgegenkommen waren. Jetzt erkannte sie die Stelle wieder. Etwas weiter Richtung Zentrum lag das Hotel Oberrauch, das sie observiert hatte. Auf der Jagd und anschließenden Flucht musste sie sich im Kreis bewegt haben.

Lenz war in die entgegengesetzte Richtung davon

geradelt, daran erinnerte sie sich. Ob sie ihm einfach nachfahren sollte? Sie war sich sicher, dass er noch nicht zum Ausgangspunkt zurückgekommen war, sonst hätte er sich schon gemeldet. Ewig konnte er aber auch nicht hinter den Studenten herfahren. Wenn er sich auf dem Rückweg befand, dann würde sie ihn ja treffen, wenn sie ihm entgegenfuhr. Und wenn nicht, dann konnte sie es immer noch am Handy probieren. Die Begegnung mit Speranza saß ihr noch in den Knochen. Bewegung war jetzt genau das Richtige.

*

Von der Deutschordens-Kommende, bei der Lenz den Studenten begegnet war, führt der Weg zur Pfarrkirche Maria Himmelfahrt. Bereits im 11. Jahrhundert stand an der dortigen Passhöhe die Kapelle des Heiligen Ulrich. Zu Beginn des 13. Jahrhunderts wurde dann mit dem Kirchenbau begonnen, dessen bis heute erhaltener romanischer Turm noch immer an die Entstehungszeit erinnert.

Ebenso, wie sich wohl einst Pilger und Handelsreisende nach ihrem beschwerlichen und gefahrvollen Anstieg getröstet fühlten, kaum dass sie des Kirchleins gewahr wurden, erging es jetzt Jenny. Zwar nicht eben religiös, fühlte sie sich beim Anblick des Gotteshauses mit einem Mal geborgener und sicherer, als es seit ihrer Ankunft am Hochplateau des Ritten bisher der Fall gewesen war. Erschöpft wie sie war, beschloss sie, die Dorfkirche für eine Einkehr zu nutzen. Die Stille würde ihr gut tun, und eine kurze Rast auf einer der Bänke war auch nicht zu verachten. Sie würde sich ein wenig ausruhen und dann Lenz anrufen.

Als sie auf dem Kirchplatz anhielt und nach einer Möglichkeit suchte, ihr Rad sicher abzustellen, fiel ihr Blick auf ein schmiedeeisernes Gatter, das sich in der Nähe befand. Sie würde ihr Gefährt mit dem Schloss an einem der Gitterstäbe anhängen, was potenziellen Dieben ihr Handwerk erschwerte. Es war zwar nicht wahrscheinlich, dass es hier in dieser abgelegenen Gegend von Kriminellen wimmelte. Der Zusammenstoß mit Speranza hatte ihr allerdings gezeigt, dass sie nicht vorsichtig genug sein konnte. Was, wenn es ihm doch gelungen war, ihr zu folgen? Dann würde er sich, kaum dass sie die Kirche betreten hatte, ihres Rades bemächtigen und sie damit ihres Fluchtfahrzeugs berauben.

Im Näherkommen bemerkte Jenny, dass hinter der Umzäunung ein Friedhof lag. Das allein hätte sie von ihrem Vorhaben nicht abgebracht. Was sie aber stutzig machte, war das Rad, das dort lehnte. Es kam ihr bekannt vor. Ja, sie war sich sogar sicher, dass es sich um das von Lenz handelte, wenn es auch, in schlichtem Schwarz gehalten, keine besonderen Auffälligkeiten aufwies. War das bloß ein Hirngespinst? Sah sie jetzt schon überall Lenz?

Im nächsten Moment wurde ihr klar, dass es sich keineswegs um eine Einbildung handelte. Über die nur etwa hüfthohen Gitterstäbe hinweg hatte sie einen guten Blick auf die Grabreihen. In einer der vorderen sah sie einen Mann, der schweigend dort verharrte. Obwohl er mit dem Rücken zu ihr stand, erkannte sie ihn sofort: Lenz. Daran gab es keinen Zweifel. Er trug dieselbe schwarze

Jeans und das weiße T-Shirt von heute Morgen, auch die leicht gebückte Körperhaltung und das kurze dunkle Haar stimmten überein.

Er war also nicht den Studenten gefolgt. Und wenn doch, dann hatte er die Observierung offensichtlich beendet. Denn so sehr Jenny sich auch anstrengte: Von den dreien sah sie weit und breit keine Spur. Was machte er hier und warum hatte er ihr nicht gesagt, was er vorhatte? In Jennys Kopf überschlugen sich die Gedanken. Sie scheute zwar davor zurück, ihn in seiner augenscheinlichen Andacht zu stören. Andererseits ließ die Tatsache, dass er sie nicht in seine Pläne eingeweiht hatte, nichts Gutes vermuten.

Sie schaute noch einmal zu den Gräbern. Lenz stand noch in derselben Haltung dort und schien sich nicht bewegt zu haben. Jenny war sich nicht im Klaren darüber, ob sie sich ihm nähern und ihn ansprechen oder lieber das Weite suchen sollte. So behutsam wie möglich, um nur ja kein Geräusch zu verursachen, öffnete sie das Gatter gerade weit genug, um durchzuschlüpfen. Vor ihr lag eine gepflasterte Fläche, über die sie in eine Art Kreuzgang gelangte, der zu den Gräbern hin geöffnet war.

Jenny verbarg sich hinter einer der Säulen, von wo aus sie Lenz gut im Blickfeld hatte. Das Grab, vor dem er stand, hob sich durch seine Schlichtheit von den anderen ab. Anstelle kunstvoll verschnörkelter Schmiedearbeiten zierte es nur ein niedriger Stein mit einem schlichten Eisenkreuz. Die rundum üblichen Blumenbeete waren hier durch niedrige Latschensträucher, wie sie im Gebirge wachsen, ersetzt worden. Den einzigen Schmuck bildeten ein paar Tannenzapfen und zwei weiße Kerzen.

Jenny hielt den Atem an. Von ihrer Position aus erkannte sie eine Inschrift, war aber zu weit weg, um diese lesen zu können. Sie wagte es nicht, ihre Deckung zu verlassen. Aber ein kleines Stückchen näher wollte sie sich noch heranwagen. Vorsichtig setzte sie einen Fuß auf den Boden. Unter ihr knirschte laut der Kies auf. Sie hatte übersehen, dass der Steinboden hier in einen Schotterweg überging. Augenblicklich hielt sie in der Bewegung inne und wollte wieder in den Kreuzgang huschen. Doch es war zu spät. Lenz hatte sich bereits zu ihr umgedreht und sah sie ausdruckslos an.

»Ich bin beinahe mit Speranza zusammengestoßen und habe dich gesucht. Ich wusste nicht …« Die Erklärung, die Jenny hervorsprudelte, blieb ihr im Hals stekken. Lenz hatte sich wieder dem Grab zugewendet. Von der Seite her konnte sie sein Gesicht sehen. Über seine Wange liefen Tränen.

*

In der guten Stube ihres Weinbauernhofs in St. Magdalena betrachtete Sonja Unterkircher zufrieden den liebevoll gedeckten Tisch. Lange konnte es nicht mehr dauern, dann würde sie ihren Bruder Lenz wieder sehen. Über zwei Jahre war es jetzt her, dass er Bozen Hals über Kopf verlassen hatte. Weder die Beschwörungsversuche der Eltern noch ihr eigenes gutes Zureden hatten ihn bisher dazu bewegen können, in die Heimatstadt zurückzukehren. Gut, es war ja keine Schande, dass der Professor ihm den Posten als Assistenten hat zukommen lassen, aber auf Dauer war das nichts. Hier sollte er sein, am Gymnasium unterrichten und den Eltern auf dem Hof helfen. Der kleine Bruder, der Nachzügler, war noch zu jung dazu, und sie selbst hatte ja ihre eigene Familie und den Weingarten und noch den Mesnerdienst. Freiwillig machte sie den nicht, der war im Grundbuch so eingetragen. Reihum mussten sich die Bauern um die Kirche kümmern, bis zum Herbst war sie dran. Eine zusätzliche Last war das schon, auch wenn's dem Herrgott zugutekam. Bei den großen Kirchenfesten war's ja nicht so schlimm, da half das ganze Dorf mit. Aber das restliche Jahr frische Blumen hinstellen, die Kirche sauber halten und den Opferstock entleeren – da kam schon was zusammen. Am lästigsten war das Auf- und Zusperren. Sie hatte als Einzige den Schlüssel für die Kirchentür, und ohne den kam keiner rein. Außer, wenn eine Messe war. Und einmal in der Woche gab es die Führung. Da hatten sie einen pensionierten Kunsterzieher gefunden, der das freiwillig und vor allem für Gotteslohn machte. Denn von der Pfarrei gab's dafür kein Geld. Die hätten am liebsten gehabt, dass Sonja und ihr Mann das aus der eigenen Tasche bezahlen würden. So weit kommt's noch.

Oft riefen die Leute, die außerhalb einer Führung in die Kirche wollten, bei den Unterkirchers an. Sonja hatte in Erfahrung gebracht, dass man in der Tourismusinformation in Bozen den Fremden bereitwillig ihre Handynummer gab. Dann musste sie vom Weinberg herunter, den Besuchern die Kirchentür aufsperren und danach wieder zuschließen. Letzteres hatte sie sich abgewöhnt. Sie gab den Leuten einfach den Schlüssel, schärfte ihnen ein, abzuschließen und ihn ihr dann wieder zu bringen.

Der Sonnenhof, den sie bewirtschaftete, lag ja in der Nähe der Kirche. Da war es wohl nicht zu viel verlangt, wenn sie die paar Schritte gingen.

Ganz vorschriftsmäßig war das zwar nicht. Von Rechts wegen hätte sie niemanden unbeaufsichtigt in die Kirche lassen dürfen. Aber wo käme sie denn da hin, wenn sie jedes Mal mit hineinginge? Schließlich hatte sie noch was anderes zu tun. Die Trauben versorgten sich nicht von selber und die Familie auch nicht. Und die Leute einfach abzuweisen, das brachte sie nicht übers Herz. Wenn jemand ins Gotteshaus hineinwollte, dann würde sie ihn nicht daran hindern. Warten mussten sie halt manchmal, die Gäste, wenn sie im Weinberg war. Sie konnte ja schließlich nicht alles liegen und stehen lassen. Nicht einmal für den Lenz. Das hatte der auch einsehen müssen, als er sie heute angerufen hat. Obwohl sie sich riesig gefreut hat, als sie hörte, dass er in Bozen ist. Mit dem Professor und ein paar anderen Leuten von der Uni, um irgendeine alte Schrift zu studieren. Wohnte beim Onkel, aber zu dem hatte sie keinen Kontakt, daher wusste sie auch von nichts.

Der Bruder hatte ihr auch versprochen, in ein paar Tagen die Eltern zu besuchen. Aber vorläufig durfte sie ihnen noch nichts sagen.

Sie hatte ihm die Bitte nicht abschlagen können. Ebensowenig wie seinen Wunsch, ihm unbedingt noch vor der Führung die Kirche aufzusperren. Ob das auch etwas mit der Schrift zu tun hatte? Sie hatten nicht lange telefonieren können, die Verbindung im Weinberg war meist schlecht.

Die holzgeschnitzte Pendeluhr zeigte Dreivierteldrei. Lenz hätte längst da sein sollen. Eine Kollegin wollte er auch mitbringen, eine Frau Doktor. Half ihm angeblich bei seiner Arbeit. Sonja war sich nicht sicher, ob sie sich auf seine Begleiterin freuen sollte. Die G'studierten passten ihrer Meinung nach gar nicht zu ihm. Das hatte man ja schon bei der Christa gesehen. Ein nettes Madl war die gewesen. Aber kaum von der Akademie zurück, hatte sie auch schon Flausen im Kopf gehabt. Und man sah ja, wozu es geführt hatte. Für ihren Bruder wünschte sie sich eher etwas Bodenständiges. Eine Weinbäuerin, so wie sie selbst, das wäre das Richtige.

Das Schellen der Haustürklingel riss Sonja aus ihren Gedanken. Bevor sie den elektrischen Türöffner betätigte, schob sie die Spitzenstores ein wenig zur Seite und lugte hinaus. Die beiden waren mit dem Fahrrad gekommen. Hätte sie sich ja denken können, der Lenz fuhr ja nicht mehr mit dem Auto seit damals. Sportlich war sie also zumindest, die Kollegin, wenn sie's hier herauf geschafft hatte. Das war ja schon mal was. Sah auch ganz nett aus, zumindest von hinten. Ah, jetzt drehte sie sich um.

Enttäuscht ließ Sonja die Vorhänge zufallen und drückte auf den Summer. Hätte ihr gar nicht schlecht gefallen, die Frau Doktor. Aber sie war viel älter als Lenz, auf zehn Jahre fehlte da wohl nicht viel. Aus den beiden würde nichts werden.

»Griass enk. Kemmt's einer. Esst's einen Kuchen und trinkt's einen Kaffee.« Sonja hatte sich schon wieder gefasst. Sollte ihr keiner nachsagen, dass sie eine schlechte Gastgeberin wäre.

*

Missmutig schob Jenny Sommer ihr Rad die Oswaldpromenade entlang. Der Höhenweg verband den im Westen gelegenen Ortsteil St. Magdalena mit der weiter östlich befindlichen Bozner Wassermauer, jener Abschnitt der Talferpromenade, in dessen Nähe sich auch die Villa Wasserschloss befand. Spaziergänger schätzten diesen beschaulichen Weg wegen seines fantastischen Ausblicks, den er auf die Altstadt von Bozen gewährte. Um dieses Panorama genießen zu können, musste man allerdings zunächst – egal, von welcher Seite man kam – einen engen, steilen Serpentinenanstieg bewältigen, der schon so manchem Wanderer die Schweißperlen auf die Stirn getrieben hat.

Für Radfahrer war der Weg wegen seiner Beschaffenheit tabu, ja, die einschlägigen Reiseführer warnten sogar ausdrücklich vor diesem Wagnis. Lenz Hofer war allerdings der Meinung gewesen, man könne es dennoch riskieren.

»Ist es nur am Anfang und am Ende steil. Oben geht es eben dahin«, hatte er zu Jenny gesagt. Sie hatte auf ihn gehört, wofür sie sich inzwischen innerlich verfluchte. Ihr Begleiter hatte zwar insofern recht gehabt, als sie nach dem ersten Teilstück, das sie schiebend und keuchend überwunden hatten, tatsächlich recht flott radeln konnten. Doch schon nach ein paar hundert Metern war ihr die Luft ausgegangen: Sie hatte einen Platten. Seither waren sie, wie schon öfter an diesem Tag, wieder einmal zu Fuß unterwegs.

»Nicht das erste Mal, dass heute etwas schief geht.« Jenny hätte ihren Unmut liebend gern lautstark kundgetan. Die Spannung, die zwischen ihr und Lenz seit der Begegnung auf dem Bergfriedhof herrschte, hielt sie jedoch davor zurück. Dabei bestand kein Zweifel, dass alles seine Schuld war. Wie hätte sie auch ahnen sollen, dass es jemanden gab, den er betrauerte? Zugegeben, so nahe standen sie sich nicht, dass er Veranlassung gehabt hätte, ihr sein Herz auszuschütten. Aber dass er sie am Ritten Speranza geradezu in die Arme getrieben hatte, um sich um eine persönliche Sache zu kümmern, war unentschuldbar. Mochte es auch eine tragische Angelegenheit sein – das Grab und Lenz' Tränen gaben ja zu einer solchen Vermutung Anlass –, er hätte sie nicht einfach alleine der Gefahr aussetzen dürfen.

Auch seine Reaktion auf ihr unvermutetes Erscheinen hatte sie nicht gerade milde gestimmt. Zunächst war sie zwar betroffen gewesen, ja, hatte sich beinahe schuldig gefühlt. Auch dafür, dass er sich nach ihrem ersten Erklärungsversuch so brüsk abgewendet hatte, konnte sie noch Verständnis aufbringen. Deshalb hatte sie sich auch in den Kreuzgang zurückgezogen und eine Zeit lang gewartet. Bis er dann auf sie zugekommen war.

»Fahren wir zurück.« Das war alles, was er gesagt hatte. Keine Erkundigung danach, wie es ihr mit Speranza ergangen war, auch kein Wort über die Studenten, die er ja hätte verfolgen sollen.

Sie war ihm stumm gefolgt. Gut, würde sie eben den Mund halten, hatte sie trotzig gedacht. Schweigend waren sie zurückgeradelt und wieder in die Seilbahn gestiegen. Die Talfahrt hatte sie noch schlimmer empfunden als die Bergfahrt, hatte keinen Ton von sich gegeben und nur starr geradeaus geschaut, ohne die landschaftlichen Schönheiten wahrzunehmen, die den Fahrgästen ringsum Ausrufe der Bewunderung entlockten. Lenz musste bemerkt haben, wie unwohl sie sich fühlte, machte aber keinerlei Anstalten, sie aufzumuntern.

»Ist dort vorne eine Bank. Du möchtest dich ausruhen?« Aha, er sprach wieder mit ihr. Aber ihr war jetzt nicht danach zumute. Wortlos schüttelte sie daher den Kopf. Ihr Rad schiebend trottete sie weiter hinter Lenz den schmalen Weg entlang. Eines musste sie allerdings zugeben: Der Ausblick von hier war grandios, und im Gegensatz zur Seilbahn schien ihr die Höhe hier nichts auszumachen. Entscheidend war, dass sie auf festem Grund stand, und das war hier definitiv der Fall.

Was die Handschrift betraf, so schien es allerdings tatsächlich so, als hätte man ihnen endgültig den Boden unter den Füßen weggezogen. Nachdem sie mit einiger Verspätung bei Lenz' Schwester eingetroffen waren und Jenny sich mit einem großen Stück des köstlichen Marillenstrudels gestärkt hatte, war sie zur Sache gekommen. Sie hatte zwar Lenz nichts mehr von ihrer Überlegung erzählt, nach der seine Schwester es wissen müsse, wenn kürzlich jemand in der Kirche gewesen sei. Aber jetzt konnte sie ja Sonja Unterkircher persönlich fragen.

»Wir suchen nach einer Handschrift Walthers von der Vogelweide, die auf der Burg Runkelstein verschwunden ist. Die Spur hat zunächst in die Dominikanerkirche geführt. Dort haben wir dann diese Karte gefunden.« Ohne Umschweife hatte Jenny das Gespräch zwischen Bruder und Schwester unterbrochen und breitete den Plan vor Sonja aus. »Alles weist darauf hin, dass das Manuskript in St. Magdalena in der Kirche versteckt ist. War in den letzten beiden Tagen jemand hier und hat den Schlüssel verlangt?«

Jenny hatte in drängendem, ein wenig strengem Tonfall mit Lenz' Schwester gesprochen. Die hatte zuerst die Karte betrachtet und war dann in schallendes Lachen ausgebrochen.

»Des isch a Blödsinn. Bei mir woar koaner. Wenn jemand in der Kirch'n g'wesen wär, wüsst' ich des.« Kopfschüttelnd fügte sie noch hinzu: »Zem hat Euch einer schian pflanzt.«

Was war nun wieder mit »zem« und »schian« gemeint? Egal, Jenny konnte sich nicht mit den Südtiroler Mundartausdrücken, mit denen Sonja ihre Sätze spickte, aufhalten. Den Sinn hatte sie auch so verstanden. Lenz' Schwester war sich sicher, dass niemand in der Kirche gewesen war, ergo auch niemand etwas hatte deponieren können und sie daher Opfer eines Scherzes geworden waren.

Erwartungsvoll hatte Jenny zu Lenz hingeschaut, der etwas betreten gewirkt hatte. Ob es an ihrem wenig diplomatischem Vorgehen oder an der Reaktion seiner Schwester gelegen hatte, vermochte sie nicht zu sagen. Unvermittelt hatte er den Stuhl aus massivem Holz zurückgeschoben und sich zu seiner vollen Länge aufgerichtet.

»Gehen wir in die Kirche. Werden wir nachsehen.«

*

Vor der Tür, die in das Büro von Direktor Blasius Botsch führte, stand Francesca Rossi und lauschte. Es war eine Schande! Zuerst Speranza und jetzt der Professor. Nicht, dass sie Arthur Kammelbach auf eine Stufe mit dem Bauarbeiter gestellt hätte. Neanche per sogno! Nicht einmal im Traum war daran zu denken, im Gegenteil. Der Professor war ihr mit seiner feinen Art äußerst sympathisch und flößte ihr ob seines hohen Ranges durchaus Respekt ein. Die Verantwortung für ihre unwürdige Situation lag einzig und allein bei Blasius. Es war nun schon das zweite Mal innerhalb kurzer Zeit, dass er sie von einem wichtigen, die Zukunft der Burg betreffenden Gespräch ausschloss.

Dabei hatten sie sich zu Beginn ihrer Liaison alles in so prächtigen Farben ausgemalt. Zunächst hatte Blasius, ganz wie es sich gehörte, um Francescas Hand angehalten. Schon bald, nachdem sie den Posten als seine Assistentin angenommen hatte, hatte er damit begonnen, ihr den Hof zu machen. Sie war damals noch verheiratet gewesen, und als gläubige Katholikin wären für sie weder Scheidung noch Ehebruch in Frage gekommen. Nachdem ihr Mann aber früh gestorben war, hatte sie die Galanterien ihres Chefs in einem anderen Licht gesehen und schließlich seinem unermüdlichen Werben nachgegeben. Zwar war sie damals schon in einem Alter, in dem an Familienplanung nicht mehr zu denken war. Doch Blasius hatte sich über die Verpflichtung, die ihm als einzigem männlichem Nachkommen eines alten Südtiroler Adelsgeschlechts auferlegt war, hinweggesetzt und seine Familie vor die Tatsache gestellt, dass er Francesca und keine andere zu ehelichen gedenke.

Schließlich wäre einer Heirat nichts mehr im Wege gestanden, als sie sich beide einer Konsequenz bewusst geworden waren, an die sie bisher in ihrer Verliebtheit nicht gedacht hatten: Das private Bündnis offiziell zu machen, hätte unweigerlich das Ende ihrer engen beruflichen Beziehung zur Folge gehabt. Denn weder das Assessorat in Bozen noch die Kollegen hätten diese Konstellation auf Dauer gebilligt. Für Francesca hätte das das Ende ihrer Karriere und den Abschied von ihrem heißgeliebten Burgmuseum, das sie gemeinsam mit Blasius aufgebaut hatte, bedeutet. Er wiederum hätte seine tüchtigste und loyalste Mitarbeiterin verloren. Rasch waren sie sich einig gewesen, dass derartige Unannehmlichkeiten ihr Glück nur trüben würden. Was sprach schließlich dagegen, weiterhin ein heimliches Liebespaar zu bleiben und ihre in jeder Hinsicht erfolgreiche Zusammenarbeit fortzusetzen?

Kurz und gut, sie hatten ein Arrangement getroffen, mit dem sie beide seit Jahren äußerst zufrieden waren. So hatte es zumindest den Anschein gehabt. Noch bis vor wenigen Wochen wäre Francesca bereit gewesen, ihre Hand für Blasius' unverbrüchliche Liebe ins Feuer zu legen. Momentan war sie sich aber nicht mehr so sicher, ob sie sich dabei nicht verbrennen würde. Zu oft hatte er sie in letzter Zeit durch sein mangelndes Vertrauen brüskiert.

»Frau Dr. Sommer und mein Assistent sind immer noch unterwegs, um die Handschrift zu suchen. Ich kann es nicht verantworten, wenn wir die beiden länger der Gefahr aussetzen.« Der Professor hatte laut und mit großem Nachdruck gesprochen. Das und die Tatsache, dass sie die schwere Eichentür einen klitzekleinen Spalt offen gelassen hatte, versetzten Francesca in die Lage, etwas zu verstehen.

Blasius antwortete in seiner typischen Art: Ein wenig geschraubt und umständlich, aber doch so liebenswert. Er war eben ein Mann, der sich auszudrücken wusste. Dass er alles tat, um die Burg zu schützen, war mehr als verständlich. Aber dass die nette Frau Doktor – Francesca hatte sie gleich in ihr Herz geschlossen im Gegensatz zu der verknöcherten Dozentin, die sich so aufgespielt hatte – da draußen mit dem Rad herumfuhr, konnte sie nicht gutheißen. Das war doch viel zu anstrengend für so eine zarte Frau. Na, wenigstens war der Assistent bei ihr. Der war ja von hier und kannte sich zumindest aus. Ob aus den beiden wohl ein Paar werden würde? Sie hatte da so einen Verdacht, der war ihr gleich gekommen, als sie die zwei das erste Mal gesehen hatte.

»Gut Blasius, dann sind wir uns einig. Heute Abend also.« Bei den letzten Worten des Professors war Francesca so rasch es ihre vom langen Stehen steif gewordenen Knie zuließen an ihren Schreibtisch zurückgekehrt. Sie hatte genug gehört.

*

Sie hatten etwa zwei Drittel ihres Weges entlang der Oswaldpromenade bewältigt, als Jennys Handy klingelte. Arthur war dran. Er habe schon ein paarmal versucht, sie und Lenz zu erreichen, aber keiner hätte sich gemeldet.

»Wir waren am Ritten und hatten wohl nicht immer Empfang.« In kurzen Worten schilderte Jenny dem Professor, wie ihre Suche in der Dominikanerkirche verlaufen war, was sie auf den Ritten geführt hatte und wie sie schließlich Dank des Schlüssels von Lenz' Schwester in der St. Magdalena Kirche gelandet waren.

»Und, was habt ihr dort gefunden?« Jenny war sich nicht sicher, ob das Knistern in ihrem Apparat auf Arthurs Anspannung zurückzuführen war oder bereits von einem weiteren nahenden Funkloch kündete. Trotz der Gefahr, dass das Gespräch bald zu Ende sein könnte, holte sie noch einmal tief Luft, bevor sie antwortete.

»Nichts. Wir haben nichts gefunden.« Sie wollte noch erklären, dass Lenz' Schwester zufolge niemand ohne deren Zutun die Kirche betreten könne und dass diese das Ganze für einen schlechten Scherz halte. Doch Arthur sprach bereits weiter:

»So etwas habe ich befürchtet. Kommt so rasch ihr könnt zurück in die Villa. Blasius Botsch hat vor …« Sie konnte nicht mehr verstehen, was der Burgdirektor vorhatte. Die Verbindung war abgebrochen.

Jenny drückte den Beenden-Button auf ihrem Mobiltelefon. Als sie aufsah, stand Lenz vor ihr und musterte sie aufmerksam.

»Arthur möchte, dass wir sofort zurückkommen. Botsch scheint irgendetwas …« Diesmal ließ Lenz Jenny nicht ausreden.

»Müssen wir zuerst etwas besprechen. Ist jetzt wichtiger.« Immer noch sah er sie eindringlich an. Jetzt legte er sanft die Hand auf ihren Oberarm: »Bitte.« Er hatte das Wort kaum ausgesprochen, als fernes Donnergrollen sie beide hochschrecken ließ. »Scheint es mir, kommt ein Gewitter. Müssen wir uns beeilen.«

Jennys Knie wurden wieder weich. Aber weder die Erschöpfung, die sie nun immer stärker in den Knochen spürte, noch die Angst vor dem Unwetter waren schuld daran. Es war das Bedauern in Lenz' Blick gewesen, das diese Reaktion in ihr ausgelöst hatte.

Wieder zerriss ein Donnerschlag die Stille. Jenny schloss ihre Fäuste um die Lenkstange ihres Fahrrades und folgte Lenz, der sich schon in Bewegung gesetzt hatte. Was immer er auf dem Herzen hatte: Sie würden später reden müssen. Für das Stück Weg, das noch vor ihnen lag, benötigten sie volle Konzentration.

ELF

In der Bibliothek der Villa Wasserschloss schritt Professor Kammelbach den Raum noch einmal der Länge nach ab. Ganz bewusst zwang er sich dazu, Ruhe zu bewahren. Aufregung tat ihm in letzter Zeit gar nicht gut, das hatte er auf dieser Reise bereits deutlich zu spüren bekommen. Jetzt stand er allerdings kurz davor, die Geduld zu verlieren. Er hatte Jenny und Lenz eindringlich zur Eile gemahnt. Dass der kaputte Reifen ihre Rückkehr verzögert hatte, konnte er ihnen nicht anlasten. Immerhin hatte Jenny, sobald sie wieder Empfang hatte, kurz angerufen und ihn über die Sachlage in Kenntnis gesetzt.

Ein weiterer Blick aus dem Fenster überzeugte Arthur aber davon, dass das, womit sie sich jetzt beschäftigten, durchaus hätte warten können: Lenz hockte mit gekreuzten Beinen vor Jenny am Boden und tastete den Radschlauch ab, den er in beiden Händen hielt. Als wenn das nicht Zeit gehabt hätte.

Arthur seufzte und wanderte weiter durch den Raum. Sein Assistent führte sich manchmal schon recht kindisch auf. Jetzt hatte er Jenny, die zwar manchmal zu voreiligen Schlüssen neigte, in der Regel aber sehr vernünftig war, offenbar auch angesteckt. Es war Arthur wirklich unbegreiflich, wozu die beiden jetzt noch das Rad benötigten. Spätestens morgen früh war alles vorbei. So oder so.

In dem Moment klopfte es, und schon polterten Lenz und Jenny herein. Sie schienen über irgendetwas sehr erregt. Den verschwörerischen Blicken, die sie sich zuwarfen, entnahm er, dass es sich um ein Geheimnis handelte, das zu teilen sie sich entschlossen hatten.

Arthur atmete noch einmal tief ein und aus. Es war ihm keineswegs entgangen, dass sein Assistent ein Auge auf Jenny geworfen hatte. Nun schien es ganz so, als wäre sie ihrerseits geneigt, ihm ihre Gunst zu schenken. Der Professor war sich im Klaren darüber, dass dagegen prinzipiell nichts einzuwenden war. Im Gegenteil, er hatte ja sogar anfangs gehofft, dass die beiden sich gut vertragen würden. Es wäre ihm allerdings lieber gewesen, die beiden hätten sich einen anderen Zeitpunkt für das Aufkeimen ihrer Gefühle ausgesucht. Er konnte nur hoffen, dass sie noch so lange einen kühlen Kopf bewahrten, bis die Sache ausgestanden war. Er baute auf die zwei, sie durften ihn jetzt nicht im Stich lassen. Arthur straffte sich.

»Da seid ihr ja. Hoffentlich seid ihr nicht zu erschöpft. Ich habe euch etwas Wichtiges zu sagen.« Damit nahm er in einem der Lederfauteuils Platz und bedeutete Lenz und Jenny, es ihm gleichzutun.

Weder seine Ankündigung noch seine einladende Geste erzielten die gewünschte Wirkung.

»Stell dir vor, ich wäre oben am Ritten beinahe mit dem Bauarbeiter zusammengestoßen. Der wollte sich mit zwei riesigen Einkaufssäcken davonmachen.« Jenny war mitten im Zimmer stehen geblieben und sah Arthur erwartungsvoll an. Der war von der Wendung des Gesprächs nicht gerade begeistert, hatte er die beiden doch gerade in die neuesten Entwicklungen einweihen wollen. Dennoch setzte er an, Jenny zu fragen, ob sich denn auch ein Manuskript in einer der Tüten befunden hätte, als Lenz, der ebenfalls noch stand, einstimmte:

»Glauben wir aber nicht, dass Speranza die Handschrift gestohlen hat.«

Offenbar hatten sie die Zeit des Reifenflickens auch dazu genutzt, eine Theorie zu schmieden. Arthur hätte gerne gewusst, wie sie zu ihrer Schlussfolgerung gekommen waren, als Jenny wieder das Wort ergriff:

»Der Kalabrese ist vermutlich ein Hehler, der mit dem Küchenpersonal einiger Restaurants irgendwelche krummen Dinger dreht. Vielleicht ist er sogar ein Dieb, aber mit dem Verschwinden des Manuskripts hat er nichts zu tun.«

Jenny sah Lenz aufmunternd an, der jetzt sagte:

»Auch nicht Mordred, Tina und Lukas. Hab' ich sie am Ritten getroffen, wollten sie zu den Erdpyramiden.«

Arthur hatte das Gefühl, dass er langsam den Überblick verlor. Er wusste ja bereits, dass die Studenten den Tag für einen Ausflug auf den Hausberg der Bozner genutzt hatten. Aber wenn man Lenz und Jenny Glauben schenkte, dann musste es da oben ja zugegangen sein wie in einem Bienenhaus. Fakt war jedenfalls, dass die Tatsache, dass Lenz die Studenten getroffen hatte, diese noch lange nicht von jedem Verdacht entlastete. Und was es mit Speranza auf sich hatte, war ihm ohnehin völlig undurchsichtig.

»Ehrlich gesagt kann ich euch nicht ganz folgen. Bitte setzt euch und lasst uns die Sache noch mal von Anfang an durchgehen.« Arthur klopfte einladend auf die Ledercouch, die im rechten Winkel zu seinem Fauteuil stand. Diesmal leisteten sie seiner Aufforderung umgehend Folge. Jenny setzte sich als Erste, Lenz nahm neben ihr

Platz. Während sie die Beine in den eng anliegenden kniekurzen Sporthosen, die sie immer noch trug, übereinanderschlug, begann sie zu sprechen:

»Wir glauben, dass Speranza etwas auf dem Kerbholz hat, und wir sind auch sicher, dass die Studenten keine reinen Unschuldslämmer sind. Aber weder er noch sie haben mit dem Verschwinden der Handschrift etwas zu tun.« Sie seien zu der Überzeugung gelangt, fuhr sie fort, dass die Pläne mit den Rätselsprüchen, die sie gefunden hatten, von zwei verschiedenen Verfassern stammten. Diese Erkenntnis und die Tatsache, dass die Studenten wieder ein Herz und eine Seele seien, lege den Schluss nahe, dass es sich bei der ganzen Sache um einen Streich handle, den zwei oder sogar alle drei von ihnen ausgeheckt hatten. Das sei zwar nicht gerade ruhmreich, aber auch nicht kriminell. Speranza wiederum, den sie zweimal bei äußerst fragwürdigen Transaktionen beobachtet hatten, betreibe offenbar gemeinsam mit Bediensteten verschiedener Gastronomiebetriebe eine Art Hehlerring, in dem gestohlene Lebensmittel zu Bargeld gemacht würden. Das sei nun wiederum auf jeden Fall strafrechtlich verfolgbar, nütze ihnen aber für das Wiederauffinden der Handschrift herzlich wenig.

»Deshalb und noch aus einem weiteren Grund sind wir zu dem Schluss gekommen, dass es nur einen einzigen möglichen Täter gibt, der Motiv und Gelegenheit hatte, die Handschrift verschwinden zu lassen.« Jenny nickte Lenz zu. Als hätten sie die Rollen vorher einstudiert, übernahm er nun das Reden. »War es Blasius Botsch.«

Beide hatten sie nun die Beine jeweils feinsäuberlich nebeneinander gestellt. Lenz hatte sich vorgelehnt, und Jenny strich, wie um ihren und seinen Worten noch Nachdruck zu verleihen, energisch über ihre kurzbehosten Oberschenkel.

»Und was ist der Grund, weshalb ihr Blasius verdächtigt?« Arthur würde sie zwar gleich enttäuschen müssen, wollte aber dennoch zuerst hören, wie sie zu dem Schluss gekommen waren. Jenny warf Lenz noch einmal einen Blick zu, dann sagte sie:

»Außer ihm konnte niemand mehr in die Burg, nachdem er abgeschlossen hatte. Indem er so getan hat, als verdächtige er Mordred, hat er uns auf eine falsche Spur gelotst. In Wirklichkeit wollte er die Handschrift von Anfang an für sich behalten. Er hatte gar nicht die Absicht, sie jemals an die Öffentlichkeit zu bringen.«

»Und warum hätte er mich dann einweihen sollen?« Arthur stellte die naheliegende Frage, auch wenn er es längst besser wusste.

»Gab es zwei Zeugen. Speranza und Francesca Rossi. Brauchte er jemanden, dem er die Sache in die Schuhe schieben konnte. Hat er an dich gedacht.« Lenz schien sich ebenso sicher zu sein wie Jenny, die jetzt ergänzte:

»Er konnte zwar nicht damit rechnen, dass du gleich mit einem ganzen Team anrücken würdest. Aber du alleine hättest als Sündenbock schon gereicht. Dass wir dann zu siebt gekommen sind, hat die Sache für ihn vereinfacht. Und Mordred hat ihm mit seinem Auftritt, ohne es zu ahnen, noch in die Hände gespielt.«

Arthur war wieder aufgestanden. Das Kinn in die Hand gestützt schritt er noch einmal die Bibliothek ab. Die Schlussfolgerungen der beiden hatten durchaus etwas für sich. Er selbst war schon zu einem ähnlichen Ergebnis gelangt. Wenn er sich auch nie so sicher gewesen war, dass Francesca nicht bereit gewesen wäre, Blasius bei der Unterschlagung zu assistieren. Aber Frau Minne als Mittäterin hatten die beiden offenbar kategorisch ausgeschlossen. Warum, war für Arthur nicht nachvollziehbar, aber damit wollte er sich jetzt nicht aufhalten. Tatsache war, dass Lenz und Jenny nicht wussten, was er heute Nachmittag in Erfahrung gebracht hatte. Es war Zeit, die beiden ins Vertrauen zu ziehen.

»Eure Überlegungen scheinen mir bis zu einem gewissen Grad durchaus logisch. Aber es gibt da etwas, das ihr unbedingt wissen müsst.« Jetzt war ihm die Aufmerksamkeit der beiden sicher. Erwartungsvoll sahen sie ihn an, als er auch schon fortfuhr: »Ich hatte heute Nachmittag eine Unterredung mit Blasius. Dabei hat er bestätigt, was ich schon vermutet habe: Es gibt einen zweiten Eingang zum Westpalas.«

Die Stille, die jetzt eintrat, war nur von kurzer Dauer.

»Xenia!« Jenny hatte den Namen der Dozentin ausgerufen. Arthur sah, wie Lenz zusammenzuckte, ob lediglich aus Überraschung oder doch ehrlich erschrocken, vermochte der Professor nicht zu sagen. Er selbst war jedenfalls mehr als erstaunt, und das tat er nun auch kund.

»Wie kommst du auf diese Idee? Xenia hat doch kein Motiv. Ihr würde eine verschwundene Handschrift am wenigsten nützen. Profilieren kann sie sich nur, wenn das Manuskript der Öffentlichkeit vorgestellt wird.« Arthur setzte sich wieder und streckte die Beine von sich. »Und dass die Dozentin Schmied-Schmiedhausen sich einen Streich erlaubt hat, wie wir es den Studenten zutrauen, ist ja wohl kaum anzunehmen.«

»Nein, nein, das habe ich damit nicht sagen wollen.« Jenny hielt sich kurz und scheinbar reumütig die Hand vor den Mund, als wolle sie das Gesagte zurücknehmen, und fuhr dann fort: »Es ist die Sache mit dem zweiten Eingang. Ich habe Xenia vor zwei Tagen in der Laubengasse in die Athesia Buchhandlung hineingehen sehen und kurze Zeit später sah ich sie zwei Gassen weiter wieder. Zuerst dachte ich, ich hätte mich getäuscht. Aber dann wurde mir bewusst, dass die Buchhandlung zwei Ein- und Ausgänge haben muss.« Jenny schlug wieder die Beine übereinander und neigte sich ein wenig vor. »Und bei der Burg ist es genauso. Damit ist alles klar.«

Nun brachte sie Lenz, der ihr bisher sekundiert hatte, endgültig aus der Fassung.

»Versteh' ich dich jetzt aber nicht. Was soll klar sein?« Zweifelnd sah er sie an, als wäre ihm ihre weibliche Logik, mit der sie ihn wohl von ihrer ursprünglichen Theorie überzeugt hatte, doch nicht mehr ganz geheuer. Jenny ließ sich dadurch nicht beirren und fuhr ungerührt fort. »Damit hätte im Prinzip jeder von uns Gelegenheit gehabt, die Handschrift zu entwenden. Jetzt sind wir wieder alle verdächtig. Das liegt doch auf der Hand.« Und wie zum Beweis schlug sie mit derselben auf die kunstvolle Intarsienarbeit des niedrigen Tischchens, das vor ihnen stand.

Lenz wirkte immer noch recht skeptisch. Aber Arthur wusste, dass sie die Sache auf den Punkt gebracht hatte.

»Ich muss Jenny leider recht geben. Jeder der Anwesenden hätte die Möglichkeit gehabt, während des Abendessens in der Burgschänke noch einmal in den Westpalas und in das Zimmer der Liebespaare einzudringen.«

Arthur machte eine Pause. Jenny wollte schon wieder etwas sagen, als Lenz ihr beschwichtigend die Hand auf den Arm legte.

»Frag' ich mich, wo sich der Eingang befindet.« Der Assistent sah den Professor aufmerksam an. Der meinte seufzend:

»Wir sind alle dran vorbei gegangen. Es ist die Falltür, die sich vor dem Westpalas befindet. Sie war die meiste Zeit an dem Abend geöffnet.«

Jetzt ließ sich Jenny nicht mehr zurückhalten:

»Natürlich, die habe ich gesehen. Da führte eine Leiter hinunter zum Lager. Ich habe sogar den Koch herauskommen sehen mit einem Stück Fleisch, das er geholt hat. Aber das Manuskript war doch ...« Jenny unterbrach sich selbst und schlug sich neuerlich mit der Hand auf den Mund. Vermutlich war ihr gerade ein Gedanke gekommen, den Arthur jetzt aussprach:

»Erinnert ihr euch, dass ich euch erzählt habe, die Handschrift sei beim Einbau einer Gefriertruhe gefunden worden. Darüber hat Blasius mich informiert. Was er mir allerdings bis heute Nachmittag verschwiegen hatte, ist, dass bei den Stemmarbeiten nicht nur das Pergament, sondern auch ein Geheimgang entdeckt worden ist.«

»Der direkt hinauf in den Westpalas führt.« Jenny war jetzt nicht mehr zu bremsen und fuhr gleich fort: »Hätte ich mir doch denken können. Francesca hat mir erzählt, dass in dem Verlies, das jetzt als Küchenlager genutzt wird, früher ein Weinkeller war. Da haben sich die Burgherren wohl selbst so manches Fläschchen geholt, wenn ihnen danach gelüstete.« Jenny war von der Vorstellung so begeistert, dass sie vor sich hin schmunzelte. Ihre gute Laune wurde allerdings jäh von Lenz unterbrochen:

»Hast du also mehr gewusst als wir. Bist du die Hauptverdächtige.«

Das Augenzwinkern, mit dem er seine Worte begleitet hatte, erzielte nicht die gewünschte Wirkung.

»So einen Schwachsinn muss ich mir nicht anhören!« Empört sprang Jenny auf und stürzte mit einem großen Schritt über seine ausgestreckten Beine in Richtung Tür. Doch bevor sie diese aufreißen konnte, was sie zweifellos vorhatte, wurde die Tür nach innen geöffnet. Jenny konnte gerade noch zurückweichen, als Tina auch schon hereinstolperte.

»Tschuldigung, mir wollt'n nur wegen einem Buch schau'n.«

Die Studentin fuhr sich ein wenig verlegen mit der Hand durch die blonde Mähne und trat noch einen Schritt weiter in den Raum. Hinter ihr standen Lukas und Mordred, der erste wie immer ernst und unergründlich, der zweite sichtlich amüsiert.

Erneut seufzend erhob sich Arthur. Langsam bekam er das Gefühl, als hätte er einen Sack voller Flöhe zu hüten. Eine Aufgabe, bei der ihm Jenny und Lenz in ihrer augenblicklichen Befindlichkeit keine große Hilfe zu sein schienen. Er musste jetzt rasch handeln, bevor ihm die Situation endgültig entglitt.

»Wenn ihr schon hier seid, dann kommt gleich herein und setzt euch.« Arthur deutete auf die noch freien Sessel. »Und du Lenz«, um Autorität bemüht fixierte er jetzt den Assistenten, »sag bitte Frau Schmied-Schmiedhausen Bescheid, sie möge sich ebenfalls zu uns bemühen. Ich habe euch etwas Wichtiges mitzuteilen.«

Arthur hatte kaum zu Ende gesprochen, als plötzlich wieder ein Schwindelgefühl von ihm Besitz ergriff. Rasch ging er zum Fenster und öffnete es. Das Gewitter war weitergezogen. Kühle, frische Luft strömte in den Raum.

*

»Der Geheimgang wirft ein neues Licht auf die Sache. Jeder hätte ihn an dem Abend benutzen können, auch wenn er von dessen Existenz wohl nur rein zufällig erfahren hat. Die offene Tür zum Verlies war verlockend. Gut vorstellbar, dass jemand zunächst nur aus Neugierde hinuntergeklettert ist und dabei den Geheimgang entdeckte. Von dort war es dann nicht mehr weit in den Saal der Liebespaare und zur Handschrift. Gute zehn Minuten wird es aber schon gedauert haben, bis man wieder zurück in der Schänke war. Wäre es uns andern aufgefallen, wenn jemand so lange zum Besuch der Toilette im Burghof gebraucht hätte? Während des Essens vermutlich schon, aber nicht während der Schlägerei und dem anschließenden Auftritt Mordreds. Ab dem Augenblick, wo Lukas blutend in der Ecke gelegen hat, haben sich die Ereignisse überschlagen. Niemandem wäre es aufgefallen, wenn jemand währenddessen hinausgegangen und eine Zeitlang nicht wiedergekommen wäre.«

Jenny drückte die Stopptaste ihres Diktiergerätes. Suchend sah sie sich in ihrem Zimmer in der Villa Wasserschloss um, als könne sie die Lösung des Falles in dem zarten Blütenmuster der Tapete finden. Wie gut, dass sie ihr Memo dabei hatte. Normalerweise verwendete sie es, um Meetings und Interviews aufzuzeichnen. Aber auch auf Reisen hatte sich das Gerät schon mehrfach zum Festhalten von Eindrücken und Ideen als nützlich erwiesen. Jetzt benutzte Jenny es, um das Sammelsurium aus Fakten und Mutmaßungen zu strukturieren. Sie mochte es nicht, wenn die Gedanken in ihrem Kopf wild durcheinanderpurzelten. Das Memo half ihr, Ordnung in das Chaos zu bringen.

»Arthur und der Burgdirektor haben vereinbart, dem Dieb noch eine Chance zu geben. Wenn die Handschrift heute Abend zurückgegeben wird, verzichtet Botsch darauf, die Polizei zu verständigen. Außerdem sichern Botsch und Arthur der betreffenden Person absolute Anonymität zu, und es wird auch keinerlei Konsequenzen geben. Damit hoffen sie, den Täter doch noch dazu zu bringen, dass er das Manuskript freiwillig zurückgibt.« Jenny wollte gerade wieder die Stopptaste drücken, als sie nach einer kurzen Atempause noch hinzufügte. »Wobei ich immer noch nicht ausschließe, dass Botsch selbst der Schuldige ist.« Zufrieden über diesen Nachsatz schaltete sie das Diktiergerät ab. Mehr hatte sie ihm nicht mehr anzuvertrauen, auch wenn sie sich ihr Gehirn noch so zermarterte. Sie tappten nach wie vor im Dunkeln und konnten nur hoffen, dass der Täter Arthurs oder Botschs Angebot annahm.

Der Professor hatte sich gleich nach dem Abendessen in die Bibliothek zurückgezogen und wartete nun darauf, dass die Handschrift freiwillig zurückgegeben wurde. Blasius Botsch wollte auf der Burg in ähnlicher Weise verfahren, auch er hatte den in Frage kommenden Personen – neben Francesca Rossi und Speranza wusste auch der Koch von dem Geheimgang – ein Ultimatum gestellt.

Arthur hatte es ihnen heute Nachmittag in der Bibliothek verkündet, nachdem Xenia, die sich zurückgezogen hatte, um an einem Aufsatz zu arbeiten, von Lenz herbeigeholt worden war. Jenny hatte erwartet, dass Arthurs Ankündigung zu Protest führen und jeder sich beeilen würde, den Verdacht nicht nur von sich, sondern von der gesamten Delegation zu weisen. Aber – offenbar durch die Ereignisse zermürbt oder zumindest gelangweilt – hatten alle mit relativ gleichmütigen Mienen dem Professor zugehört und sich dann rasch wieder zerstreut.

Selbst die Tatsache, dass Jenny, die angeblich ja verletzt war, im Radleroutfit dagesessen hatte, war unkommentiert geblieben, wenn sie von Mordreds süffisant hochgezogener Augenbraue absah. Und einmal war es Jenny so vorgekommen, als hätte Tina sie von der Seite her schuldbewusst angesehen. Aber das konnte auch Einbildung gewesen sein.

Das Abendessen war recht schweigsam verlaufen, obwohl Maria sich auch diesmal wieder alle Mühe gegeben hatte und mit Spaghetti vongole, Branzino und Tiramisu bewies, dass sie nicht nur von alpenländischer, sondern auch von mediterraner Küche viel verstand. Immerhin, außer Xenia, die über Kopfschmerzen klagte, und

Arthur, der sich seit seiner Ankündigung in der Bibliothek wieder gar nicht wohl zu fühlen schien, langten alle ordentlich zu.

Auch Jenny hatte es sich schmecken lassen. Nach den Anstrengungen des Tages konnte sie eine ordentliche Portion durchaus vertragen. Auch wenn die köstlichen Speisen dazu beitrugen, ihre Nerven etwas zu besänftigen – die gute Laune konnten sie ihr nicht zurückbringen. Schon wieder war sie am Nachmittag wegen Lenz aufgebraust. Dabei hatte er sich doch nur einen Spaß erlaubt. Aber in dem Moment, als er meinte, sie sei die Hauptverdächtige, waren sämtliche Pferde mit ihr durchgegangen.

Sie hätte wirklich allen Grund gehabt, ihm gegenüber ein wenig nachsichtiger zu sein. Hatte er ihr doch nach ihrer Rückkehr, als er ihren Reifen reparierte, die ganze traurige Bewandtnis, die es mit dem Grab in dem Bergfriedhof bei Lengmoos auf sich hatte, erzählt: Er hatte Christa, die Tochter eines Hoteliers am Ritten, in seinem letzten Jahr am Gymnasium in Bozen kennengelernt. Nach einem kurzen Flirt hatten sie sich aus den Augen verloren, waren sich aber in Salzburg, wo er studierte und sie das Fremdenverkehrscollege besuchte, wiederbegegnet. Sie wurden ein Paar, bald folgte die Verlobung. Christa kehrte ins Hotel ihres Vaters zurück, und es war ausgemacht, dass sie heiraten würden, sobald Lenz sein Studium beendet hatte.

Doch es kam anders. Lenz genoss das Studentenleben in Salzburg. Auch seine poetischen Ambitionen schienen fern der Heimat wesentlich besser zu gedeihen als an den fruchtbaren Hängen St. Magdalenas. Als ihm

Arthur nach Abschluss des Lehramtsstudiums die Stelle als Assistent anbot, war für Lenz die Entscheidung klar: Er wollte noch zwei Jahre an der Uni bleiben, seine Dissertation schreiben und dann nach Bozen zurückkehren. Für ihn war die Heirat mit Christa damit nicht aufgehoben, sondern lediglich aufgeschoben.

Genau das sagte er ihr auch bei seinem darauf folgenden Besuch in ihrem Hotel am Ritten. Doch er hatte die Rechnung ohne seine Auserwählte gemacht. Die dachte gar nicht daran zu warten. Alle ihre Freundinnen seien unter der Haube, hätten sogar schon Babys, nur sie könne weder das eine noch das andere vorweisen. Lenz versuchte, seine Verlobte zu beschwichtigen, aber es gelang ihm nicht. So stritten sie sich etwa eine Stunde lang, während sich Christa aus der Weinflasche, die sie eigens zur Feier des Wiedersehens geöffnet hatte, kräftig bediente. Als Lenz sie dann auch noch bat, nicht so viel zu trinken – »Hilft das ja nicht weiter« – brachte er damit das Fass zum Überlaufen. Christa schnappte sich die Schlüssel ihres Alfa Romeo, sprang in den Wagen und brauste den Berg hinunter. Lenz folgte ihr in seiner wesentlich weniger prestigeträchtigen Studentenschüssel in gebührendem Abstand. Er wollte sie keineswegs noch mehr in Rage bringen, aber da sein, wenn sie sich beruhigen und das Fahrzeug zum Stoppen bringen würde. Kurzfristig hatte er ihren Wagen aus den Augen verloren, als er plötzlich wieder vor ihm auftauchte, allerdings nicht auf der Straße fahrend, sondern sich mehrmals überschlagend über eine Böschung hinunterstürzend.

»Hat Christa das Unglück nicht überlebt. Gibt ihr

Vater mir die Schuld. Bin ich seither nicht mehr nach Bozen zurück. Erst jetzt wieder. Und heute, da oben, das Grab …« Lenz war es sichtlich schwergefallen weiterzusprechen. Jenny hatte ihn getröstet, so gut sie es vermochte – und dann, um ihn auf andere Gedanken zu bringen, das Gespräch auf die Handschrift gelenkt. So hatten sie gemeinsam ihre Theorie über die Täterschaft von Botsch geschmiedet, die sie Arthur unterbreitet hatten und die angesichts der neuesten Erkenntnisse wieder ins Wanken geraten war.

Wie dem auch sein mochte, sie hätte nicht so schroff auf Lenz' harmlose Äußerung reagieren dürfen. Sie war halt schon müde und überreizt gewesen – und hungrig. Jetzt, nachdem sie sich geduscht, umgekleidet und ausreichend gestärkt hatte, sah die Welt für sie anders aus. Gerne hätte sie sich wieder mit Lenz versöhnt. Beim Abendessen hatte sie den Augenkontakt zu ihm gesucht, doch er war ihr ausgewichen.

Sie überlegte schon, ob sie ihn in seinem Zimmer aufsuchen sollte, als ihr eine bessere Idee kam. Sie würde im Garten nach ihm Ausschau halten. Der Abend war wieder lau geworden, und es war durchaus möglich, dass Lenz draußen noch einen Spaziergang machte. Sie würde wie zufällig daher schlendern und sich ihm anschließen.

Jenny war schon auf dem Weg ins Badezimmer, um ihr Aussehen zu überprüfen, als sie von draußen ein knirschendes Geräusch hörte: Reifen auf Kies. Rasch trat sie auf den Balkon – und sah gerade noch ein rotes Rücklicht, das sich rasch zur Talfer hin entfernte. Ein Blick an die Hauswand neben der Verandatür verschaffte Jenny Klarheit: Ihr Rad stand noch dort, wo sie es heute nach der Reparatur angelehnt hatte. Das von Lenz hingegen fehlte.

Ohne auch nur eine Sekunde verstreichen zu lassen, schnappte Jenny ihren Helm und raste die Treppen hinunter. So schnell ließ sie sich nicht abschütteln. Was immer Lenz vorhatte, sie würde es herausfinden.

ZWÖLF

Das Pendel der Standuhr schlug die volle Stunde. Arthur sah von seiner Lektüre hoch: neun Uhr Abend. Seit 20 Minuten saß er nun wieder hier in der Bibliothek und wartete. Er hatte die Hoffnung, dass der Täter sich freiwillig melden und das Manuskript zurückgeben würde, noch nicht aufgegeben. Ja, er glaubte fest daran, dass der Schuldige, der sich vielleicht in einem unbedachten Moment zu dem Diebstahl hatte hinreißen lassen, die Gelegenheit nutzen würde, die Sache, ohne noch mehr Aufhebens zu verursachen, ins Reine zu bringen. Woran er allerdings zweifelte, war, dass überhaupt jemand von seinen Leuten damit zu tun hatte. Im Nachhinein betrachtet war es von Blasius mehr als verantwortungslos gewesen, die Handschrift in einem nicht abschließbaren Wandschränkchen zu deponieren, zumal der Burgdirektor zu diesem Zeitpunkt bereits von der Existenz des Geheimganges wusste. Und es stellte sich die legitime Frage, wer inzwischen noch alles Bescheid wusste. Arthur bezweifelte, dass lediglich der genannte kleine Kreis, bestehend aus Francesca, dem Bauarbeiter und dem Koch – den hatte Blasius ja auch erst nachträglich zugegeben – eingeweiht war.

Geheimnisse sprachen sich schnell herum. Im Prinzip konnte jeder, der auf der Burg arbeitete, von der Sache Wind bekommen haben. Wenn das der Fall war und sich der Täter in den Reihen der Mitarbeiter von Blasius befand, dann hätten sie sich die heutige Aktion sparen können. Oder gleich sämtliche Leute auf der Burg zusammentrommeln sollen und ihnen das Ultimatum stellen. Davon hatte Blasius absolut nichts wissen wollen, meinte er doch noch immer, großes Aufsehen vermeiden und die Sache auf diskrete Weise regeln zu können.

Arthur hoffte, dass der Freund sich nicht täuschte. Ein öffentlicher Skandal würde sicher das Ende der Karriere des Burgdirektors bedeuten. Aber auch für Arthur selbst wäre es keine besondere Reputation, wenn bekannt würde, dass er in das mysteriöse Verschwinden der Handschrift verwickelt war. Nicht zu reden von der Verantwortung, die er für seine Leute trug. Arthur versuchte gerade, sich mit dem Gedanken an die Befragung durch die Polizei vertraut zu machen, als er Schritte hörte. Rasch nahm er sein Buch wieder zur Hand und gab vor, darin zu lesen, als die Tür der Bibliothek geöffnet wurde.

»Guten Abend, Onkel.« Auch ohne aufzusehen, wusste Arthur, wen er vor sich hatte. So beherrscht, wie es ihm unter diesen Umständen möglich war, legte er das Buch auf den Tisch und blickte hoch. »Mordred, also doch.«

Mordred hatte die Tür wieder geschlossen, stand aber noch unmittelbar davor. Die Hände hatte er auf dem Rücken verschränkt. Den für ihn typischen süffisanten Ausdruck trug er wie aufgemalt im Gesicht. »Immer mit der Ruhe, Onkel. Die Dinge sind nicht, wie sie scheinen.« Damit ließ er sich in einen der Ledersessel fallen. Wie zum Beweis, dass er nicht im Besitz des Manuskripts sei, streckte er die nach außen gekehrten Handflächen Arthur entgegen.

Der wäre am liebsten aufgesprungen und hätte den Jungen einmal kräftig geschüttelt. Aber wie er Mordred kannte, hätte das wenig genützt, um die Wahrheit ans Tageslicht zu befördern. Wichtig war jetzt herauszufinden, was sein Neffe – trotz seines Geständnisses gegenüber Jenny und Lenz hatte Arthur sich angewöhnt, bei dieser Bezeichnung zu bleiben – ausgerechnet jetzt von ihm wollte.

»Wenn du etwas über den Verbleib der Handschrift weißt, dann rede. Und wenn nicht, muss ich dich bitten, sofort zu gehen. Deine Anwesenheit könnte den wahren Täter abschrecken.« Arthur war aufgestanden und einen Schritt auf Mordred zugegangen. Der erhob sich nun ebenfalls.

»Onkel, es war nur ein Spiel, ein blöder Scherz, meinetwegen.« Verächtlich zog Mordred die Mundwinkel herab.

Jetzt hatte Arthur genug. Es war tatsächlich nicht der Zeitpunkt, um auf Mordreds fragwürdige Späße einzugehen.

»Hör mir zu, Junge. Jenny und Lenz sind heute den ganzen Tag hinter einer Spur hergejagt, die jemand offenbar absichtlich falsch gelegt hat.« Nicht eben sanft legte Arthur die Hand auf Mordreds Schulter und beugte sich zu ihm herab. »Ich bin sicher, dass du dafür verantwortlich bist. Und du weißt auch, wo die Handschrift ist. Also, rede oder verschwinde.«

Erst jetzt bemerkte Arthur, dass Mordred kalkweiß im Gesicht geworden war. Er hatte sich tatsächlich dazu hinreißen lassen, den Jungen zu schütteln. Rasch lockerte Arthur den Druck und nahm seine Hand von Mordreds Schulter, als dieser zu sprechen begann.

»Das ist es ja, warum ich gekommen bin. Die Karte war

ein Rätsel und für mich bestimmt. Mit der Handschrift hatte sie überhaupt nichts zu tun. Woher hätte ich wissen sollen, dass Frau Doktor Sommer« – genüsslich sprach er den Titel samt Nachnamen aus – »unter die Detektive gehen und sich in mein Zimmer schleichen würde.«

Seinem Tonfall und seiner Ausdrucksweise nach zu urteilen, schien Mordred sich wieder gefasst zu haben. Arthur musste sich also nicht allzu lange mit reuigen Gedanken aufhalten. Jetzt galt es, endlich rauszukriegen, was der Junge wollte beziehungsweise was er wusste.

Arthur nahm wieder Platz und bedeutete seinem Neffen, es ihm gleichzutun. Der folgte der Aufforderung und berichtete dann in knappen Worten: Der Politiker, für den er arbeite, habe ihm aufgetragen, in Bozen an einem Treffen einer befreundeten Gruppierung teilzunehmen. Details würde ihm ein Mittelsmann bekanntgeben. Mordred solle sich dazu lediglich am Tag seiner Ankunft zu einer bestimmten Zeit am Waltherplatz einfinden, dort werde er alles Weitere erfahren.

»Mir war die Sache nicht geheuer. Ich dachte mir gleich, dass es entweder etwas Illegales war, oder sich mein Auftraggeber mit mir einen Scherz erlaubte, was ihm zuzutrauen wäre.« Um sich Ärger oder eine Blamage zu ersparen, hatte der Student seinen Kollegen Lukas gebeten, sich am vereinbarten Treffpunkt einzufinden. Sollte etwas schief gehen, konnte der sich besser rausreden als Mordred, dessen Verbindung zu dem Politiker ja offiziell bekannt war.

»Lukas hat gewartet, aber keiner ist gekommen. Mein Freund war ohnehin schon sauer auf mich wegen des Mädchens. Da hat er die Karte mit dem Rätsel gebastelt und mir untergejubelt. Für ihn war es nicht schwer. Den Plan hat er sich in der Touristeninformation besorgt und in der Dominikanerkirche kennt er sich gut aus. Er war vor Kurzem mit seiner Mutter in Bozen und hat sich die Kunstschätze genau angesehen.« Mordred zuckte mit den Schultern. »War jedenfalls gut gemacht, ich wäre selbst beinahe darauf reingefallen.«

Arthur konnte kaum glauben, was er da hörte. Nach den Ereignissen des heutigen Tages war er sich sicher gewesen, dass jemand Lenz und Jenny auf eine falsche Spur geschickt hatte. Aber bis jetzt hatte er geglaubt, es habe sich dabei um ein Ablenkungsmanöver gehandelt, das mit der Handschrift in Zusammenhang stand. Wenn es stimmte, was Mordred da erzählte, dann waren die beiden zufällige Opfer der Rivalität geworden, die unter den Studenten herrschte.

Abgesehen von den höchst zweifelhaften politischen Verbindungen seines Sohnes – darüber würde er zu gegebener Zeit ein ernstes Wort mit ihm reden – beschäftigte ihn aber noch eine andere Frage: Wie und wann war es Lukas gelungen, den zweiten Plan in der Dominikanerkirche zu deponieren und die Spur nach St. Magdalena zu legen?

»Ach das. Tja, da haben dann auch noch Tina und der Bauarbeiter ihr Scherflein dazu beigetragen.« Mordred zeigte wieder sein abfälliges Grinsen. Auf Arthurs fragenden Gesichtsausdruck hin fuhr er fort: Ursprünglich habe Lukas nur geplant, ihn in die Dominikanerkirche zu lotsen und dort auflaufen zu lassen. Als der Kollege nach der Schlägerei in den Burghof ging, wo er ursprünglich die Toilette aufsuchen wollte, um sich zu säubern, bemerkte er Speranza, der gerade mit einer schweren Last bepackt aus dem Verlies kam. Lukas schlich ihm nach und bemerkte bald, dass der Bauarbeiter Weinflaschen herauftrug, offenbar nicht, um sie in die Küche zu bringen, sondern sie in einem Versteck vor dem Burgtor zu deponieren, wo er sie zweifellos später holen würde.

»Lukas erkannte sofort, dass Speranza ein Dieb ist. Das brachte ihn auf die Idee, dass der auch noch zu anderem fähig wäre. Also drohte er dem Bauarbeiter, ihn anzuzeigen, wenn er sich nicht noch am selben Abend mit ihm treffen würde. Lukas wollte aus Rache dafür, dass ich ihn niedergeschlagen hatte, Speranza dazu bringen, mich zu verprügeln.«

Während Mordred gesprochen hatte, war Arthur aufgestanden und wieder unruhig im Zimmer hin und hergegangen. Die Angelegenheit wurde immer verworrener.

»Und Tina, was hat sie damit zu tun?« Die Frage schien Arthur, von allen, die ihn bestürmten, am vordringlichsten.

Mordred lachte trocken.

»Ursprünglich hätte Speranza mich ja verprügeln sollen. Aber Tina brachte Lukas dann auf eine viel raffiniertere Idee: Um mich loszuwerden und mir einen gehörigen Denkzettel zu verpassen, wollte sie mich quer durch Bozen zu schicken. Gemeinsam mit Lukas hat sie die zweite Karte gebastelt und nach seiner Beschreibung der Magdalena Kirche den Vers gereimt. Speranza fiel die Aufgabe zu, den Plan im ersten angegebenen Versteck zu deponieren.«

»Und das hat er noch in derselben Nacht gemacht?« Arthur konnte sich nicht vorstellen, wie der offensichtliche Kleinkriminelle es geschafft haben sollte, das Alarmsystem, mit dem die Dominikanerkirche zweifellos gesichert war, außer Betrieb zu setzen.

»Das hätten sich Lukas und Tina so vorgestellt. Aber Speranza hat ihnen klargemacht, dass das unmöglich wäre. Stattdessen ist er gleich am nächsten Tag, kaum dass der Wärter die Kirche aufgesperrt hatte, rein, hat das Papier in den Spalt bei den Grabsteinen fallen lassen und ist wieder raus, bevor er Aufmerksamkeit erregte.« Auch Mordred erhob sich jetzt, vor Arthur blieb er stehen.

»Tja, das war's Onkel. Du siehst, ich bin unschuldig.« Wie zum Beweis hob er nochmals die nach außen gekehrten Handflächen. Arthur dachte allerdings nicht daran, auf die Unschuldsbeteuerungen seines Neffen einzugehen.

»Und du, seit wann wusstest du, dass es sich um einen Schwindel handelte?« Arthur war nicht bereit, Mordred so einfach davonkommen zu lassen. Der wirkte jetzt auch – endlich – verunsichert.

»Na ja, ich …« Mordred versuchte offenbar, Zeit zu gewinnen. Aber Arthurs Geduld war am Ende.

»Also, seit wann, Mordred?«

»Gut, wenn du es unbedingt wissen willst: seit gestern Abend.« Mordred sah Arthur aus schmalen Augen an, dann fuhr er fort. »Nachdem die Sommer mir die Karte geklaut hat, musste ich ja etwas unternehmen. Da habe ich Lukas noch mal ins Gebet genommen. Ob er sich erinnern könne, was genau auf der Karte stand.« Wieder zeigte der Neffe das verächtliche Grinsen. »Da hat er es mit der Angst zu tun bekommen und mir alles gestanden.«

Arthur hatte wieder den Ellenbogen auf- und sein Kinn in die Hand gestützt. Er hatte ganz den Eindruck, dass Mordred noch stolz darauf war, dass er den Kommilitonen eingeschüchtert und Jenny und Lenz seelenruhig einer falschen Fährte überlassen hatte. Genauso verhielt es sich wohl auch, denn jetzt sagte Mordred:

»Ich könnte die Sommer ja auch wegen widerrechtlichen Eindringens und Diebstahls belangen. Und Lenz Hofer als ihren Helfer.«

Arthur wollte den Unterstellungen seines Neffen, auch wenn sie nicht gänzlich aus der Luft gegriffen waren, gerade mit einem strengen Verweis Einhalt gebieten, als plötzlich die Tür zur Bibliothek aufgerissen wurde und Lenz hereinstürmte.

»Jenny ist weg.«

Überrascht wandte Arthur sich dem Assistenten zu, der sichtlich aufgelöst mitten im Raum stand. Doch die nächsten Worte kamen nicht von ihm, sondern von Mordred.

»Die also auch«, sagte der ungerührt. »Dann wären es schon drei.«

*

Die Gestalt, die sich in der Dunkelheit Schloss Runkelstein näherte, hatte bemerkt, dass ihr jemand folgte. Sie konnte es nicht wagen, sich umzudrehen. Zu groß wäre die Gefahr gewesen, erkannt zu werden. Aber eines war sicher: Jemand war hinter ihr. Jetzt war der Schemen am Burgtor angelangt und drückte sich rasch gegen eine Mauer. Drinnen schien alles ruhig. Die Aufführung von »Der Name der Rose«, die heute im hinteren Teil des Burghofes gegeben wurde, hatte längst begonnen. Keine Gefahr mehr, dass versprengte Schauspieler oder Zuschauer sich im Eingangsbereich herumtrieben. Trotzdem, es war riskant, noch einmal hierherzukommen. Aber es gab keine andere Möglichkeit. Morgen würde es hier von Polizei nur so wimmeln. Dann gab es keine Chance mehr, an die Beute heranzukommen. Nein, die Sache musste heute zu Ende geführt werden. Was allerdings nicht ins Konzept passte, war der Verfolger. Aber damit würde man fertig werden müssen. Ob es wohl die Schnüfflerin war? Der konnte man alles zutrauen. Aber weder sie noch sonst jemand durfte zum Hindernis werden. Jetzt gab es kein Zurück mehr.

Immer noch an die Mauer gequetscht lauschte die Gestalt den Geräuschen. Wortfetzen der Schauspieler drangen herüber, sonst herrschte Stille. Jetzt war der Zeitpunkt gekommen, das Wagnis einzugehen.

*

Jenny Sommer war, kaum dass sie wieder einen Blick auf das rote Rücklicht erhascht hatte, diesem in gebührendem Abstand gefolgt. Die Lampe ihres eigenen Fahrrades ließ sie abgeschaltet, um keine Aufmerksamkeit zu erregen. Als das Fahrzeug vor ihr nach Überqueren der St. Anton-Brücke rechts auf den Kiesweg abgebogen war, wurde rasch klar, wohin der Radler unterwegs war: Er wollte nach Runkelstein, eine andere Möglichkeit gab es nicht. Denn der Weg endete genau an jenem Holzsteg, der wieder auf die andere Talferseite führte, wo sich der Aufgang zur Burg befand.

Jenny musste also bei ihrer Fahrt im Dunkeln gar keine besondere Eile an den Tag legen, zumal der Verfolgte in eher gemächlichem Tempo dahinfuhr. Was Jenny nur recht war, machten sich die Strapazen des Tages nun in ihren Bein- und Pomuskeln deutlich bemerkbar. Kurz vor der neuerlichen Überquerung der Talfer hatte sie das Rücklicht ganz aus den Augen verloren. Doch kaum am Fuße des Felsens, auf dem Runkelstein aufragte, angelangt, sah sie dort auch schon Lenz' Rad achtlos an einen der dort befindlichen Bäume gelehnt. Ein wenig wunderte sie sich zwar, dass Lenz nicht die Privatstraße, die zum Schloss führte, genommen hatte, fand aber in der Überlegung, dass ihm diese wohl zu steil gewesen war, um sie mit dem Rad zu erklimmen, eine einleuchtende Erklärung.

Auf dem unwegsamen Waldweg sachte einen Fuß vor den anderen setzend, führte sie die Verfolgung fort. Vor der Burg verbarg sie sich zunächst hinter einem der Bäume, um die Lage zu sondieren – als sie plötzlich sah, wie sich ein Schatten von der Mauer löste und im Hof verschwand.

Jenny eilte dorthin, wo sie zuletzt eine Bewegung wahrgenommen hatte, konnte aber niemanden mehr sehen. Da, die Falltür zum Verlies stand offen, im Lagerraum brannte Licht. Jemand wollte durch den Geheimgang in die Burg. Jenny zweifelte keine Sekunde daran, dass es Lenz war.

Ohne zu zögern, kletterte sie die Leiter hinunter. An der Rückseite des Raumes sah sie den Gefrierschrank. Daneben, nur notdürftig von einem Plastikvorhang abgedeckt, den Geheimgang.

Erst jetzt wurde Jenny die Zweifelhaftigkeit ihres Unterfangens bewusst. Was, wenn Lenz der Dieb war? Sie konnte sich ausmalen, dass sie in dem Fall keineswegs glimpflich davonkommen würde. Es war kaum anzunehmen, dass er sich von seinen Gefühlen ihr gegenüber milde stimmen ließ. Falls er überhaupt Gefühle für sie hatte und nicht alles bloß gespielt war.

Sprosse um Sprosse stieg sie weiter hinab, ohne zu einem Entschluss zu gelangen. Immer noch mit sich hadernd, ob sie weitergehen oder lieber kehrtmachen sollte, kam sie schließlich am Leiterende an. In dem Moment ging das Licht aus. Tastend versuchte Jenny, einen Fuß auf den Boden zu setzen, als ihr plötzlich schwarz vor Augen wurde. Jetzt hatte die Finsternis sie voll im Griff.

DREIZEHN

Herr Walther von der Vogelweide,
wer ihn vergäße, der täte mir leid.

Hugo von Trimberg, 13. Jh.

Zwei Vespas brausten die St. Anton Straße, die von Bozen in Richtung Sarntal führt, entlang. Auf der vorderen saß Mordred Leitner, dahinter folgte Lenz Hofer mit Professor Kammelbach auf dem Soziussitz. Lenz hätte gerne ein wenig mehr Gas gegeben, gelangte jedoch rasch zur Einsicht, dass es klüger war, sich fahrtaktisch dem in Bezug auf Mopeds wesentlich routinierteren Mordred anzuvertrauen. War Lenz selbst doch seit dem Unglück mit Christa überhaupt nicht mehr motorisiert unterwegs gewesen. Zumindest nicht am Steuer, ungerne auch als Beifahrer.

War es seine Schuld, dass Jenny verschwunden war. Hätte er heute Abend mit ihr reden und sich entschuldigen sollen. Seine Bemerkung hatte er ja nicht so gemeint. Er hätte wissen müssen, dass sie müde war, ohnehin wunderte es ihn, dass sie so lange durchgehalten hatte. Die meisten hätten sicher schon früher aufgegeben, egal ob Mann oder Frau. Jenny hatte wirklich eine tolle Kondition, das gefiel ihm, und er sah ihr gerne nach, dass sie manchmal ein wenig aufbrausend war. Das gehörte halt zu ihrem Temperament. Er fragte sich bloß, was sie jetzt machte. Vielleicht war ja alles ganz harmlos. Glaubte er aber nicht. Er wollte nach dem Abendessen mit ihr reden, hatte an ihrer Zimmertür geklopft. Keine Antwort. Nachdem er die Klinke gedrückt hatte, war die Tür sofort aufgegangen. Aber keine Jenny im Zimmer. Auch nicht im Badezimmer oder auf dem Balkon. Auch sonst konnte er sie nirgends finden. Fehlten aber die Räder, beide. Da stimmte etwas nicht, ganz klar, also war er gleich zu Arthur in die Bibliothek gegangen. Als ihnen Mordred dann auch noch eröffnet hatte, dass Tina und Lukas ebenfalls verschwunden seien, waren sie zu dritt die Treppen hinunter gerannt und vor die Villa gelaufen.

Die Mopeds waren noch da. Mit denen konnten sich die Studenten also nicht aus dem Staub gemacht haben. Fragte sich nur, wer Lenz' Rad entwendet hatte und wohin der unterwegs war. Und was Tina und Lukas, oder einer von beiden, damit zu tun hatten. Dass Jenny jemanden verfolgte, darüber waren sich alle einig. Einen anderen Grund konnte es für ihr merkwürdiges Verhalten nicht geben.

Es war Mordreds Idee gewesen, dass die Vermissten auf Runkelstein sein könnten. Er habe so ein Gefühl, hat er bloß gemeint. Lenz und Arthur hatten auch keine bessere Idee gehabt und daher beschlossen, es dort zu versuchen. Georg und Maria waren allerdings mit dem Van unterwegs, bei Verwandten, also gab es keinen Wagen, um nach Runkelstein zu kommen.

Mordred hatte den Vorschlag gemacht, die Mopeds zu nehmen. Lenz hatte zunächst gezögert, was Mordred bemerkt haben dürfte. Er würde voraus fahren, sein Onkel könne bei ihm aufsitzen. Lenz solle hinterherkommen. Arthur hatte aber hinter Lenz Platz genommen, warum auch immer. Er konnte ihn jetzt nicht fragen, der Professor schien sich dahinten ohnehin nicht besonders wohl zu fühlen. So fest klammerte er sich an, dass es Lenz beinah die Luft nahm. Er musste versuchen, den Griff ein wenig zu lockern. Mit einer Hand berührte er die Finger des Professors, die dieser vor Lenz' Brust fest verschränkt hielt. Sachte bedeutete er Arthur, seine Umarmung etwas nach unten in Richtung der Taille zu verlagern. Dort würde er sich gut festhalten können und Lenz hätte gleichzeitig ein wenig mehr Bewegungsspielraum. Den brauchte er jetzt dringend. Denn soeben waren sie in die Privatstraße eingebogen, die zur Burg führte. Die steilen Serpentinen würden seinem bescheidenen Können als Mopedlenker alles abverlangen.

*

Das Erste, was Jenny wahrnahm, war ihr Fahrradhelm. Sie fragte sich gerade, wieso sie sich mit diesem schlafen gelegt hatte, als sie feststellte, dass nicht die komfortable Matratze ihres Bettes in der Villa Wasserschloss, sondern ein harter Steinfußboden ihre Lagerstätte bildete. Langsam begann sie zunächst ihre Finger und Zehen, dann ihre Arme und Beine zu bewegen. Schien soweit alles in Ordnung zu sein. Fragte sich bloß, wie sie hierhergekommen war, ja wo sie sich überhaupt befand. In dem Augenblick, als Jenny sich auf die Seite rollte, um aufzustehen, fiel ihr alles wieder ein: Sie war einem Radfahrer – Lenz, wie sie vermutete – gefolgt und ins ehemalige Verlies, nunmehr Küchenlager der Burg, hinabgestiegen. Nach Herabklettern über die Leiter war ihr schwarz vor Augen geworden. Die Ursache dafür kannte sie allerdings nicht. War ihr schwindlig geworden oder hatte ihr jemand einen Schlag versetzt? In beiden Fällen hatte sie der Helm, den sie immer noch trug, vermutlich vor Schlimmerem bewahrt. Was auch immer der Grund gewesen sein mochte, sie sollte dieses dunkle Loch tunlichst wieder verlassen. Es war wohl doch keine so gute Idee gewesen, hier herunterzuklettern. Am besten, sie machte erst mal Licht. Sie begann, die ihr am nächsten liegende Wand nach einem Schalter abzutasten, musste aber schon bald feststellen, dass sie nicht so rasch fündig wurde. Inzwischen hatten sich ihre Augen an die Dunkelheit gewöhnt. Sie konnte schemenhaft die Gefriertruhe und die Öffnung zum Geheimgang erkennen, ebenso die Leiter, die sie ins Freie führen würde. Jetzt erkannte sie auch, dass ein Flügel der Falltür noch geöffnet war. Von dort drang diffuses Licht herein. Also, nichts wie raus. Diesmal musste Jenny nicht lange überlegen, prompt begann sie ihren Aufstieg. Kaum hatte sie jedoch die ersten Sprossen erklommen, hörte sie plötzlich von oben eine Stimme:

»Allora, chiudiamo tutto qui. Machen wir dicht.«

Der Knall, mit dem die Klappe ins Schloss fiel, versetzte Jenny einen Mordsschrecken. Jetzt stand sie völlig im Finstern. Sie kletterte noch ein paar Sprossen höher und stemmte zunächst einen Arm und dann den ganzen Rücken gegen die hölzerne Türdecke, aber nichts bewegte sich. Jenny saß fest. Zumindest gab es keine Chance, auf dem Weg wieder herauszukommen, auf dem sie in das Lager gelangt war, wie ihr sehr rasch klar wurde. Kurz dachte sie an ihr Handy, um damit Hilfe zu holen. Sogleich fiel ihr jedoch ein, dass sie es in der Eile ihres Aufbruchs irgendwo im Zimmer hatte liegen lassen.

Verdrossen versuchte sie sich mit dem Gedanken an eine unbequeme, feuchtkühle Nacht vertraut zu machen. Morgen würde das Personal wiederkommen und die Falltür öffnen, dann konnte Jenny ihrem Gefängnis entfliehen. Sie legte sich gerade eine Erklärung zurecht, die sie dem sicherlich verdutzten Koch auftischen würde, als sie plötzlich einen Stich in der Magengrube verspürte. Schaudernd wurde ihr bewusst, dass sich vermutlich auch der von ihr Verfolgte in diesem Trakt der Burg befand. Und, falls ihr Verdacht, dass sie nicht versehentlich zu Fall gekommen, sondern absichtlich niedergestreckt worden war, stimmte, dann war mit dieser Person sicherlich nicht gut Kirschen essen.

Fakt war: Sie musste hier raus. Da die Falltür unverrückbar in ihrer Verankerung saß, fiel Jenny nur eine Möglichkeit ein: der Geheimgang. Soweit sie sich erinnerte, hatte Arthur berichtet, dass dieser Weg direkt in den Westpalas führte. Ebenerdig befand sich dort der Kassabereich des Museums, und von da führte eine Tür ins Freie. Die vermutlich abgeschlossen sein würde! Beim Gedanken daran sank Jenny wieder der Mut. Trotzdem, sie musste es versuchen. Hier im finsteren Loch zu warten, bis der mutmaßliche Täter wieder zurückkam, war die dümmste aller Lösungen. Irgendwie musste sie es schaffen, zu der Maueröffnung und von dort in die Burg zu gelangen. Wenn sie erst mal das Erdgeschoss erreicht hatte, sah die Welt schon anders aus. Jetzt fiel ihr auch ein, dass sie dort ein Telefon gesehen hatte.

Fest darauf vertrauend, dass es ihr gelingen würde, Hilfe herbeizurufen, ging Jenny in die Knie. Auf allen Vieren kriechend tastete sie sich in die Richtung, wo sie den Aufgang vermutete. Plötzlich stieß sie mit ihrem Fahrradhelm, den sie immer noch trug, auf einen harten Widerstand. Die Gefriertruhe. Rechts daneben musste sich das Mauerloch befinden. Jenny kauerte sich in die Hocke und glitt solange an der Kunststoffverkleidung des Gerätes entlang, bis ihre Hände ins Leere griffen. Die Öffnung, sie hatte sie entdeckt. Wieder ging Jenny auf alle viere. Nicht zum ersten Mal am heutigen Abend bedauerte sie, dass sie einen Rock trug. Kurz und weit schwingend hatte er sich zwar beim Radfahren noch einigermaßen als praktisch erwiesen. Aber je länger sie mit den nackten Knien auf dem staubigen, harten Boden robbte, desto mehr bedauerte sie, dass sie keine Hosen trug. Auch Radhandschuhe wären praktisch gewesen, um ihre mittlerweile schon etwas in Mitleidenschaft gezogenen Handflächen zu schonen. Aber woher hätte sie auch wissen sollen, welches Abenteuer sie heute noch erwartete? Immerhin, wenigstens war sie geistesgegenwärtig genug gewesen, ihren Helm zu schnappen. So war wenigstens ihr Kopf geschützt, sollte sie in der Dunkelheit gegen etwas stoßen. Oder ihr jemand einen Schlag versetzen.

Jenny hielt kurz inne und atmete tief durch. Sie durfte jetzt nicht zimperlich sein. Die Schmerzen waren zwar unangenehm, aber auszuhalten. Stufe um Stufe tastete sie sich weiter nach oben.

*

»Ich, Walther von der Vogelweide, schreibe diese Zeilen im Winter meines Lebens. Aus dem Landsitz, den

mir der Kaiser versprochen hat, ist nichts geworden. Da freute ich mich wohl zu früh. Nun aber habe ich bei den Herren der Burg Runkelstein gnädige Aufnahme gefunden. Ich kehre damit dorthin zurück, wo alles begann: in meine Heimat Tirol.«

Dicht über das Manuskript gebeugt las die Gestalt, die im »Saal der Liebespaare« auf der schweren Holzbank vor dem Tisch in der Fensternische Platz genommen hatte, die Zeilen. Wie schon beim Empfang in der Burgschenke spendete eine Öllampe Licht. Es konnte kein Zweifel bestehen: Was da im flackernden Schein offenbart wurde, stammte aus der Feder Walthers. Zu genau stimmten verwendete Begriffe und Sprachduktus mit den bekannten Texten des Dichters überein, als dass es sich um eine Fälschung hätte handeln können.

Neu waren die kurzen Prosakommentare. Doch auch sie waren, wenn man die Werke anderer Dichter betrachtete, keineswegs außergewöhnlich. Entscheidend, ja geradezu revolutionär, war die Verbindung aus beidem: Verse und Prosa. Und damit endlich der so lange gesuchte Beweis für den Zusammenhang zwischen Dichtung und Leben des großen Sängers.

Es war einmalig, es war grandios. Niemals durfte das Pergament wieder verloren gehen. Bibliotheken und Museen auf der ganzen Welt würden sich darum reißen. Und doch …

Das Knarren einer Holztreppe ließ die Gestalt zusammenzucken. War Jenny Sommer etwa aus ihrer Ohnmacht erwacht? Dann war der Schlag mit der Holzlatte, die im Verlies auf dem Boden gelegen hatte, also nicht wirkungsvoll genug gewesen.

Wieder ein Knarren. Frau Doktor war auf dem Weg hierher. Nun, sie würde eben lernen müssen, dass Übermut selten gut tat. Und Neugierde noch weniger. Die Lippen der Person, die über Walthers Handschrift gebeugt saß, verzogen sich. Mit beinahe bedauerndem Lächeln blätterte sie eine Seite um.

*

Ein wenig ratlos blickte Professor Arthur Kammelbach in zwei Augenpaare, die ihn erwartungsvoll ansahen. Er, Lenz und Mordred hatten die Fahrt auf den heißen Öfen einigermaßen glimpflich überstanden und waren wie von einer unsichtbaren Macht getrieben in den Burghof gejagt. Nun befanden sie sich verdeckt von einer alten Eiche genau in der Mitte zwischen dem Westpalas und der im Ostpalas gelegenen Burgschänke. Von der Bühne her drangen die verzweifelten Beteuerungen des Kellermeisters Remigio und die unartikulierten Schreie seines Gehilfen Salvatore. Beiden würde ihr Protest nichts nützen. Der Autor Umberto Eco hatte sie in seinem Roman »Der Name der Rose« der Inquisition und damit dem Untergang geweiht. Bald würde auch im Theaterstück das unausweichliche Urteil folgen, Remigio und Salvatore als Ketzer dem Flammentod anheim gegeben werden.

»Wie wollen wir es angehen, Onkel?« Mordreds Frage riss Arthur aus seinen Gedanken. Es war offensichtlich, dass die beiden jungen Männer auf eine Anweisung warteten. Und ihm hatten sie die Rolle des Oberkommandierenden zugedacht. Fatal war nur, dass er sich bisher keinerlei taktisches Vorgehen, geschweige denn eine Strategie überlegt hatte. Zu beschäftigt war er gewesen, sich an Lenz festzuhalten. Der ergriff nun das Wort:

»Versuch' ich, in die Burg zu kommen. Bleibt ihr hier und passt auf, falls« – er zögerte kurz – »jemand herauskommt.«

Es war klar, dass die Sorge des Assistenten Jenny galt. Arthur konnte nur hoffen, dass Lenz sich zu keiner Unbedachtheit hinreißen ließ. In dem Augenblick bemerkte der Professor eine stattliche Gestalt, die mit einem großen Schlüsselbund an der Taille hängend eilig über den Burghof schritt. Arthur stürzte auf sie zu.

*

Staubig und zerschunden war Jenny ins Erdgeschoss des Westpalas gelangt und hatte sich zur Eingangstür vorgetastet. Doch die ließ sich ebenso wenig öffnen wie die Falltür im Verlies. Der Versuch, per Telefon Hilfe zu rufen, war ebenfalls gescheitert. Sie hatte zwar den Apparat gefunden. Nach Abheben des Hörers war allerdings nur ein Besetztzeichen ertönt. Wahllos hatte sie ein paar Tasten gedrückt, vergebens. Ohne entsprechende Kenntnisse würde sie hier keine freie Leitung bekommen.

Ein wenig ratlos war sie auf den hinter der Kasse befindlichen Drehstuhl gesunken. Sollte sie einfach versuchen, sich hier zu verstecken. Allerdings schien ihr die Theke, die den Kassenbereich von den Besuchern trennte, kein ausreichender Schutz. Auch die Aussicht, hier leicht bekleidet eine kühle Nacht verbringen zu müssen, war nicht gerade verlockend.

Mit einem Fuß den Boden berührend, setzte sie den Sessel so in Bewegung, dass er leicht hin und her schwang, als plötzlich ein Geistesblitz die sie umgebende Dunkelheit und den leichten Nebel in ihrem Gehirn durchzuckte: Im dritten Stock gab es einen Ausgang zum Wehrgang. Und der lag direkt oberhalb der Tribüne. Es war kaum anzunehmen, dass diese Tür geschlossen war, befand sich doch zwischen der Balustrade und den Sitzreihen ein Graben, der noch dazu durch ein Geländer abgesichert war. Keiner der Zuschauer konnte sich also über diesen Weg in die Burg stehlen, es sei denn, er wollte sich in der Kunst des Weitsprungs und des Kletterns üben und dabei allgemeines Aufsehen riskieren.

Jennys Entschluss war gefasst. Ungeachtet dessen, dass sich derjenige, den sie verfolgt hatte, vermutlich noch im Westpalas befand, würde sie versuchen, den Wehrgang zu erreichen. Dort würde es ihr sicherlich gelingen, die Zuschauer auf sich aufmerksam zu machen. Dann war sie gerettet. Niemand würde es wagen, ihr vor Zeugen etwas anzutun.

*

»Professore, buonasera, gut, dass ich Sie treffe.« Kaum hatte Francesca Rossi den auf sie zueilenden Arthur erkannt, überschüttete sie ihn auch schon mit einem Wortschwall in bunt gemischtem Deutsch-Italienisch.

»Terrone«, »Speranza« und »Dieb« waren die am häufigsten verwendeten Begriffe.

Was Arthur der mit vielen Verwünschungen – »maledetto, bastardo« – und Gottesbeschwörungen – »che dio mi aiuti« – colorierten Schilderung entnehmen konnte, war Folgendes: Blasius hatte sich nicht allein auf die Einsicht des Diebs und die daraus resultierende freiwillige Rückgabe der Handschrift verlassen. Vielmehr hatte Botsch beschlossen, dem Täter als flankierende Maßnahme eine Falle zu stellen. Und die war zugeschnappt. Beim Versuch, noch einmal in das Verlies hinabzusteigen, war Speranza ins Netz gegangen. Wobei sich der Burgdirektor tatsächlich eines solchen bedient hatte. In dem lag nun der Fisch und zappelte. Beziehungsweise, wie Francesca einräumte, stand er mittlerweile in Blasius' Büro, wo er einem hochnotpeinlichen Verhör unterzogen wurde.

»Allora«, beendete sie nun ihre Rede »ist genauso, wie ich immer gesagt habe: Der Kalabrese ist schuld. Aber jetzt, seine Spiel ist aus.« Befriedigt und fast ein wenig triumphierend sah sie Arthur an. Der sich nun zu einer, wie ihm schien, entscheidenden Frage entschloss:

»Und hatte Speranza die Handschrift bei sich?«

Das nun nicht, wie Francesca bekannte. Es sei allerdings nur noch eine Frage der Zeit, bis der Direktor alles über den Verbleib des Manuskripts herausbekäme.

Arthur konnte die Zuversicht der Burgherrin, die sie, wenn auch nicht von Amts, so wohl von Herzens wegen war, nicht teilen.

»Speranza ist zwar ein Dieb, aber nicht der der Handschrift. Worauf er es abgesehen hat, sind eure flüssigen Vorräte.« Arthur hatte beschlossen, Francesca reinen Wein einzuschenken. Nur so konnte er sein Vorhaben, in die Burg zu kommen und nach Jenny zu suchen, beschleunigen.

»Ecco, sehen Sie, er stiehlt alles, was er in seine schmutzigen Finger bekommt!« Francesca war nicht so leicht zu überzeugen. Sie erschien Arthur zwar im Wesentlichen als großherzige und verständige Frau, aber bei den Süditalienern hörte es offenbar auf. Da war ihre Sicht bedauerlicherweise durch Vorurteile getrübt.

Ein wenig verzweifelt sann Arthur darüber nach, wie er sie ohne weitschweifige Erklärungen dazu bringen könnte, ihm den Westpalas aufzusperren, als er plötzlich Mordred und Lenz über den Burghof rasen sah. Die hatte er ganz vergessen. Aber was machten die jetzt? Rannten vor zur Bühne … und was dann?

Damit konnte er sich jetzt nicht aufhalten. Entschlossen sagte er zu Francesca:

»Speranza hat die Handschrift nicht gestohlen. Ich weiß noch nicht, wer dafür verantwortlich ist. Aber über eines bin ich mir absolut sicher.« Die Pause, die Arthur machte, war so gewichtig, dass nicht einmal Francesca wagte, ihn zu unterbrechen. Dann fuhr er fort: »Der Täter ist da drin. Und Jenny Sommer mit ihm.«

Der Professor war zwar von seiner Behauptung keineswegs so überzeugt, wie er sich den Anschein gab. Dennoch hielt er es für die wahrscheinlichste Möglichkeit. Er fragte sich, ob Francesca seinen Bluff bemerkt hatte, als diese schon lossprudelte.

»Jenny Sommer, no, no. Wir müssen sie retten.« Indem sie die Jungfrau Maria und weitere Heilige um

Hilfe anflehte, eilte Francesca zum Besuchereingang und schloss auf. Arthur folgte ihr. Er hatte offenbar das Zauberwort gesprochen.

*

Sich an der Wand entlang tastend hatte Jenny den Kassenbereich in Richtung der Treppe, die in die oberen Stockwerke der Burg führte, verlassen. Dafür, dass ihr nach wie vor kein Licht zur Verfügung stand, fand sie den Aufgang verhältnismäßig rasch. Stufe um Stufe schlich sie nach oben. Zweimal hörte sie ein Knarren, doch davon konnte sie sich jetzt nicht beeindrucken lassen.

Nach wenigen weiteren Stufen hatte sie es geschafft. Oben angelangt, verweilte sie kurz am Geländer, an dem sie sich bei ihrem Aufstieg festgehalten hatte. Vor ihr lag der so genannte »Turniersaal«, rechts davon die Tür zum Wehrgang und links der Eingang in den »Saal der Liebespaare«.

Jenny wunderte sich gerade, dass sie plötzlich wieder einzelne Möbelstücke umrisshaft erkennen konnte, als sie plötzlich gewahr wurde, dass just aus dem »Saal der Liebespaare« der Schein einer Lampe zu ihr drang. Jemand war dort. Daran bestand kein Zweifel. Ob sie es dennoch wagen sollte, über den Fluchtweg auf die Galerie zu gelangen?

In Gedanken maß sie die Entfernung zum Ausgang ins Freie. Von ihrem Standort aus waren es maximal drei Meter. Jetzt konnte sie auch erkennen, dass die Tür nur angelehnt war. Wie magisch angezogen bewegte Jenny sich auf die rettende Öffnung zu, als plötzlich hinter ihr das Licht ausging. Mit einem Mal war der Raum wieder in völlige Dunkelheit gehüllt. Abrupt blieb Jenny stehen, um sich neu zu orientieren. Plötzlich hörte sie ein Geräusch, als würde jemand mit einem Gegenstand hantieren. Dann das eindeutige Knistern von Papier. Sie musste hier raus, es gab keinen Weg zurück.

So rasch sie es im Finstern vermochte, ging sie auf die Tür zu. Jetzt berührten ihre Hände, die sie weit vor sich ausgestreckt hielt, den Holzrahmen. Da, der Griff. Jenny riss die Tür auf und erklomm die Stufe, die sie noch vom Aufgang zur Galerie trennte, als sie hinter sich eine wohlmodulierte Stimme hörte.

»Ich würde das nicht tun. Wir wollen doch nicht, dass die zarten Knochen beim Sturz in den Abgrund Schaden nehmen.«

Schlagartig wurde Jenny bewusst, wer ihr auf den Fersen war. Aber sie würde sich von der Drohung nicht einschüchtern lassen. Der Weg ins Freie war ihre einzige Chance.

*

Seit drei Wochen stand Günther Baldo, Laienschauspieler und Darsteller des detektivischen Mönchs William von Baskerville, nun schon mehrmals wöchentlich in der Hauptrolle des Stücks »Der Name der Rose« auf der Freilichtbühne der Burg Runkelstein. Zu spät Kommende, die sich mitten in der Eröffnungsszene an ihm vorbei auf die Zuschauertribüne drängten, gehörten dabei ebenso zu seinem abendlichen Schicksal wie jene Eiligen, die mitten unter der Vorstellung wegen eines dringenden Bedürfnisses ihre Plätze verließen – um dann wenige Minuten später zurückzukehren und erneut für Unruhe zu sorgen.

Baldo hasste solche Störenfriede, wusste er doch um die Gefahr, dass sie ihn aus dem Konzept brachten und er sich in seinem Text verhaspelte. Bisher hatte er allerdings der örtlichen Umstände halber die unliebsamen Irritationen gottergeben und weil ihm ohnehin nichts anderes übrigblieb in Kauf genommen. Aber was sich heute abspielte, ging mit Verlaub über die Hutschnur oder besser gesagt über den Zipfel seiner Kapuze. Zuerst das Liebespärchen, das knutschend und kichernd nach Beginn der Vorstellung herein gestolpert war. Dann die aufgeregte Stimme Francesca Rossis, deren spitze Töne mehrmals in seinen tiefschürfenden Dialog mit dem Novizen Adson geradezu kontrapunktisch hineingeschrillt waren und das Publikum zum Lachen gebracht hatten.

Nun auch das noch: Mitten in seinen Disput mit dem Inquisitor und weiteren hochwürdigen Herren, eine der Schlüsselszenen des Stücks, waren vom Burghof her zwei Männer in den nur durch ein paar Spanplatten abgegrenzten Aufführungsbereich gestürzt und direkt vor den Schauspielern genau zwischen Bühne und Zuschauertribüne zum Stehen gekommen. Der größere von beiden sah sich jetzt mit wilden Blicken in alle Richtungen um, während der andere das Geschehen aus halb geschlossenen Augen verfolgte. Aus diesen schien er nun tatsächlich etwas entdeckt zu haben, wie man aus der plötzlichen Erstarrung, die ihn jetzt ergriffen hatte, unschwer ablesen konnte.

William alias Günther Baldo folgte der Blickrichtung

des jungen Mannes. Da war es wieder, das Liebespärchen. In der zweiten Reihe hatten sie sich auf dem einzigen noch freien Platz direkt neben dem Aufgang zu den Rängen zusammengekuschelt. Erschrocken und ein wenig schuldbewusst starrten sie nun hoch.

»Bruder William, ich habe Euch etwas gefragt. Hört Ihr nicht?«

O Gott, der Abt. Er musste Baldo schon mehrmals sein Stichwort gegeben haben, bevor er nun sogar extemporierte, um dem Kollegen auf die Sprünge zu helfen. Günther Baldo hatte jedoch keine Ahnung, welche Textstelle als nächstes kam. Jetzt begannen auch die Zuschauer unruhig zu werden. Hatten sie offenbar zunächst noch geglaubt, das Hereinplatzen der beiden jungen Männer in Alltagskleidung sei Teil der Inszenierung, ließ sie der Hänger des Hauptdarstellers nun doch stutzig werden.

Der Abt stand jetzt vor William. Indem er ihn an der Kutte fasste und beutelte, zischte er ihm zu: »Heiliger Franziskus, bewahre deine Kinder vor Dummheiten!« Baldo fing sich wieder. Das war Williams nächster Satz. Er würde einfach weiterspielen und die beiden Eindringlinge ignorieren. Ewig konnten sie ja hier nicht herumstehen.

Mit einem zu sich selbst gemurmelten »Die Schau muss weitergehen« hob er an zu sprechen, als ein Schrei ertönte.

»Lenz, hier ob …!«

Im nächsten Moment war die Frau, die gerufen hatte, verstummt, gerade so, als hätte jemand sie gewaltsam zum Schweigen gebracht. Jetzt drehten sämtliche Zuschauer die Köpfe in die Richtung, aus der die Stimme gekommen war. Sogar die Schauspieler blickten gebannt dorthin. Nun hob auch Baldo den Blick. Auf dem gegenüberliegenden Wehrgang, der den Westpalas mit dem Sommerhaus verband, war etwas im Gange. Was, konnte er nicht erkennen, zu sehr blendeten ihn die Scheinwerfer.

»Jenny!« Jetzt löste sich der größere der beiden jungen Männer, die das Geschehen bisher ebenfalls gebannt verfolgt hatten, aus seiner Erstarrung und raste, jeweils zwei Stufen auf einmal nehmend, die Tribüne hinauf. Der andere folgte ihm in etwas verhaltenerem Tempo. Auch das Liebespärchen hatte sich von seinem Sitz erhoben und machte Anstalten, sich nach oben zu bewegen. William begann gerade, den Gurt seiner Kutte zu lösen, um diese, falls nötig abstreifen und der Frau, die da geschrien hatte, zu Hilfe eilen zu können, als eine hohe, fast singende Stimme erklang:

»Lenz, ich würde dir raten, stehen zu bleiben. Oder willst du die Knochen deiner Dame lieber unten im Tal aufsammeln?« Nach einer Atempause fügte die Angreiferin – es handelte sich offenbar ebenfalls um eine Frau – in schrillerem Tonfall hinzu: »Ihr anderen auch. Stehenbleiben oder es passiert ein Unglück!«

In der Stille, die jetzt eintrat, nahm William ganz oben auf der Tribüne eine flüchtige Bewegung wahr. Einer der Beleuchter hatte den Scheinwerfer, der bisher auf die Bühne gerichtet war, zur Seite gedreht, so dass nun mehr Licht in den Zuschauerbereich fiel. Ein Teil des Kegels erhellte auch den Wehrgang und die beiden Frauen, die immer noch dort standen.

Was William jetzt sah, war ganz dazu angetan, dem heutigen ereignisreichen Abend die Krone aufzusetzen. Deutlich konnte er erkennen, was sich dort oben abspielte: Die größere der beiden Frauen hielt die kleinere dermaßen im Würgegriff fest, dass diese keine Chance hatte, sich aus der Umklammerung zu befreien. Was die ohnehin bizarre Angelegenheit allerdings noch grotesk überhöhte, waren die seltsamen Requisiten, mit denen die beiden Frauen ausgestattet waren. Während die kleinere der beiden einen Fahrradhelm auf dem Kopf trug, hatte die größere eine Art Papierrolle in der freien Hand, die sie wie ein Schwert in die Höhe hielt.

Hatte ihnen der Regisseur einen Streich gespielt und zum Gaudium der Zuschauer eine Szene eingebaut, von der die Schauspieler nichts wussten? Wenn das der Fall war, dann würden er und seine Kollegen ein ernstes Wort mit dem Mann reden müssen. Eine derartige Unverfrorenheit nur um des Spektakels willen ging nun wirklich zu weit.

William legte sich in Gedanken schon die Worte zurecht, die er dem Spielleiter an den Kopf werfen würde, als oben plötzlich Bewegung in die Szene kam. Die Große ging jetzt, die andere wie ein Schutzschild vor sich haltend, langsam rückwärts.

»Scheinwerfer aus«, schrie sie. Der Beleuchter folgte offenbar dem Befehl, denn im nächsten Moment war der gesamte Bereich zwischen Bühne und Wehrgang in Dunkelheit gehüllt. Im schwachen Mondschein war es William jedoch, als sähe er einen Schatten, der sich vom Westpalas her der Galerie näherte.

*

»Xenia, komm wieder zur Vernunft. Was soll das Ganze?« Nachdem die Scheinwerfer erloschen waren, schien es Jenny die einzige Chance zu sein, mit ihrer Widersacherin in ein Gespräch zu kommen. Diese hatte sie auf der Außentreppe eingeholt und überwältigt. Jenny war sofort klar gewesen, dass sie gegen die größere und schwerere Frau chancenlos war und sich zunächst gefügt. Wenn sie wenigstens wüsste, was die Dozentin vorhatte. Es musste ihr doch klar sein, dass es für sie kein Entkommen gab. Oder dachte sie etwa daran, mit ihr als Geisel zu entfliehen? Mit einem solchen Gedanken konnte Jenny sich gar nicht anfreunden. Die andere musste wahnsinnig geworden sein. In dem Zustand war ihr alles zuzutrauen. Als hätte sie Jennys Gedanken gelesen, fing Xenia Schmied-Schmiedhaussen jetzt zu sprechen an:

»Du hältst mich wohl für verrückt. Aber glaube mir, ich weiß, was ich tue.« Ganz nahe klang der Singsang an Jennys Ohr. Es war wohl am vernünftigsten, weiterzureden, vielleicht würde das Xenia ablenken. »Sag, wie bist du denn an die Handschrift gekommen?« Jenny zwang sich zur Ruhe, die andere antwortete auch sogleich.

»Das war ganz einfach. Als Mordred seinen großen Auftritt hingelegt hat, sah ich Lukas hinausschleichen. Ich bin ihm gefolgt und habe ihn mit dem Bauarbeiter am Burgtor gesehen. Die beiden haben mich nicht bemerkt, so vertieft waren sie.« Xenia blieb kurz stehen und verstärkte den Griff um Jennys Hals, bevor sie fortfuhr: »Die Falltür stand offen und ich bin hinunter. Zunächst nur aus Neugierde, aber dann habe ich den Geheimgang bemerkt. Von dort hinauf in den Saal der Liebespaare war es ein Kinderspiel.«

»Aber es war doch stockdunkel.« Jenny erinnerte sich an ihren eigenen mühsamen und zeitraubenden Aufstieg, als Xenia wieder in ihr Ohr säuselte:

»Ich hatte doch die Öllampe dabei. Standen ja genügend rum in der Burgschänke. Keinem ist aufgefallen, dass eine fehlte.«

Daher also der Lichtschein, den Jenny heute vor ihrer Flucht gesehen hatte. Unsinnigerweise fiel ihr jetzt ein, bei der Durchsuchung von Xenias Zimmer hätte sie die Buddha-Öllampe ja entdecken müssen, als ihr Blick auf die Tasche fiel, die der anderen immer noch über ihre Schulter hing. Darin hatte sie den rundlichen Gegenstand also die ganze Zeit mit sich herumgeschleppt. Hätte sie nicht Todesangst gehabt, Jenny hätte wohl losgelacht, so absurd erschien ihr das Ganze. Trotzdem, eine Sache wollte sie noch geklärt haben, vielleicht würde die andere doch noch zur Vernunft kommen.

»Xenia, wenn du die Handschrift schon hattest. Warum bist du heute noch einmal hierhergekommen?« Jenny war wieder stehen geblieben, um Zeit zu gewinnen. Doch Xenia hatte das Manöver bemerkt.

»Schön weitergehen. Wenn du es unbedingt wissen willst: Ich hatte die Handschrift ja noch nicht. Ich konnte sie nicht mit nach draußen nehmen, das wäre zu auffällig gewesen. Die Öllampe, die hätte ich erklären können. Ist mir zu dunkel gewesen auf dem Weg zur Toilette.« Xenias Tonfall ging immer mehr in ein Singen über. »Meine Tasche hatte ich nicht dabei, ein blöder Fehler. Da habe ich das Manuskript hinter der Gefriertruhe versteckt. Dort hat keiner nachgesehen.

Und heute bin ich gekommen, um es mir zu holen. Und du, liebe Kollegin, wirst mir dabei helfen.«

Wieder verstärkte sie den Druck auf Jennys Kehle. Die riskierte jetzt einen Blick auf den Zuschauerraum und die Bühne. Alle schienen noch immer in derselben Position wie vor wenigen Minuten zu verharren. Oder war schon mehr Zeit vergangen? Jenny konnte es nicht abschätzen.

»Xenia, gib mir die Handschrift. Ich sage, ich bin an allem schuld. Dann bist du aus dem Schneider.«

Xenia zog sie wieder einen Schritt rückwärts, bevor sie neuerlich dicht an Jennys Ohr sang:

»Das wird leider nicht möglich sein. Denn die Handschrift muss vernichtet werden. Meine ganze Karriere wäre damit zerstört. Meine These war immer, dass Walther keine reale Geliebte besungen hat, sondern das Mädchen seiner Gedichte nur eine Metapher für den Kaiserhof war. Wenn jetzt plötzlich ein Dokument auftaucht, aus dem klar hervorgeht, dass es tatsächlich um die Liebe zu einer Frau ging, dann wäre ich doch auf alle Zeiten blamiert. Keiner würde mich mehr ernst nehmen. Siehst du das nicht ein, Jenny?« Wieder ein Schritt rückwärts, und Xenia beantwortete sich die Frage selbst: »Nein, natürlich nicht, wie könntest du auch? Du hast ja nicht bemerkt, dass Botsch und die Rossi nicht die Lieder Walthers gesungen haben, die wir alle kennen, sondern die neuen aus der Handschrift. Die dürfen niemals ans Licht der Öffentlichkeit gelangen. Wenn doch, dann bin ich als Wissenschaftlerin ein für allemal erledigt. Alles, was ich mir aufgebaut habe, wäre mit einem Schlag vernichtet.«

Drohend knisterte Xenia mit dem Pergament, das sie immer noch in einer Hand hielt. Jenny war nun klar, dass die andere weder das Manuskript freiwillig hergeben noch von ihr ablassen würde. Es nützte nichts, sie musste den Zweikampf riskieren. Allerdings nicht hier oben auf dem Wehrgang, wo die Größere sie mit Leichtigkeit über die zinnenbewehrte Mauer in den Abgrund stoßen konnte. Sich scheinbar in ihr Schicksal fügend ließ Jenny sich von Xenia in Richtung der Treppe ziehen, die zu der Tür führte, aus der sie gekommen waren.

*

Günther Baldo alias William von Baskerville wusste immer noch nicht, ob er hier gerade Zeuge eines Gewaltverbrechens wurde oder doch nur unfreiwilliger Zuschauer einer Posse war, die sich der Regisseur zu Publicityzwecken ausgedacht hatte. Wie alle anderen hatte auch William gebannt das Geschehen auf dem Wehrgang mit verfolgt und zugesehen, wie die beiden Frauen sich langsam, offenbar ganz in ihr Gespräch vertieft, rückwärts bewegt hatten.

Wenn es sich hier um eine Inszenierung handelte, dann sollte man die beiden das nächste Mal wohl besser mit Kopfmikrofonen ausstatten. Der Gedanke war ihm unwillkürlich gekommen, als ein weiteres Ereignis seine Aufmerksamkeit wieder voll in Bann zog: Der Schatten, den er schon zuvor bemerkt hatte, pirschte sich jetzt von hinten an das seltsame Paar heran. Nun konnte er im Mondlicht einen großen, etwas gebeugten Mann sehen. Dahinter stand, wie William erst jetzt bemerkte, noch eine Frau, in der er Francesca Rossi zu erkennen glaubte. Jetzt reichte sie dem Mann einen Gegenstand. Es musste sich um einen der Sessel handeln, die in der Burg standen. Behutsam, um die andere Frau nicht auf sich aufmerksam zu machen, nahm der Mann den Stuhl in beide Hände, holte aus und rammte ihn der Angreiferin in die Knie, die daraufhin ins Stolpern geriet und ihr Opfer losließ.

Nun nahm William auch im Mittelgang eine Bewegung war: Der große Mann, der zuerst mit dem anderen mitten in ihre Szene hineingestürmt war und sich vor der Bühne aufgepflanzt hatte, hatte sich offenbar unbemerkt weiter nach oben gepirscht. Kaum, dass sich die kleinere der beiden Frauen aus ihrer Umklammerung löste, war er mit einem Satz beim Geländer am Ende der Tribüne und übersprang es. Gerade rechtzeitig, dass er die Frau mit dem Fahrradhelm, die jetzt taumelte, auffangen konnte. Wie leblos sank sie in seine Arme.

Was für eine Dramatik. Das empfand offenbar auch das Publikum so, denn jetzt begann es zu applaudieren. William sah ratlos zum Abt hin, der ihm am nächsten stand. Doch der hatte die Augen immer noch starr nach oben gerichtet. William folgte dem Blick des Kollegen. Das Zwischenspiel, oder was immer es war, das da oben stattfand, war noch nicht zu Ende. Die große Frau hatte sich wieder hochgerappelt und befand sich jetzt vor einem Mauerabschnitt genau in der Mitte des Wehrgangs, wo zu beiden Seiten die Zinnen aufragten. Bizarr hob sich die Silhouette gegen den Mondhimmel ab. In der einen Hand hielt sie das zusammengerollte Papier, in der anderen einen Gegenstand, den William auf die Entfernung hin nicht genau erkennen konnte, der aber ein flackerndes Licht zu spenden schien. Jetzt führte die Frau das Papier zu der Lichtquelle. Nach wenigen Augenblicken hielt sie es wieder in die Höhe. Selbst aus dieser Distanz war zu erkennen, dass bereits erste Flammen an den Seiten züngelten. Deren Schein erhellte nun auch die Frau, die begann, ihre Kleidung mit dem Inhalt des Gegenstandes zu übergießen.

Plötzlich löste sich die kleine Frau aus den Armen des Mannes, in denen sie gerade noch gelegen hatte, und wollte auf die andere zustürzen. Die hielt jetzt das Papier wie ein Flammenschwert vor sich und rief nun wieder mit lauter Stimme.

»Stehen geblieben. Jetzt ist es zu spät. Niemand wird es je erfahren.«

Mit diesen Worten stieg die Frau, deren flatternde Kleidung ebenfalls Feuer gefangen hatte, auf die Mauer. Mit einem langen Schritt trat sie in den Abgrund, der sich auf der anderen Seite der Burgmauer auftat. Wieder ging ein Raunen durch die Menge, als plötzlich der Abt zu sprechen begann:

»Das gehört nicht zum Stück.«

Er hatte seine Feststellung mit gewohnter Bühnenstimme vorgetragen, so dass auch die Zuschauer seine Worte hören konnten. Wie benommen sanken sie wieder auf die Plätze, als plötzlich ein rundlicher Mann gemessenen Schrittes die Bühne betrat.

»Meine Damen und Herren, es hat leider ein Unglück gegeben. Polizei und Rettung sind schon unterwegs. Wir entschuldigen uns für die Unannehmlichkeiten. Bitte begeben Sie sich in die Burgschänke. Auf den Schock können wir alle eine kleine Stärkung vertragen.«

Blasius Botsch verneigte sich und wies mit großer Geste Richtung Burghof. Ein wenig verdattert, aber nicht abgeneigt, der Einladung Folge zu leisten, erhoben sich die ersten und gingen Richtung Ausgang. Bald taten es ihnen die anderen gleich. Der Burgdirektor war wieder ganz Herr der Situation.

VIERZEHN

Unter der Linde,
auf der Wiese,
wo unser beider Lager war,
da werdet Ihr,
wenn Ihr daran vorbeikommt,
geknickte Blumen und zerdrücktes Gras sehen.
Vor dem Wald in einem Tal,
tandaradei
Sang so schön die Nachtigall.

Mit klopfendem Herzen
ging ich zur Wiese ,
wo mein Geliebter mich schon erwartete.
Wie ich dort empfangen wurde –
Heilige Jungfrau! –
das war die reinste Seeligkeit.
Küßt' er mich? Ja, Stund um Stund:
tandaradei
Seht wie rot mir ist der Mund.

Nach Walther von der Vogelweide *»Under der linden«*, Strophen 1–2

Zwei Tage lang hatte die polizeiliche Untersuchung gedauert. Jenny war vom Comissario über eine Stunde lang befragt worden. Schließlich hatte er ihr, Arthur und dem verbliebenen Rest der Delegation die Erlaubnis zur Heimreise erteilt – nicht ohne ihnen das Versprechen abzunehmen, sich für eventuelle Nachfragen zur Verfügung zu halten.

Wie die übereinstimmenden Zeugenaussagen der Zuschauer ergeben hatten, trug keiner von ihnen die Schuld am Tod Xenia Schmied-Schmiedhausens. Die Obduktion der Leiche war, wie in einem solchen Fall üblich, angeordnet worden. Der Comissario hatte allerdings durchblicken lassen, dass man von einem Selbstmord in offensichtlicher geistiger Verwirrung ausgehe.

Was freilich die unkorrekte Vorgehensweise von Blasius Botsch – angefangen von der Nichteinhaltung des Amtsweges bis hin zu den mangelnden Sicherheitsvorkehrungen – betraf, würde man der Sache noch genau auf den Grund gehen. Das hatte der zuständige Stadtrat bereits mit lautem Getöse in den Medien, vor allem in der Südtiroler Tageszeitung ›Dolomiten‹, verkündet.

Wie Jenny allerdings von Francesca Rossi wusste, machte sich der Burgdirektor, nachdem er endlich Zeit gefunden hatte, in Ruhe über die Sache nachzudenken, keine allzu großen Sorgen mehr um seine Zukunft. Falls man ihm tatsächlich einen Verstoß gegen die Regeln anlasten konnte – und das war laut Francesca keineswegs gewiss, gab es doch ihres Wissens nach für einen solch außergewöhnlichen Fall gar keine Vorschriften, die man hätte anwenden können – falls also Blasius seinen Hut würde nehmen müssen, wäre das keine Katastrophe. Als letzter und einziger Spross einer wohlhabenden Südtiroler Adelsfamilie verfügte er über das nötige Vermögen, das es ihm erlauben würde, von seinem Ansitz bei Bozen aus künftig als Privatgelehrter tätig zu sein. Zudem würde ein Abschied von der Burg es endlich ermöglichen, dass er und Francesca ihre Verbindung legalisierten und öffentlich kundtaten.

Jenny hatte aufmerksam den Erzählungen der lebensklugen Frau zugehört. Es beruhigte sie, dass die Konsequenzen für Francesca, der sie neben Arthur ihre Rettung verdankte, und ihren geliebten Blasius in jedem Fall weniger dramatisch ausfallen würden als befürchtet. Jenny hatte auch mit Arthur gesprochen, der sich ihrer Meinung nach viel zu große Vorwürfe machte. Immerhin war es ja ihre eigene Initiative gewesen, die Person auf dem Fahrrad zu verfolgen. Dass Jenny gedacht hatte, es handle sich dabei um Lenz, verschwieg sie tunlichst.

Der Professor hatte schließlich eingesehen, dass es nichts brachte, sich selbst zu quälen. Dennoch hatten ihn die Ereignisse von allen sichtlich am meisten gezeichnet. Kannte er doch Xenia schon so viele Jahre, hatte sie als Studentin und später als aufstrebende junge Wissenschaftlerin gefördert. Obwohl ihm ihre Verbissenheit, mit der sie ihre akademische Karriere verfolgte, gerade in letzter Zeit zu denken gegeben hatte, wäre er doch nie auf die Idee gekommen, welch krankhafter Ehrgeiz sie antrieb.

Gestern Abend hatte Jenny dann endlich die Ruhe gefunden, sich mit ihrem Diktiergerät zu beschäftigen. Ein Satz, den Xenia ihr auf dem Wehrgang zugezischt hatte, ging ihr nicht mehr aus dem Kopf:

»Du hast ja nicht bemerkt, dass Botsch und die Rossi

nicht die Lieder Walthers gesungen haben, die wir alle kennen …«

Da musste sie Xenia allerdings recht geben: Ihr war kein Unterschied aufgefallen. Was auch nicht verwunderlich war, hatten Blasius und Francesca die Lieder doch auf Mittelhochdeutsch vorgetragen. Auch wenn Jenny sich während ihres Studiums ausführlich damit beschäftigt hatte, so war sie doch heute keineswegs mehr so textsicher, dass sie bei einem einmaligen Vortrag etwas bemerkt hätte. Zumal sie es an dem Abend ohnehin vorgezogen hatte, träumerisch zu den Klängen der Musik in ihren eigenen Gedanken zu schwelgen.

Gedanken an Lenz, wie sie sich eingestehen musste. Und den hatte sie auch angerufen, kaum dass sie die entsprechenden Passagen am Tonband abgehört hatte. Nachdem ihr Xenias Bemerkung keine Ruhe gelassen hatte, war ihr wieder eingefallen, dass sie an dem Abend – mehr aus einer Laune heraus denn in einer bestimmten Absicht – das Diktiergerät hatte mitlaufen lassen. Mit etwas Glück waren die Aufnahmen gelungen, und sie konnte die Texte vielleicht anhand des Vortrags rekonstruieren.

Kaum hatte sie ein wenig – diesmal mit äußerster Konzentration – hineingehört, war ihr sofort klar geworden: Die Lieder, die da gesungen wurden, waren zwar denen, die sie kannte, ähnlich, doch anstatt eines jungen Mannes oder eines Mädchens sprach ein verbitterter alternder Dichter aus den Zeilen.

Sie hatte Lenz, nachdem er – wie sie erst später erfahren hatte – so heldenhaft über die Absperrung gesprungen und sie aufgefangen hatte, in den letzten beiden Tagen kaum zu Gesicht bekommen. Er hatte sich in der Villa rar gemacht mit der Begründung, dass er, nachdem sein Auftauchen bei seiner Schwester nicht lange geheim geblieben war, sich bei seinen Eltern in St. Magdalena zeigen müsse.

Von Arthur wusste Jenny darüber hinaus, dass Lenz sich auch darum kümmerte, über seinen Onkel, der über einflussreiche Verbindungen verfügte, das ganze Prozedere der Untersuchung zu beschleunigen und ihnen damit rascher die Heimreise zu ermöglichen. Was ihm offenbar gelungen war, wie Jenny teils erleichtert, aber auch ein wenig wehmütig festgestellt hatte. Sie würde keine Gelegenheit mehr haben, mit Lenz unter vier Augen zu reden, obwohl, wie sie sich mittlerweile eingestand, sie sich gerade das wünschte. Als sie dann aber das Tonband abhörte, hatte sie rasch zum Handy gegriffen. Lenz war sofort mit einem Treffen einverstanden.

»Geht euer Zug morgen kurz vor elf. Treffen wir uns um halb zehn im Stadtcafé am Waltherplatz.« Von dort sei es nicht weit zum Bahnhof, hatte er noch hinzugefügt. Aber das wusste Jenny ohnehin.

Sie hatte dafür gesorgt, dass die anderen sich um ihr Gepäck kümmerten, Mordred persönlich hatte sich dazu angeboten. Und Tina und Lukas hatten sich wegen der fingierten Rätsel, deren Opfer Jenny und Lenz geworden waren, bei ihr entschuldigt. Aber sie war ihnen ohnehin nicht böse. Immerhin hatten die beiden durch ihr heimliches Verschwinden aus der Villa die Suche nach ihr beschleunigt. Dass Lukas und Tina sich nur deshalb davongestohlen hatten, um im Mondschein auf die Burg zu wandern und sich »Der Name der Rose« anzusehen, war, nachdem sich alles andere aufgeklärt hatte, auch noch herausgekommen. Mordred nahm, soweit Jenny das beurteilen konnte, die Romanze der beiden mittlerweile gelassen hin.

So hatten sich die zahlreichen losen Ereignisfäden schließlich doch noch zu einem eng gewobenen Ganzen zusammengefügt, das freilich stets von Xenias Selbstmord überschattet sein würde. Jenny sagte sich einmal mehr, dass niemand die schreckliche Tat ungeschehen machen konnte. Aber vielleicht würde es ihr gelingen, mittels ihres Tonbandes zumindest die Texte des vernichteten Manuskripts zu rekonstruieren. Und dabei sollte ihr Lenz mit seinem Urteil jetzt helfen. Alles Weitere würde sich schon finden.

*

»Bin ich jetzt aber gespannt, was du mir erzählst.« Nach der Begrüßung war er gleich zur Sache gekommen. Aufgeregt berichtete Jenny ihm von den Aufnahmen, die sie gemacht und erst gestern Abend angehört hatte.

»Es scheint, dass Xenia die Wahrheit gesagt hat: Blasius und Francesca haben aus der unbekannten Handschrift gesungen.« Jenny registrierte, wie Lenz sie erwartungsvoll ansah, und sprach rasch weiter: »Ich bin mir aber nicht sicher, ob es wirklich einen so großen Unterschied gibt. Ich meine ja, aber mein Studium liegt schon eine Weile … Weißt du was, am besten, ich spiele es dir vor.«

Jenny holte das Diktiergerät, das sie griffbereit im Zigarettenschachtelfach ihrer Handtasche verstaut hatte, hervor und schaltete es ein. Gleich darauf erklang Blasius' wohltönender Bariton, begleitet von der Laute und im Refrain auch von Francesca:

Ich hatte für uns
Aus Blumen so bunt
Ein weiches Lager hergerichtet.
Ich sah nicht den andern,
der sie begehrte,
mit einem Pfeil hat er sie vergiftet.
An den Blutstropfen Ihr erkennt
Tandaradei
Wo ich meine Liebste hingelegt.
Dass sie mich liebte,
er wusste es,
doch wollte er es nicht wahrhaben.
Bevor er sie mir ließ,
niemals jemals
sollten wir unser Glück genießen.
Deshalb hat er ihr das angetan
Tandaradei
Ich gebe mir die Schuld daran.[*]

Jenny schaltete das Gerät wieder ab.

»Ist das Walthers Lindenlied, aber in einer neuen Version. Singt nicht das junge Mädchen, wie in dem Lied, das wir kennen, sondern der Dichter selbst.« Lenz sah nachdenklich auf das Waltherdenkmal, das in einiger Ent-

* Blasius' und Francescas mittelhochdeutscher Vortrag in neuhochdeutscher Übersetzung

fernung von der Terrasse des Stadtcafés, auf der sie sich befanden, aufragte.

»Ja, und es gab offenbar einen Nebenbuhler, der das Mädchen getötet hat. Auch die anderen Lieder handeln von einer ähnlichen Thematik. Das wirft tatsächlich ein ganz neues Licht auf Walther. Er schien im Alter ein sehr trauriger, einsamer Mann gewesen zu sein. Und nicht der große Dichter des Reiches, wie wir ihn bisher kannten.«

Jenny hatte, durch Lenz ermutigt, ihre Überlegungen ohne Pause vorgebracht. Jetzt kam ihr aber ein Gedanke, der sie zögern ließ.

»Aber du müsstest das doch schon an dem Abend auf der Burg verstanden haben. Du bist doch Assistent bei Arthur. Ja, und was ist eigentlich mit ihm!« Der letzte Satz war eher ein empörter Ausruf als eine Frage gewesen. Hatten es ohnehin alle gewusst, nur sie nicht?

Dann hätte doch längst einer darauf kommen müssen, dass niemand anderer als Xenia die Täterin sein konnte. Sie war die Einzige, die vom Verschwinden der Handschrift profitierte. Und der es geschadet hätte, wenn die neuen Lieder ans Licht der Öffentlichkeit gelangt wären.

Denn ihre These, dass es sich bei Walther nämlich um einen skrupellosen politischen Taktierer gehandelt habe, dessen einziges Ziel es war, das Netzwerk der Mächtigen zu stärken, wäre damit ad absurdum geführt worden. Dabei wäre es für eine brillante Wissenschaftlerin wie sie sicher möglich gewesen, alles so zu interpretieren, dass es ihre Theorie nicht gefährdet, sondern sie sogar noch untermauert hätte. Aber Xenia war in ihrem Eifer offenbar blind für das Naheliegende gewesen. Nur: Warum war weder Lenz noch Arthur etwas aufgefallen? Genau das fragte sie jetzt ihr Gegenüber.

Ein wenig betreten, wie ihr schien, rührte Lenz den Schaum in seiner Cappuccinotasse um. Dann sah er zu ihr auf:

»War ich ehrlich gesagt in Gedanken. Hab' ich gar nicht richtig hingehört.« Der also auch.

Jedenfalls war sie nicht die Einzige, die an dem Abend nicht bei der Sache gewesen war. Vermutlich musste sie dasselbe für Arthur einräumen, wenn sie bedachte, unter welcher Anspannung er von Anfang an wegen Mordred gestanden hatte – auch wenn dieser zu dem Zeitpunkt scheinbar noch friedlich war. Der wiederum und seine beiden Kollegen waren an dem Abend mit gänzlich anderen Dingen beschäftigt gewesen, wie sich kurz danach herausgestellt hatte. Außerdem durfte man bei den Studenten, wenn sie auch noch so begabt waren, keine allzu genauen Kenntnisse voraussetzen. Die Einzigen, die zu dem Zeitpunkt gewusst hatten, dass es sich um die Texte aus der unbekannten Handschrift gehandelt hatte, waren Blasius und Francesca gewesen. Und die wiederum waren über Xenias »verquere Theorie«, wie Jenny diese insgeheim nannte, mit Sicherheit nicht im Bilde.

»Ist die Handschrift also doch nicht verloren.« Lenz' Bemerkung riss Jenny aus ihren Überlegungen.

»Na ja, wie man es nimmt. Als original werden die Lieder, jetzt, wo das Manuskript vernichtet ist, auf keinen Fall durchgehen.« Jenny betrachtete noch mal ihr Diktiergerät, bevor sie es wieder sorgfältig in ihrer Handtasche verstaute. »Aber ich werde auf jeden Fall mit Arthur darüber reden. Vielleicht hat er ja eine Idee.«

Ihren eigenen Worten nachsinnend sah sie jetzt selbst zum Waltherdenkmal, als sie plötzlich Lenz' Hand auf der ihren spürte.

»Bleibst du noch ein paar Tage hier. Kannst du in der Villa wohnen. Besorg' ich dir auch ein gescheites Rad.« Lenz hatte sich über den Tisch näher zu ihr hin gebeugt und sah sie jetzt erwartungsvoll an. Jenny erwiderte seinen Blick. Sie fühlte sich geschmeichelt und sie fand sein Angebot verlockend. Dennoch, es war jetzt nicht der richtige Zeitpunkt. In Wien warteten Verpflichtungen auf sie, ihre Kunden ließen sich nicht ewig vertrösten. Und die Fahrt bis Salzburg wollte sie nutzen, um mit Arthur über ihre Tonbandaufnahmen zu sprechen. Was Jenny aber am meisten davon abhielt, dem Vorschlag des jungen Mannes einfach zuzustimmen, war etwas anderes: Nach allem, was sie nun über Lenz und seine Vergangenheit wusste, nach allem, was in diesen wenigen Tagen passiert war, fehlte ihr einfach die heitere Gelassenheit, die nötig gewesen wäre, um sich in ein neues Abenteuer zu stürzen. Mit ehrlichem Bedauern, aber dennoch bestimmt schüttelte sie den Kopf:

»Vielleicht ein anderes Mal.« Dann winkte sie den Kellner zum Zahlen herbei. Lenz bedeutete ihr, dass er die Rechnung übernehme, aber Jenny hatte ihre Geldbörse schon gezückt und reichte dem Kellner einen Schein. Als sie diesen herausgenommen hatte, war ein Stück Papier in Form eines ausgeschnittenen Herzens zu Boden gefallen. Lenz hatte es aufgehoben und betrachtete es jetzt:

»Vergeben bedeutet, den Schlüssel des eigenen Gefängnisses zu finden«, las er laut vor. Dann sah er Jenny fragend an.

»Francesca hat mir das am ersten Abend auf der Burg geschenkt. Sie trägt solche selbst gefertigten Zettelchen mit Sprüchen drauf immer bei sich. Und manchmal bei Führungen, wenn sie jemandem begegnet, der ihr sympathisch ist, schenkt sie ihm ein solches Herz. Ich habe auch eines bekommen.« Jenny fühlte sich fast ein wenig verlegen. Vielleicht hielt Lenz sie für sentimental, weil sie den Papierfetzen noch immer bei sich trug. Doch der Assistent schien sich dafür zu interessieren. »Weißt du auch, was der Spruch bedeutet?«

Jenny zögerte kurz, dann antwortete sie:

»Am Anfang bin ich auch nicht schlau daraus geworden. Aber je mehr ich darüber nachdenke, desto sicherer bin ich mir.« Jetzt beugte sie sich vor und nahm seine Hand in die ihre. »Schau, Lenz, ich glaube, das Wichtigste ist, dass wir lernen, uns selbst zu vergeben. Arthur muss das lernen, denn er darf sich nicht ewig wegen Mordred und jetzt auch noch wegen Xenia Vorwürfe machen. Xenia hätte, wenn sie nicht so hart zu sich selbst gewesen wäre, wohl auch ganz anders gehandelt.« Jenny senkte kurz die Lider, dann öffnete sie sie wieder und sah Lenz in die Augen: »Und du, du solltest dir auch vergeben. Dich trifft keine Schuld an Christas Unfall.«

Jetzt war es gesagt. Sie hatte das ausgesprochen, was ihr schon seit seinem gestrigen Geständnis am Herzen lag. Ein wenig unsicher sah sie Lenz an. Empfand er ihre Worte als unerwünschte Einmischung?

Wohl nicht, denn im nächsten Augenblick beugte er

sich näher zu ihr. Der bisher undurchdringliche Gesichtsausdruck war einem Lächeln gewichen.

»Und du Jenny, was musst du dir vergeben?«

Auf diese Frage war sie nicht gefasst gewesen. Sie kannte auch die Antwort darauf nicht. Dennoch war sie sicher, dass der Spruch auch für sie eine Bedeutung hatte. Jenny beugte sich über den Tisch hinweg noch näher zu Lenz, so dass ihre Köpfe sich beinahe berührten.

»Das«, und dabei umspielte auch ihre Lippen ein Lächeln, »werde ich herausfinden.« Dann gab sie Lenz einen sanften Kuss, löste sich aber gleich wieder von ihm und ging entschlossen quer über den Waltherplatz in Richtung Bahnhof.

ENDE

Weitere Krimis finden Sie auf den folgenden Seiten und im Internet: www.gmeiner-verlag.de

OSKAR FEIFAR

Dorftratsch

322 Seiten, Paperback.
ISBN 978-3-8392-1229-5.

KLATSCH UND TRATSCH Niederösterreich 1971. In dem kleinen Ort Tratschen wird der Trainer der örtlichen Fußballmannschaft tot im Clubhaus aufgefunden. Verhaftet wird Manfred Sedlak, Platzwart des Vereins, der am Vorabend Streit mit dem Opfer hatte. Sofort kursieren im Dorf Gerüchte über das Motiv des angeblichen Mörders. Doch Postenkommandant Leopold Strobel hat Zweifel an der Schuld Sedlaks. Er findet heraus, dass mehrere Personen gute Gründe für den Mord gehabt hätten und stößt auf einen Sumpf aus Scheinheiligkeit, Neid und Korruption hinter der dörflichen Idylle.

J. MAXIAN / E. WEIDINGER (HRSG.)

Mords-Zillertal

270 Seiten, Paperback.
ISBN 978-3-8392-1249-3.

MORDE IM ZILLERTAL Das Zillertal ist wohl die bekannteste Tourismusregion in Österreich und somit Ziel zahlreicher Urlauber und Hobbywanderer. Doch diese Idylle hat auch ihre dunklen Seiten. Ob auf der Alm, beim Trachten-Volksfest, in den Skiregionen, beim Kraftwerk-Stausee, im rauschenden Wasser der Wildflüsse oder in den dunklen Schluchten des Tales …

14 Autorinnen und Autoren lassen den Leser in spannenden Kurzkrimis Teil haben an dem mörderischen Treiben der Talbewohner.

GMEINER

Wir machen's spannend

ANNI BÜRKL
Narrentanz

414 Seiten, Paperback.
ISBN 978-3-8392-1225-7.

SPUREN IM SCHNEE Das Ausseerland im Salzkammergut. Zu Weihnachten nimmt sich Berenike Roither endlich zwei Tage Auszeit von ihrem Teesalon. Auf der Weihnachtsfeier ihrer Familie trifft sie die Journalistin Ariane Meixner, deren Katze verschwunden ist. Sie fürchtet, dass das Tier einem Jäger zum Opfer gefallen ist. Zurück im beruflichen Stress vergisst Berenike das Gespräch beinahe wieder, bis ein Jäger tot aufgefunden wird. Berenike will der Sache auf den Grund gehen und dann wird ein weiterer Mann ermordet …

CLAUDIA ROSSBACHER
Steirerherz

278 Seiten, Paperback.
ISBN 978-3-8392-1243-1.

VON HERZEN Abteilungsinspektorin Sandra Mohr und Chefinspektor Sascha Bergmann vom LKA in Graz werden in die Weststeiermark gerufen, um einen grausamen Mord aufzuklären. Die bildhübsche 19-jährige Studentin Valentina Trimmel wurde gepfählt und wie eine Vogelscheuche auf dem Kürbisacker ihres Vaters aufgestellt. Die Spuren führen zunächst nach Graz, wo der Freund des Opfers und dessen Vater, ein reicher Autohändler, ins Visier der Ermittler geraten. Sandra fürchtet, dass der Mörder ein weiteres Mal zuschlagen wird …

GMEINER

Wir machen's spannend

MARIJKE SCHNYDER
Stollengeflüster

319 Seiten, Paperback.
ISBN 978-3-8392-1238-7.

MATRJOSCHKA-FINALE Ein Hoteldirektor wird tot im Simmental aufgefunden. Elsi Klopfenstein, die Kioskbetreiberin vom Lenker See, reist als selbsternannte Geheim-Delegation nach Bern, um Kommissarin Nore Brand darüber zu verständigen. Diese kennt den Direktor aus einem vergangenen Fall und reist mit ihrem Assistenten Nino Zoppa ins Simmental, um inkognito zu ermitteln. Die Spuren führen das Duo bis nach Amsterdam in die internationale Kunsthändlerszene. Als ein zweiter Mord geschieht, wird Nore Brand mit ihrer eigenen Vergangenheit konfrontiert und gerät in Lebensgefahr.

FRANZ KREUZER
Waldsterben

370 Seiten, Paperback.
ISBN 978-3-8392-1235-6.

GLÄSERNES GEHEIMNIS Der in München erfolgreiche Niederbayer Valentin Steinberg zieht zurück in seine Heimat, um in einer Glasfabrik eine interessante Aufgabe zu übernehmen. Doch der vermeintliche Traumjob ist härter als geahnt und als Steinberg eine Leiche in einem Wolfsgehege entdeckt, entwickelt sich die Rückkehr in den Bayerischen Wald endgültig zum Albtraum. Von Schulfreunden, die heute ein naturnahes Künstlerleben führen, erfährt er, dass der Tote ein bekannter Gegner des Nationalparks war. Weitere Nachforschungen führen ihn zu den geheimnisvollen Schrazelgängen und weit in die Vergangenheit …

GMEINER

Wir machen's spannend

Unsere Lesermagazine

2 x jährlich das Neueste aus der Gmeiner-Bibliothek

DIN A6, 20 S., farbig

10 x 18 cm, 16 S., farbig

24 x 35 cm, 20 S., farbig

Alle Lesermagazine erhalten Sie in Ihrer Buchhandlung oder unter www.gmeiner-verlag.de.

GmeinerNewsletter

Neues aus der Welt der Gmeiner-Romane

Haben Sie schon unsere GmeinerNewsletter abonniert?

Monatlich erhalten Sie per E-Mail aktuelle Informationen aus der Welt der Krimis, der historischen Romane und der Frauenromane: Buchtipps, Berichte über Autoren und ihre Arbeit, Veranstaltungshinweise, neue Literaturseiten im Internet und interessante Neuigkeiten.

Die Anmeldung zu den GmeinerNewslettern ist ganz einfach. Direkt auf der Homepage des Gmeiner-Verlags (www.gmeiner-verlag.de) finden Sie das entsprechende Anmeldeformular.

Ihre Meinung ist gefragt!

Mitmachen und gewinnen

Wir möchten Ihnen mit unseren Romanen immer beste Unterhaltung bieten. Sie können uns dabei unterstützen, indem Sie uns Ihre Meinung zu den Gmeiner-Romanen sagen! Senden Sie eine E-Mail an gewinnspiel@gmeiner-verlag.de und teilen Sie uns mit, welches Buch Sie gelesen haben und wie es Ihnen gefallen hat. Alle Einsendungen nehmen automatisch am großen Jahresgewinnspiel mit attraktiven Buchpreisen teil.

GMEINER

Wir machen's spannend

Alle Gmeiner-Autoren und ihre Romane auf einen Blick

Naschmarkt-Morde **MADER, RAIMUND A.**: Schindlerjüdin • Glasberg **MARION WEISS, ELKE**: Triangel **MAXIAN, JEFF / WEIDINGER, ERICH**: Mords-Zillertal **MISKO, MONA**: Winzertochter • Kindsblut **MORF, ISABEL**: Satzfetzen • Schrottreif **MOTHWURF, ONO**: Werbevoodoo • Taubendreck **MUCHA, MARTIN**: Seelenschacher • Papierkrieg **NAUMANN, STEPHAN**: Das Werk der Bücher **NEEB, URSULA**: Madame empfängt **NEUREITER, SIGRID**: Burgfrieden **ÖHRI, ARMIN / TSCHIRKY, VANESSA**: Sinfonie des Todes **OSWALD, SUSANNE**: Liebe wie gemalt **OTT, PAUL**: Bodensee-Blues **PARADEISER, PETER**: Himmelreich und Höllental **PARK, KAROLIN**: Stilettoholic **PELTE, REINHARD**: Abgestürzt • Inselbeichte • Kielwasser • Inselkoller **PFLUG, HARALD**: Tschoklet **PITTLER, ANDREAS**: Mischpoche **PORATH, SILKE / BRAUN, ANDREAS**: Klostergeist **PORATH, SILKE**: Nicht ohne meinen Mops **PUHLFÜRST, CLAUDIA**: Dunkelhaft • Eiseskälte • Leichenstarre **PUNDT, HARDY**: Bugschuss • Friesenwut • Deichbruch **PUSCHMANN, DOROTHEA**: Zwickmühle **RATH, CHRISTINE**: Butterblumenträume **ROSSBACHER, CLAUDIA**: Steirerherz • Steirerblut **RUSCH, HANS-JÜRGEN**: Neptunopfer • Gegenwende **SCHAEWEN, OLIVER VON**: Räuberblut • Schillerhöhe **SCHMID, CLAUDIA**: Die brennenden Lettern **SCHMÖE, FRIEDERIKE**: Rosenfolter • Lasst uns froh und grausig sein • Wasdunkelbleibt • Wernievergibt • Wieweitdugehst • Bisduvergisst • Fliehganzleis • Schweigfeinstill • Spinnefeind • Pfeilgift • Januskopf • Schockstarre • Käfersterben • Fratzenmond • Kirchweihmord • Maskenspiel **SCHNEIDER, BERNWARD**: Todeseis • Flammenteufel • Spittelmarkt **SCHNEIDER, HARALD**: Blutbahn • Räuberbier • Wassergeld • Erfindergeist • Schwarzkittel • Ernteopfer **SCHNYDER, MARIJKE**: Stollengeflüster • Matrjoschka-Jagd **SCHÖTTLE, RUPERT**: Damenschneider **SCHRÖDER, ANGELIKA**: Mordsgier • Mordswut • Mordsliebe **SCHÜTZ, ERICH**: Doktormacher-Mafia • Bombenbrut • Judengold **SCHUKER, KLAUS**: Brudernacht **SCHWAB, ELKE**: Angstfalle • Großeinsatz **SCHWARZ, MAREN**: Treibgut • Zwiespalt • Maienfrost • Dämonenspiel • Grabeskälte **SENF, JOCHEN**: Kindswut • Knochenspiel • Nichtwisser **SKALECKI, LILIANE / RIST, BIGGI**: Schwanensterben **SPATZ, WILLIBALD**: Alpenkasper • Alpenlust • Alpendöner **STAMMKÖTTER, ANDREAS**: Messewalzer **STEINHAUER, FRANZISKA**: Sturm über Branitz • Spielwiese • Gurkensaat • Wortlos • Menschenfänger • Narrenspiel • Seelenqual • Racheakt **STRENG, WILDIS**: Ohrenzeugen **SYLVESTER, CHRISTINE**: Sachsen-Sushi **SZRAMA, BETTINA**: Die Hure und der Meisterdieb • Die Konkubine des Mörders • Die Giftmischerin **THIEL, SEBASTIAN**: Wunderwaffe • Die Hexe vom Niederrhein **THADEWALDT, ASTRID / BAUER, CARSTEN**: Blutblume • Kreuzkönig **THÖMMES, GÜNTHER**: Malz und Totschlag • Der Fluch des Bierzauberers • Das Erbe des Bierzauberers • Der Bierzauberer **TRAMITZ, CHRISTIANE**: Himmelsspitz **TRINKAUS, SABINE**: Schnapsleiche **ULLRICH, SONJA**: Fummelbunker • Teppichporsche **WARK, PETER**: Epizentrum • Ballonglühen **WERNLI, TAMARA**: Blind Date mit Folgen **WICKENHÄUSER, RUBEN PHILLIP**: Die Magie des Falken • Die Seele des Wolfes **WILKENLOH, WIMMER**: Eidernebel • Poppenspäl • Feuermal • Hätschelkind **WÖLM, DIETER**: Mainfall **WOLF, OLIVER**: Netzkiller **WUCHERER, BERNHARD**: Die Pestspur **WYSS, VERENA**: Blutrunen • Todesformel